U0901650

漳州作家丛书

陈燕松／主编

有时也会想念你

赖妙宽／著

中国华侨出版社

·北京·

图书在版编目（CIP）数据

漳州作家丛书 / 陈燕松主编 .—北京：中国华侨出版社，2018. 10

ISBN 978-7-5113-7767-8

Ⅰ . ①漳… Ⅱ . ①陈… Ⅲ . ①中国文学—当代文学—作品综合集 Ⅳ . ① I217.1

中国版本图书馆 CIP 数据核字（2018）第 216910 号

漳州作家丛书：有时也会想念你

主　　编 / 陈燕松
著　　者 / 赖妙宽
责任编辑 / 子　慕
责任校对 / 孙　丽
经　　销 / 新华书店
开　　本 / 670 毫米 ×960 毫米　1/16　印张 /324　字数 /4281 千字
印　　刷 / 三河市华润印刷有限公司
版　　次 / 2018 年 11 月第 1 版　2020 年 2 月第 2 次印刷
书　　号 / ISBN 978-7-5113-7767-8
定　　价 / 980.00 元（全 24 册）

中国华侨出版社　北京市朝阳区西坝河东里 77 号楼底商 5 号　邮编：100028
法律顾问：陈鹰律师事务所
编辑部：（010）64443056　　64443979
发行部：（010）64443051　　传真：（010）64439708
网　址：www.oveaschin.com
E-mail：oveaschin@sina.com

《漳州作家丛书》总序

漳州是中国历史文化名城，历史悠久，文化深厚。在文化的星空，群星璀璨，先后涌现出黄道周、林语堂、许地山、杨骚等文化名人，令我们引以为傲。

四十年改革开放，四十年风雨兼程。漳州土地，生机盎然，文学创作也迎来繁荣发展的春天。应是春风吹拂，应是文脉相承，一支包括了老、中、青三代作家的队伍正在悄然形成。2004年，漳州市委宣传部、漳州市文联编辑出版了第一套《漳州作家丛书》，有十二人，十二本。时隔十多年，在祖国改革开放四十周年的今天，漳州市委宣传部、漳州市文联再次编辑出版第二套《漳州作家丛书》，展现活跃在省内外文坛的二十四位当代作家的创作风采。十二到二十四，这不仅是作家作品数量的增加，更是漳州文学创作水平质的飞跃。

《漳州作家丛书》的出版，旨在展现漳州作家的创作成果和创造实力。以期让更多的人，通过这套丛书，了解漳州，关注漳州，热爱漳州。同时，我们也希望，通过这套丛书的出版，能够激发漳州作家深入生活，体验人生，潜心于文学创作，用更好的作品回馈家乡，回馈人民，回馈时代。

《漳州作家丛书》编委会

2018年10月1日

目/录

拿枪的人

在那个危急时刻，小柳被两样东西分散了注意力。她的肚皮右侧靠腰部那个怕痒的柔软处，顶着一个陌生的东西。这是她的肌肤第一次接触到处于状态中的男性器官，她没想到那东西是热的。然后她才感觉到额头那儿的冰凉，那是勃朗宁手枪的枪口。也就是说，这个人用两样东西顶住了她，她要么放弃，接受他的强暴，要么抵抗，死在他的枪口下。两种威胁，变成了一冷一热的感觉。没有恐惧，只是诧异。

小柳始终认为她没有恐惧。如果恐惧，不管是她还是他，结局都会很悲惨。因为恐惧会导致慌乱，慌乱会做出不理智的反应，稍有闪失，就是两种结果之一。而不管是他强暴了她，还是打死了她，对两人都不是好事。她相信，只要他做出伤害自己的事，就会死得很惨！但他就是死一百回，对自己又有什么好处？她既不想被强暴，也不想被打死，唯一的办法是周旋，找到两者之间的出路。可她跟他已经周旋了一个多小时，直到现在处在完全被动的状态。

此时她被逼着倒在床上。她蜷缩着身子，夹紧双腿，尽量不让自己暴露。他呢，一只脚蹬在床上，一只脚踩在地上，身体倾斜俯向她，用枪顶着她的脑门，说："信不信？我可以一枪把你打死！"他的样子，与其说是威胁，不如说是作秀，他用不着拿枪的。

照说，这是他随心所欲的时候，但他并不急于动手，他的注意力在枪和她的脸上。至于下面的状况，似乎不是他有意而为，小东西自行其是。对他来讲，降服这个难弄的小妮子，比直奔主题更令他兴奋，但他又把达到目的作为降服她的标志，就是要她服服帖帖地让他达到目的。他也不知道自己哪来的邪气会干出这种事！他知道这样做的后果，但他不后悔，也没想收兵。他被征服小妮子的欲望驱使着，她的每一次反抗，都激起他更强烈的欲望。

他忘不掉当她一眼扫过来时，那种骄傲、妩媚、挑逗、挑衅的眼神，像子弹一样把他击穿了！他差点喊出声，好像她是冲自己来的。尤物！这个平时不甚了了的词突然跳出来，他心领神会、欣喜若狂，感到脑门大开。就在那一刻，他觉得自己应该干点什么，这辈子好像就为等着这个人的出现！

可她那一眼并不是看他的，她是无意间扭头，眼角的余光从他脸上掠过，又瞟向远处。她那叫他灵魂出窍的眼神与他无关！他不甘心地追逐着她的目光，希望能与她再次邂逅，让她正视自己一眼。再怎么说，自己也不是一个可以让人忽视的角色啊！

这是在当地长老徐永泰先生的府上，徐先生借给母亲做八十大寿之机，召集各界名流汇聚乡里，共商保家卫国、福佑桑梓之大计。其时是“七·七卢沟桥事变”过后，蒋委员长发表了《抗战宣言》，但北平、天津相继失守，上海又开打了。夹在北平和上海之间的中原地区，人心惶惶。大敌当前，如何应对？地方士绅对家园故土、父老乡亲负有不可推卸的责任。徐先生此举得到大家的热烈响应，除了当地名流，还有从省城和南京赶回来的乡贤。在这样一群人中，在这样的气氛下，作为当地驻军的指挥官，是倍受器重和期待的。

而他，就是当地驻军的指挥官，某集团军属下138旅旅长，年轻有为，相貌堂堂。一米八五的个子，结实得像个铁塔，一身戎装，英气逼人。随便在哪里，他都是引人注目的焦点，可这个小妮子却对他视而不见。在这个盛大而有点混乱的场面，她一直陪伴在一个长者左右，长者是南京来的一位要人，是这次活动的主宾。围着他们的是一群有身份有年纪的嘉宾，她年轻靓丽的身影在他们中间备受瞩目。他们好像很熟，不时说着什么，那些长者对她都很亲切、慈爱。她那娇美、柔顺的，又带着任性、青春的气息，就像磁场，形成了一个圈。

他从旁人那儿了解到，她陪伴左右的长者是委员长身边的红人，她的舅父。她的外公与徐先生家是世交，这次舅父携她回乡，一则拜望徐老伯母及徐先生，与众乡贤共商应对时局大计；二则回乡下老家接走母亲，她的外婆。据说她从小与外婆一起生活，至六岁时才被父母接到身边，现就读于金陵女子大学。

他是作为当地驻军的首脑来参加活动的。他向众乡绅表示，养兵千日用兵一时，他们等的就是为国杀敌的那一天。但是，军人以服从为天职，若战事需要，部队调防，他就必须走，保护地方的重任还得靠当地武装。他建议当地抓紧组织团练，他可以在军事和装备上给予支持。说得激昂得体，赢得大家的赞同。他在讲完之后扫一眼小妮子，发现她正目光炯炯地看着自己，与他的眼神对上的瞬间，竟然粲然一笑，让他心花怒放。

他本来是来祝个寿，把自己对保卫地方的意思表达清楚就准备回去的，但撞上了她，就弄成了现在的样子。

现在，他用枪顶着她的脑门，她已放弃抵抗，但面容平静，一副无所谓的样子。她的平静让他泄气，他要她做点什么，就用枪点着她的额头，郑重其事、不容违抗地命令："亲我——"

她无所谓的面容跳了一下，当一冷一热顶着她的时候，她以为不愿意发生的事就要发生了，没想到他却提出这样的要求！她差点要笑出来，但过于严峻的现实让这个笑还没冒泡就消失了，她的脸上出现一种古怪的表情，似笑非笑。

他以为她在嘲笑自己，又用力再点了一次，提高声音说："听见没有？亲我——"

小柳感到了额头上的压力，但他没有碰疼她，她有一种痒痒的脑袋就要开花的感觉。枪是上过膛的，他表演给她看的，要是有一点点闪失，那就完了。他逼着她，不给她拖延的余地，她抬起头，嘴唇不情愿地在他的下巴碰了一下，人又回到原位。

他就像等待奖赏的孩子，满怀希望却没有得到自己想要的，委屈地叫起来："你他妈的就不能认真一点吗？"她好像在逗他玩，又重复了一次，他更生气了："你他妈的就不能亲好点的地方？"

这次小柳没有忍住笑。一笑，人松弛下来，思绪居然想到了他的"好地方"，脑袋"轰"了一下，浑身燥热，脸都涨红了。

过后她对一个大姐说这件事时，讲到这儿，脸依然红了，承认这是自己最不争气的地方。“身体的反应是没有是非和尊严的，只有本能。”她说，“简直是叛徒！”大姐哈哈大笑：“所以，不要太相信自己。你怎么办？”

依小柳的脾气，她不可能听命于他，即使斗不过，也不会让他太得意。她现在更恨他的得意，而不是疯狂。就像他要的是她的赞赏，而不仅是身体。她别过脸不看他。

他用枪管把她的脸拨回来，问：“怎么样？看不上我？”见她不吭声，又说：“我要让你知道我的厉害！”

“你去洗个澡吧！”她突然说。

“嗯？”他好像被泼了冷水，羞恼地说：“你他妈的穷讲究什么！”

她吸了吸鼻子，表示厌恶。

“嫌我臭？！”他的自尊心受伤了，扔掉枪，趴到她身上喊：“臭死你！”

枪扔掉了！小柳松了一口气。她知道，灭掉他的威风是取胜的关键，而要灭掉他的威风不是跟他争强斗气，而是让他感到羞愧。所以问：“你多久没洗澡了？”

他愣了一下，脱口道：“你管得着？”话虽这么说，人还是不情愿地站起来，离她远一点。他很后悔，今天参加活动，怎没有先洗个澡！要是知道会碰到她，他会把每个毛孔都刷干净的。

小柳趁机坐起来，开玩笑似的说：“总可以告诉我吧，旅长先生。”

他涎着脸说：“才两天！”

“你不知道要天天洗澡吗？”

他生气地蹲到她面前，几乎脸贴着脸看她：“谁说要天天洗澡！我是带兵打仗的人，天天洗澡？我没兴趣！我就是个不洗澡的男人！”

“你今天至少洗个澡嘛！”她又像撒娇又像命令，“这个要求不过分吧？”

他却不买账，说：“老子就不洗澡，还怎么着了？”

小柳也拧起来：“那你打死我吧！”

他顿了一下，以胜利者的姿态在她下巴捏了一下，说：“小样！洗就洗！”

小柳看到他下意识地把鼻子靠近胸前吸了一下，大概在闻自己身上的味道。再怎么强悍的男人，也会为自己在女人面前有异味感到难堪的，她偷偷笑了。

他在进卫生间之前警告："你别想跑！你跑不掉的，这是我的地盘。"

小柳瞪他一眼，看他进去以后心中暗喜，本来担心他把自己也拽进去，那就跑不掉了。他可能不好意思让她看到自己身上的脏，没有拉她进去，他不担心她跑的，在这里，她跑不掉。就在水声响起时，小柳迅速穿上衣服，跑了出去。跑之前，她小心地拿起丢在床上的手枪，枪不能留在他手里。

这是个军营，准确讲，是138旅的驻地。一个多小时前，她与旅长王必胜进入营区大门时，是何等风光！哨兵远远地就挺胸敬礼，不知站在哪里的值日官还传来口令："立正——敬礼！"汽车所经之处，只要有人，都原地立正，敬礼。这是晚上快9点的时候，士兵们正在做熄灯前的活动，甬道两侧的空地上有影影绰绰的人，此时都对他们行注目礼。小柳虽然受到过各种礼遇，但这样威武庄严的军礼，还是深深打动了她。她热泪盈眶，全身的毛孔都庄严地竖了起来，对身边这个叫王必胜的军人产生了极大的好感。而在此之前，她对他要自己到他的军营来颇不以为然，觉得他又霸道又磨人。现在她知道了，在这里，他才是王，他要让她看到他王者的风范。

还在徐伯伯家的晚宴上，138旅的参谋长陪王必胜给大家敬酒时，来到了小柳面前，此时她离开舅舅坐到次桌上。参谋长下午在送寿礼和其他活动时，跟小柳已有接触。他大概是受旅长之命前来介绍他们认识的，他刚对小柳说"这是我们王旅长"时，他就抢白道："王必胜！大王的王，必定胜利的必胜！"然后直勾勾看着小柳。

小柳不理会他咄咄逼人的目光，揶揄道："好有气魄的名字！"

王必胜却听不懂小柳话里的意思，仍自顾自说："是我给自己取的！军人就是要赢嘛！还姓了王呢！"

小柳笑道："旅长很有军人风范啊！"

参谋长赶紧说："王旅长是集团军里最年轻的旅长！"参谋长自己看上去有三十五、六岁了，王必胜就不到三十的样子。

"前途无量，前途无量！"小柳嘴里应酬道，心里却想，"少年得志，必有后患。”

但王必胜对这个话题不感兴趣，他也不管小柳愿意不愿意，把她拉到一边说：“你不是在这里长大的吗？去过‘醉仙楼’吧？我带你去吃‘醉仙鸡’。”好像他们认识很久了。

这话正好说到小柳的心坎上。这里是她的故乡，她六岁之前跟外婆住在老家的村子里，留下了美好的记忆。每次外婆带她进城看戏，都要到“醉仙楼”吃著名的“醉仙鸡”。回到故乡，她最想吃小时候吃过的东西，到熟悉的地方去看看。但这次为祝寿而来，又陪了几位长辈，她连徐家的大门都没迈出一步呢！

她指着坐在另一桌的长辈说：“我去跟他们说一下。”

他看到她舅舅和徐先生同时转过脸来，看到是王必胜和参谋长后，点点头。也许刚才他的表现让他们有好感和放心。

然后，他们驱车出去，到了醉仙楼，吃了“醉仙鸡”，喝了酒，聊了天，畅谈甚欢。小柳是见多识广的人，跟什么人都聊得来，王必胜说，带兵打仗是他今生的大业，中国积贫积弱，外敌虎视眈眈，只有武力才能保一方。

她问王必胜，这次日本人来势凶猛，作为军人，他有何想法。王必胜把杯里的酒一饮而尽，啧着嘴角的酒气说：“国家有难，死而后已！”他说，跟日本人肯定有恶战好打，他都按捺不住了。说这话时，他没有豪言壮语，只是热辣地盯着她。

小柳颇受感动，国军跟日本人对阵的战况她是知道的，多想能打几场胜战以壮国威，这个人让她感到热血沸腾，她举杯：“敬你！好男儿志在疆场！”

两人干了一杯：“为我中华！”

王必胜乘兴邀小柳到他的军营去看看，他说：“你去看看我的兵，你就知道我们跟日本人有的拼了！”

小柳说：“走！”

这期间，参谋长一直在旁边作陪、帮腔。

他们的驻地离城区大概有二十分钟的车程。进了营区的大门，是一条长长的甬道，两边是训练场地，黑暗中仍可以看到一些器械的身影。再后面，树木掩映中，就是营房。他说他有5000多个兵，德式装备，是一支王牌劲旅。

甬道的尽头有一个圆形花台，花台后面是一面写着“精忠报国”的照壁。照壁后面是旅部办公楼，是个两层楼的砖瓦房。在办公楼附近，散落着几座亮着灯的小平房，是军官们的住所，一家一户。王必胜说：“参观一下我们的指挥部。”

下了美国吉普，参谋长指着最近的一座平房说：“那是我家。”

王必胜就说：“你先回去吧，你老婆孩子等你呢！”

参谋长走后，小柳与王必胜上了二楼他的办公室。

他的办公室占了二楼的一半，进门是个很大的会客室。迎面是一套西式皮沙发，巨大的沙发和沙发上方的横幅手书“气吞山河”让她觉得好笑，正要问，是那套沙发气吞山河，还是他有气吞山河之势，但人已失去重心，刚刚还很绅士地把她请进办公室的王必胜，在身后摔上房门，突然从后面一把将她抱起。她挣扎着喊：“你干什么？”王必胜一言不发，把她扔到三米外的沙发上。

小柳感到自己像一捆稻草被扔出去，又像一只皮球，落到沙发上再弹起来，掉到地板上。肩上的包在空中飞出去了！她从来没想到自己会这么轻，这样被当东西扔！她失去了反应。幸好小时候练过武术，她没有被摔昏过去，掉到地板上时顺势一滚，站了起来。她有点晕头转向，但看到王必胜笑眯眯地站在前面时，才确信这是真的。“他疯了！”她想到了逃生，两米外就有一个打开的窗户，也许可以从那里跳下去。但她刚一动，就被他抱住，再次被扔到沙发上。她第一次发现，男人的力气如此之大！她也第一次发现，男人如此可怕！

小柳知道自己遇到麻烦了，这实在太出乎意料了！一个有头有脸的军人，还在徐伯伯和舅舅的眼皮底下，怎么眨眼间就干出这种事？他明知自己的身份还敢这么干，这是为什么？她悲愤地喊：“你为什么要这样？”

他咬牙切齿地说：“老子第一眼就看上你了！”

“那又怎么样？”小柳真是气坏了，还有这样的土匪！“也得我愿意才行！”

“我想要的，没有要不到的！”

“我瞧不起你！”

“那有什么关系！”他靠近，很轻松地把她提起来，小柳感到自己的反抗就像螳螂之臂。她的衣服很快就掉得差不多了。

她懒得再反抗，轻蔑地说：“你不觉得这样很没意思吗？”

“我觉得很有意思。”

“无赖！”小柳骂道，“你以为干这种事也跟打仗一样？”

“我就喜欢打仗！”又问，“你不是很欣赏军人吗？要不你说，怎么干？”

小柳恨不得打他一耳光，但她觉得这是缓兵之计，就说：“我不能在办公室里干这种事！”

“怎么不能？”

“有点情调好不好？懂不懂气氛？懂不懂两情相悦？”她看到“气吞山河”，想到他像扔稻草一样扔自己，气得直咬牙。

“呵呵，真不愧是南京来的小姐！”他不知是真的佩服还是嘲笑，说：“好吧，咱也情调一次！”他还想帮小柳穿衣服，被小柳推开。等她穿好，他像拎小鸡一样把她挟住，说：“走，换个地方。”

出了办公楼，小柳失望地看到，周围一个人都没有，参谋长家的灯在远处亮着，更让她有掉进狼窝的感觉。

王必胜把她掳到与参谋长家斜对面的一座平房里，说：“这是我的宿舍，你该满意了。”

小柳注意到，参谋长说他住的房子是“那是我家”，而他说的是“这是我的宿舍”，也就是他没有家。进了门也是个客厅，右边是间大卧室，左边还有两间房，不知是做什么用的。他直接把她带进卧室，丢到床上，自己却急急进了卧室里的卫生间。小柳爬起来想往外跑，但他提防着，排泄工具没收就出来拦住，也不说话，又把她扔回床上，自己再进卫生间。

小柳不跑了，她知道这样跑没用的。她坐在床沿，想着如何摆脱困境。

一会儿，他出来，蹲到她前面问：“说！怎么个情调？”

小柳却严肃地对他说：“王旅长，我要是太晚没回去，徐伯伯会派人来找的。”

他笑嘻嘻地捏了一下她的脸颊："不要吓唬我，我不怕。"侧身拉开床头柜的抽屉，"我让你看一样东西。"里面躺着那把铮亮的勃朗宁手枪。他拿起枪，退出子弹夹，里面装着满满的子弹。然后"咔嗒"一声推上弹夹，再用拇指顶上保险。他慢慢做给她看，让她看个明白，也要她心里明白，她遇到了什么样的人。

他拿着枪，对她说："开始吧！先把自己的衣服脱了，再脱我的。"

小柳说："你打死我吧！"

"信不信？我可以打死你！"

"打呀！"

"算了。"他突然改变主意，"我自己来。"他把小柳的衣服脱了，再脱自己的。脱小柳的衣服时，他小心翼翼地，甚至没有碰到她的敏感部位。小柳面无表情，像木头一样任他摆布，直到他认为差不多了，要求她"亲我——"

出了门，外面比来时更静了，寂静中的夜黑得黏稠，她感到呼吸困难。往哪儿跑？她知道，在他的地盘上，不靠智慧，就别想逃脱。从宿舍到营房大门，足有一千多米，恐怕还没跑到大门，就会被卫兵抓回来。就算跑出去了，向谁求救？他随时都会追上来的。

参谋长家的灯光吸引了她，她便直奔过去，使劲敲门喊："参谋长，开门！我是小柳！"

参谋长穿着睡衣跑出来，后面跟着一个女人，里面的房门口还探出一个小孩的脑袋。

小柳不等门开大就挤进去，指着自己零乱的衣服和手里的枪，对惊讶的参谋长说："快救我！他疯了！"她像丢掉烫手的山芋一样把枪递给参谋长。

参谋长也慌了神，拿着枪不知如何是好。小柳发现，同样的枪，在王必胜手里和在参谋长手里完全不一样，枪在王必胜手里是有生命的，在参谋长手里是死的。参谋长的表现让小柳大失所望，她焦急地问："你说怎么办？你快说呀！"

参谋长用哭腔说："我没办法！"

小柳像掉进了冰窟窿里，喊道：“为什么？你派辆车送我走！”

参谋长的额头浸出了汗水，旁边的女人却哭着叫起来：“那我们以后不要活了！”

参谋长对她喊：“进去！”女人捂着脸跑进去，房间里响起了孩子惊恐的哭声。

小柳知道，救了自己，他们就不会有好果子吃。要是参谋长不敢救自己，那就没机会了！她对参谋长大喊：“你一定要救我！这也是救王必胜和你自己！你知道我是什么人，我要是出事，你们都完了！”

这话提醒了参谋长，他说：“派车送你，也会被他拦回来的！你请长官来救你！”

小柳猛然醒悟，说：“你打电话到徐府，让舅舅来救我！”

参谋长这时也冷静多了：“好！但长官到来之前，不能被他知道，他要是知道了，你照样危险！”

“好吧，”她从参谋长手里拿回枪，“你打通电话就过去敲门，不管用什么理由！”说完，转身冲出去。

回到王必胜那儿，等于是自投罗网，但她只能这样冒险。小柳让自己沉住气，在没有更好的办法时，只能这样。她发现，喜欢冒险的自己，一点也没有冒险的快乐。王必胜还没从卫生间里出来，可能真的在刷毛孔。小柳胆战心惊地坐在床上，祈祷着：徐伯伯，您要接电话啊！她怕徐伯伯家热闹，他不接电话或送客去了，时间不等人啊！不知舅舅有没有在徐伯伯家，会不会去访朋问友了……她胡思乱想，头脑几近空白。

看到王必胜裹着浴巾出来时，她感到眼前发黑。

王必胜不知道发生了什么事，看她穿着衣服，不高兴地问：“怎么又穿上了？”

她说：“我冷。”

“你很快会热起来的！”

这时，门外传来参谋长响亮的声音：“报告！”

王必胜恼火地问：“什么事？”

“报告！南京的孙长官来电话，问小姐在哪里？什么时候回去？”

舅舅！小柳失声叫道，人都快晕了。

王必胜也定住了，他想了想，很快说："你告诉他，我一会儿送她回去。"

"我来送吧！"

"你滚！"

"什么？"

"给我滚！"

"是！"

王必胜刚回头，外面又响起："报告！"

"你再说一声，我就毙了你！"他抓起床上的枪。

外面不再说话，只有离开的脚步声，小柳的心又悬起来。

王必胜的情绪受到影响，闷闷不乐地说："办完了，就送你回去。"

小柳装不懂："办什么？"

"你他妈有完没完！"他把浴巾甩到地上，"快把衣服脱了！"见她不动，又问，"是你自己脱，还是我来给你脱？"

"我自己脱。"

"快点！"

但小柳慢吞吞地站起来，慢吞吞地解纽扣，解一个纽扣像解一道难题，动作慢得像在太空中。他实在等得不耐烦了，喊："你他妈不能快点啊？"

"怎么快啊？我已经很快了。"她故意激他。

"怎么快？老子叫你知道什么叫快！"他气呼呼地说，只要他一声令下，他的部队就会在二十分钟内全部集合。

小柳撇着嘴说："我才不信呢！三更半夜的，几千人在二十分钟内集合，吹牛吧！"

"不信？我集合给你看看！"他拿起床头的电话，让总机接值日官："命令部队紧急集合！"又嘟囔一声："让你知道我带的是什么兵！"

但电话一放下，他也顾不上小柳了，自己冲到衣柜前拿出内衣。这时，外面响起了集合号，整个军营躁动起来。他边穿上衣边叫道："快帮老子穿上！"丢过来一条内裤。原来，指挥官必须在部队集合前站到自己的位置上。他还光溜溜的，必须比士兵还快。

小柳很配合，她尽快帮他穿上衣服，巴不得他统统穿上。他也很满意，说："你可以当我的兵了！"然后拉了她边往外冲，边说："让你检阅一下我的部队！"

外面响起此起彼伏的跑步声、口令声和辎重声……他们跑到一个空地，参谋长和其他指挥官已各就各位。四周有一个个方阵在向广场集中，黑暗中不时传来："报告：三团集合完毕！""报告：汽车营集合完毕！"最后值日官跑来对王必胜报告："报告旅长：部队集合完毕！"

王必胜让小柳看了下表，十八分钟。小柳对他竖起大拇指，他很自豪。

这时，参谋长过来对他耳语："孙长官来了！"

小柳回头，看到舅舅的"雪佛兰"已开到前面。她撒腿就要跑过去，被王必胜拉住，低声命令："不许动！"参谋长也偷偷拉了一下她的衣服，她才镇定下来，看到舅舅匆匆走过来。

王必胜带着小柳和参谋长迎上去，对舅舅敬了个军礼："孙长官好！"

舅舅看到小柳好好的，又看到黑压压的部队，问："你们在干什么？"

王必胜抢着回答："报告，138旅紧急集合，接受检阅！请长官一起检阅部队！"

舅舅不知他葫芦里卖的什么药，参谋长却对舅舅使劲点头示意。舅舅说："好吧。"

"请！"王必胜转身，让他们往前走。来到值日官面前，他作了个手势。值日官喊："立正——！"

黑暗中传来"唰"的一声，像是沉闷的沙子从天幕倾泻而下，而后鸦雀无声。王必胜登上一辆敞篷吉普，他一脸威严，挺直腰板，用力抬臂，向部队敬礼。车子缓缓开动，小柳他们站在他身后。

王必胜此时的身影，就像一座雕像，留在小柳的脑海里，她看得入迷，忘了自己的处境。参谋长小声对她说："快走！"

如果检阅没开始，王必胜可以解散部队，小柳就跑不掉。即使舅舅来了，她也很难跑得掉。但检阅开始了，在这个神圣的时刻，王必胜属于军队，就是看着小柳跑了，他也不会改变姿势的。他是军人，在部队面前，他没有选择。参谋长说这是离开的最好时机，叫他们越快越好，检阅大概要持续二十分钟，也许会更短，要他们做好最坏的打算。他提醒道："他是个好人，他什么都干得出来！"

他们迅速登车离开。小柳回头看了一眼，王必胜背对着他们，一动不动，他一定知道小柳跑了，但他没有回头。

舅舅板着脸，一路无话。小柳却想着参谋长说的，怎么会是一个好人，却什么都干得出来？

到了徐伯伯府上，舅舅让驾驶员不要熄火，对焦急地迎上来的徐伯伯说："为避免冲突，我们得马上离开！"他让小柳回房去拿东西，自己留下跟徐伯伯说几句。

徐伯伯吹着胡子说："不行！在我的家里，他还敢反了不成？"

舅舅摆摆手："他一会儿追来了，要搜要查随便他。他只要小柳，找不到小柳，谅他也不敢得罪府上。只要事情平息就好，不要伤了这人，留着有用。"

小柳拿了东西，与舅舅匆匆回到车上，车子很快消失在夜色中。

回南京的路上，小柳问舅舅，为什么要连夜撤离？这不是认输吗？都到了城里，还怕他什么？舅舅说，看到这个王必胜，他有一种打硬仗的感觉，"现在没几个能打硬仗的人了！"

舅舅说，不是怕他，而是不想废了他。

小柳不明白："这不是助长他的嚣张气焰吗？"

"把事情闹大就好吗？"

小柳明白了，她说："我错了，让您受惊了。"

舅舅安慰她："要不是你，今天不可收拾。"

后来，他们从参谋长和徐伯伯那儿得知。检阅一结束，王必胜命令侦察连留下，他瞪着血红的眼珠子喊："一排，跟我走！"几辆敞篷车风驰电掣冲出营区。参谋长说，没见过这种阵势，大家都以为出了什么大事。他们包围了徐府，让徐先生交人。徐先生说："人走了，他们不会傻到等你来抓。"

王必胜不信："让我找找？"

"请吧。"

王必胜搜了徐府，看到客房已空，孙长官的“雪佛兰”也不在了，这才相信人已经走了。他一脸沮丧，说了一句让徐先生动容的话：“徐先生，抱歉了！我是真的喜欢她，今生恐怕再也见不到她了！”

小柳感到后怕，要是没有舅舅当机立断决定连夜回金陵，肯定被他抓住，那会怎么样？她无法想象。这样的事说起来难以置信，但他真的这么干了！她咽不下这口气，要去教训他。舅舅不同意，他说：“难得这种人，国家还得靠他们。”

“可他太无法无天了！”

“是遇到了你吧，”舅舅温和地说，“再说，他也没把你怎么样，要是他真的无法无天，你就不会完好无损了。”

小柳觉得也是，虽然粗暴无礼，但他对她没有做出下流的举动，他居然天真地要求她“亲我——”！

舅舅也是军人出身，他说：“这个人将来会有出息。”

小柳看出他喜欢王必胜，舅舅问：“难道你不会有一点点喜欢他？”

小柳自己也搞不清楚，说喜欢，她不能接受，怎能喜欢一个这样对待自己的人？但他给她留下惊心动魄的记忆，至今难忘，以至于影响了其他男人在她心中的位置。那一年，她二十岁。

后来，南京沦陷，小柳已随家人撤到后方。一天，在去昆明的路上，她看到一张过期的《中央日报》，在“实时战况”中，有一则消息，讲的是南犯的日军濑谷支队强攻山东滕州时，国军某集团军的138旅死守城北山头阵地，直至弹尽粮绝，旅长王必胜打到最后，他给自己留了一颗子弹……

小柳擦擦眼睛，想把消息再看一遍，但感觉额头的眉心处有一记冰凉，仿佛王必胜的那颗子弹等在那儿，仿佛半年前他把枪口对准自己。她已分不清自己和王必胜，只感到胸口生生地被挖开一个洞，疼痛难忍却又温柔甜蜜。“亲一下！”她对报纸低声说，心里一团蕴藏已久的热流喷涌而出，人便如融化的冰山崩坍了。她把脸埋在报纸上，亲吻着自以为是王必胜的地方。泪水穿透了报纸。

4×4

朋友们都知道，祥哥有个心病，老琢磨着“4×4”应该是什么。不知情的人以为这是个算术题，小学生都会做，但不知这道题就像陈景润的“1+1”一样，至今是个谜。

那是二十年前，准确地说，是1993年春天以后的事。

那时，全国一片热土，我们一群来自四面八方的年轻人，怀抱各种梦想来到北京开创自己的事业。我也是其中之一，我在亚运村安慧里某楼的三层与人合租了一套三居室，挂牌做起了建材生意。我们这座楼的五层以下，几乎都是这样的小公司，大的十几个人，小的两三个，大家在一起混熟了，就成了朋友，互相帮帮忙，通通气，有时也吵一吵，打一打。大家都觉得这辈子不混出个什么来，对不起北京，对不起那个时代。我们把那座记载着我们的青春和梦想的楼，叫作“张无忌”，直呼“无忌”。我们这群人都是金庸迷，把一身武功、打遍天下、收获爱情作为自己的人生追求。这样，很多东西就成了大家的共同目标。

那时，拥有一辆自己的汽车，是“无忌”们的梦想，大家都铆足了劲。祥哥第一个买了车，枣红色的切诺基Briarwood！那时，捷达、桑塔那是刚上市的新车，街上跑的还多是苏联的伏特加呢！而彪悍、野性十足的切诺基，代表着现代、西方，就是实力和魅力的象征！属于成功男士的专利。没想到祥哥就把它开进安慧里了！对我们的震撼和刺激可想而知。而且，作为一名男性，他买的竟然是火热的枣红色！简直是故意挑逗我们嘛，大家都被他惹得嗷嗷叫。

祥哥买车没有风声，没有先兆。那天早晨，我刚进办公室，突然听到楼下一阵马达的轰鸣，感觉整座楼都在颤。是一种结实有力、充满霸气甚至嚣张的吼声，显然是一种大功率的发动机。那时，楼下的停车场里，汽车还很少，有车来的话，多半是出租车、“小面包”，发出的是那种像老人一样嘶哑的破裂声，若有震动楼房的轰鸣，则是老解放居多。今天这个不同凡响的声音，自然引来了楼上的目光。我看到一辆崭新的枣红色切诺基划了一道潇洒的弧线，停在花坛边。

熄火，四周骤然沉寂下来。大家从躁动中把目光集中到即将亮相的人身上，是谁开来了这样的车！驾驶室的门开了，跳出来的是祥哥！是的，他是跳出来的！那是1993年的春天，大概三月初吧，春寒料峭的，我们还穿着厚厚的大衣，祥哥穿的是轻便的夹克衫和牛仔裤，脚蹬白色的旅游鞋。这使他跳出来的时候，有一种身轻如燕、朝气蓬勃的感觉，与切诺基形成了完美的结合。我听到周围响起一阵惊呼声。

下了车的祥哥，魂儿好像还在车上，他扶着车门，目光在车内上下看着。然后“砰”的一声关上门。仍没有马上往楼里走，而是绕着切诺基慢慢转了一圈，眼睛没离开车子，就像看着自己的心上人。最后他抚了一下前盖，准备离开。这时，他下意识地抬头看了一眼“张无忌”，看到窗口上热辣的眼神，他的脸上漾出笑容。那种灿烂和陶醉的笑脸，至今还留在我的脑海里。

手脚快的人已经从楼梯口跑过去，大家拥着祥哥又回到切诺基身边，围着看，有的动手摸。祥哥打开车门，让几个人上去，他开了车在小区里转了两圈。

我没有下去，我在楼上看了全过程，心情也很激动。祥哥上楼后，来到我的公司，其实就是两间屋。对我说：“妹子，看到了吧？我的切诺基！”

我说看到了。

“怎样？想不想试试？”

“等要用车的时候叫你。”

他瞪我一眼，掉头出去。

那几天，我要出去办事，就叫他出车。除非实在走不开，他都很乐意。有时没事，他也会自己跑来问：“想不想出去兜风？”几个人就放下手头的活，一窝蜂挤上车，大呼小叫着到马路上狂奔一气，回来更有劲地干活，好像是出去加了油。

有车的感觉，绝不仅是出门方便，节省时间，而是一种拥有、一种成就感。开着车，在宽阔的北京大街上飞驰，那种感觉，不是有车，而是驾驭了生活，自豪而奔放，如窗外的风哗哗作响。

可是，才五天，一周都不到。中午一点多，听到祥哥在楼下喊我："雪妮儿！你下来！"那时还没有手机，通信靠大嗓门。

我从窗口探出去，看到他站在切诺基的屁股后面，叉着腰，躬着背，盯着后厢盖看，气呼呼的样子。我急忙跑下去。

他也不回头，也不说话，咬牙切齿的，只是用眼神示意我自己看。我循着他的眼光看过去，心也咯噔跳了一下。天哪！那个闪亮气派的、表示汽车的动力、给人时尚动感的、镶在车屁股后的行李箱盖右后缘的镀镍金属片 4×4，被人撬走了！留下了难看的字痕。这个金属片被当作贵重的东西偷走了！

我心疼地用手指摸摸粗糙的漆面，说："那怎么办呢？"

他还气得说不出话。那个时候，有车的人少，售后服务跟不上，4S 店这样的东西根本还没影子，去哪里弄个一样的 4×4 金属片？而这个瑕疵留在那儿，切诺基就像大美人破了相，祥哥的痛心自不必说。

最土的办法就是暂时把破损的漆面刷上。我说我办公室里有白漆，要不先用白漆描好，等跟厂家买到金属片了再原样粘上，总比现在这样好。

他想了想，点点头。

我飞快地跑上去，又飞快地跑下来。用小号排笔仔细把被抠掉的漆面描好，看上去也整齐，虽没有金属片美观，却也遮掩了破相。如果远远地看，还以为是原装的。

祥哥感到满意，总算露出了笑容。下午他打了好几个电话，跟厂家联系上了，订购了同一型号的金属片，但要一个月后才到货。问题得到了解决，为了奖励我，下班后他开车送我回家。

本以为等一个月后，货到了，车子恢复原状，这个小插曲就过去了。没想到第二天，也是中午差不多的时间，祥哥如雷般的喊声又响彻"张无忌"："雪妮儿，你下来！"

从窗户望下去，看到祥哥像一只战斗的公鸡，叉着两翅梗着脖子，弯腰对着切诺基的屁股。似乎是昨天的地方又出事了。我跑下去。从祥哥的胳膊弯处，看到紧挨着“4×4”被人画上了“=16”。只不过“4×4”用白漆描过，很显眼，“=16”是在漆面刮出来的，不明显，两者一重一轻，好像对“4×4”是不是“=16”不太有把握。但做题的人很认真，笔画工整，粗细大小与“4×4”相当，周围的漆面基本没被破坏。

“哈哈……”我忍不住笑出来，如果祥哥要揍我，我也没办法。谁能想到切诺基的“4×4”会“=16”呢？

祥哥自己也忍不住，憋在嘴里的笑也喷出来，边笑边说：“我他妈的服了！”

我们痛痛快快地笑着，我问：“现在怎么办？”

他说：“做对了嘛……你都给描上！”

我很乐意完成这项任务，飞快地跑上楼，拿来未干的排笔和白漆，有滋有味地把“=16”描好。说实在的，我对那位做题的人，产生了说不出的喜爱，觉得他勤奋而阳光，积极主动地把题做出来，公之于众。斜眼瞄一下祥哥，他也兴致勃勃的，像个大男孩。有那么个瞬间，我闪过一个念头：会不会是祥哥自己？

描好了，我交了作业，让祥哥看看行不行。“4×4=16”，工整而准确，但已经排到车厢的边缘了。

祥哥像昨天一样感到满意。但他有点不放心：“我开着个算术题满街跑，人家还以为是个傻冒呢！”

我说你要是不好意思开，这段时间就让我开吧。我愿意当这个傻冒！

“算了，还是我自己当吧！”他识破了我的小把戏，立即挡了回去。

我们都以为，等金属片来了，粘上去后，把“=16”喷掉，车子恢复原状，这个插曲就结束了。

过后两天，相安无事。祥哥挺开心的，他说这两天没人超他的车，整条街好像都是他的！如果注意后视镜，经常可以看到后面的人笑得东倒西歪的，他也跟着乐。

但车子如此引人注目，祥哥不太放心，他一有空就往楼下跑，还叫我多留神点。我从窗户经常看到过路的人驻足观望，对着车屁股笑，然后掩面而去。有一次，一个老爷爷还指着算式对小孙女说什么呢，大概是讲解算术吧。

这件事在“张无忌”的年轻人中，像注入了兴奋剂，大家心中充溢着好奇和喜悦，更充满着跃跃欲试的野心。那个时候啊，真是个让人坐不住的年代！中国社会经历了改革开放，小平同志的南方谈话坚定了大家走社会主义市场经济的信心。在北京这样的地方，你可以感觉到遍地黄金，就看自己有没有胆量和能力去捡。而切诺基的“4×4”竟然“=16”！就像眼前突然打开了一扇窗，让人在一个习以为常的现象背后，看到了真理和充满想象的未来。大家都像张开了翅膀，有纵情飞翔的感觉。

祥哥也高高兴兴的，他没有一丝受损的感觉，这喜剧般的结果，让他成就了一个浪漫的故事，就像是买车获得的赠品。开始有人对他喊：“16 祥！”，他也欣然接受，每次都装出不耐烦的样子应道：“干嘛？”

可是，第三天下午四点多，祥哥没在楼下喊我，而是径直来到我跟前，拉了我就往楼下走。看他的样子，肯定是车子又怎么啦，我问：“要不要拿油漆？”我以为有人又往下做题了。

他说：“你下去看看再说。”

“又写了什么？”

“你猜猜！”他卖起了关子，不肯轻易露底。

亲爱的朋友，这里我不得不停下来，请您也来猜一猜，这次会写什么？多年来，这个谜我问过许多人，至今没有一个猜中的。聪明的您，发挥一下自己的想象力吧！猜猜看！猜中了，我相信您就是一个有情趣、有热情、有幽默感的活得自在的人！

……

我仍是往数学方面去想，16 的分解，2 的几次方，猜了几个数，都被祥哥笑话，说我想象力太差了，得跟人家学学。来到车前，他让我慢一步，自己走到车屁股，用一只胳膊挡住算式，觉得放心了，才对我说：“好了。”我过去，面对他的胳膊。他故意又磨蹭，等我急了，才喊：“瞧！”一抬手……怎么着？您猜到了吗？

一个大大的“√”打在“4×4=16”的上面——就像一个娴熟的老师信手勾起，很流畅，划痕不深，如果不在意“4×4=16”，就不会注意这个“√”。

我被镇住了，看着那个勾说不出话，却一点都没有想笑的意思。这个打勾的人太睿智也太有气魄了！简直是神来之笔！我都忘了这是给汽车划痕，而是一个杰作。好像生活中有个严厉的老师，在暗中审视着我们、批改我们的行为！祥哥得了个大大的“√”。

看祥哥，他也一脸喜气，得意地问“怎么样？想不到吧？”好像是他创造的。

“太厉害了！”我由衷地感叹，“什么时候划的？”

“不知道，我也刚发现。”

“也是他吗？”我说“他”的时候，感觉像个老朋友，那个做出“4×4=16”的人。

“不知道，你觉得呢？！”

我觉得不是，应该是另一个对这一切做出评判的人，像裁判或法官。我说：“真想认识他们。”我指的是做题和批改的人。

“我也是。”祥哥脸上有一种神往。

“留做纪念吧。”我用手指顺着“√”画了一遍，感受那个人的态度。

“当然。”他也跟着我画了一遍，“正确！好啊！”他说的“正确”，是指那个勾。

“我去拿漆！”

他连忙摆手道：“不要再刷了，这个，”他爱惜地在算式和“√”上轻抹，“咱们，你和我，知道就好，别人不会注意的。”

是啊，我也感觉到这个勾在我们心中留下了别样的感觉，真不想被大家拿来当笑话说。从远处看，“√”是看不出来的，只有我们知道它的存在。我心领神会，说：“祥哥，加油！”

“加油！”我们击掌相约。

这就是“4×4”的故事。后来，金属片寄来了，车子恢复原状，这个故事就沉淀在我们心底，也给我们留下一个谜团和心愿。我们都相信，人海里有这么一个或几个人存在，他们就像我们的知音，同守着一个秘密和信念，总有一天能与他们会合。

那几年社会的变化实在太大了，各种诱惑和冲击令人眼花缭乱、晕头转向，人们都迫不及待地想改变现状，只想变、变、变，变成不是原来的样子，似乎生活永远在远方。

1995年夏天，祥哥因炒股暴发，他很快抛弃了切诺基，花60多万元买了一辆皇冠3.0。我不知道他抛弃切诺基时，是否还记得“4×4”的故事，或是把它也一起抛弃。他被皇冠3.0的派头陶醉了！那时拥有皇冠3.0，要比现在开宾利、凯迪拉克神气得多。但是，这次换车没有给我们带来刺激，安慧里的老“无忌”们对皇冠3.0的热情大不如切诺基，新来的人更没有感觉，这个时候，就是谁突然开来了飞机，大家也不会大惊小怪了，这年头，什么事不会发生呢？去看车的人是给祥哥面子，有的连看都不看，也没有谁想试驾一下。大家都有车了，两年前，有车是一种理想，现在，有车是一种攀比，在别人的豪车面前，“无忌”们没有了欢欣鼓舞的感觉，而是感到了压力。而“4×4”的故事似乎已被大家淡忘了，包括祥哥在内，他那么轻易地抛弃切诺基，就像抛弃自己的初恋一样，让我感到他真的变了。

祥哥在短时间内赚到大钱以后，不知不觉地变得财大气粗了，世界在他眼里已是另一种模样，他在我们眼里也是另一种模样了。我有点替他担心，但没办法跟他说，说了他也听不进去。“无忌”楼已容不下他，他正准备要离开安慧里，另辟疆域。在他眼里，我落伍了，我说的话只能让他嘲笑。可我看他像其他发了财的男人那样，不断变换着往皇冠车里塞年轻的女孩时，我也觉得，他终究脱不去暴发户的本性，财富不是给他带来高贵和文明，而是膨胀和堕落。金钱的双刃在他身上先体现为自伤的一面，可他却不知道。

有一天，我公司的人指着窗外窃笑。我过去，看到祥哥在他的皇冠前跳脚，过路的人都掩面而过，也有好事者留下围观。似乎车子又有事了。

我下去，看到皇冠的前盖上被人刻了“好车”两个字，每个字都有巴掌大，又深又狠，没有特殊工具是很难刻得上去的。祥哥气得暴跳如雷，我的到来也没让他稍稍停歇。他在车前足足骂了20分钟，把作孽的人、社会风气、整个国家都骂了个够。我劝他，没有国家和改革开放，你能有皇冠吗？不能谁都骂呀！再说，人家写的也没错，这不是好车吗？他已经没有原来的幽默感和包容度了，气哼哼地说："老子就是好车，怎么啦？"好像要对那个隐形人宣战。

当时也没有烤漆这样的业务，要解决漆面损坏问题，必须由经销商跟厂家订购一个新的前盖，整个换，大概要等半年时间。祥哥只好继续开他的"好车"。

但是，那个隐形人似乎要跟他过不去，过了几天，他刚刚平静下来，在"好车"的前面又多了一个字——"是"。字迹和深度有所不同，看不出是否同一个人所为，大概"好车"引来了关注，人们继续在此发表看法。祥哥这次不骂了，冷笑道："说得好！老子就是好车！气死你！"因为"好车"要换整个前盖，"是好车"也要换整个前盖，祥哥这次比较想得开。但看得出，他已没有"4×4=16"被打勾时的心情，他感到自己有钱了，人们在与他为敌，所有赚不到钱的人都恨有钱人！

开着鼻脸处写着"是好车"的皇冠在大街上招摇，肯定引人注意，据说交警还因此放他一马。但是，有人对"是好车"持不同看法，没几天，三个字前面又多了一个字——"不"。这次显然是另一个人写的，意思不同，笔迹也不同。看来，是不是好车已引起争议。

这下祥哥快崩溃了，明明是好车，却被人家写上"不是好车"！他已经不在乎字多字少了，而是要讨个说法。他把我叫下来，指着车子说："你给评评理，我这不是好车，那什么车才是好车？"他挥手扫了亚运村安慧里一圈，"老子倒想看看什么车才是好车！"的确，目光所及，多是奥托、夏利，捷达、富康已算是好车了。

我看他气得青筋暴露，跟他在不知不觉中变得财大气粗一样，他在不知不觉中也长出了啤酒肚和粗脖子，当年那个从切诺基上跳下来的身轻如燕的人已经不见了，加上青筋暴露的脸，使他看上去又凶又丑又蠢。我对他有一种悲悯之感，什么时候祥哥变成这样了？那个热情开朗、助人为乐的祥哥到哪去了？我感到隐隐的心痛。大热天的，怕他出事，我灵机一动对他说："别急，我替你摆平！"然后我跑上楼，在工具箱里找到一把小锥子，回到车前，二话不说，就在"不是好车"上划开了。

祥哥还在火气中，我划车时他没回过神来，后来有点心疼，愣愣地看着我，等我补上一笔后，看清了，突然眉开眼笑了。他还能笑得出来，总算给我一点安慰，那个依稀的祥哥还在。

讲这个故事的时候，我总会在这里停下来问听众：猜猜，我补了什么？有了“4×4”的经验，大家对这一笔就有了想象力。有的说“吗”，有的说“？”。都没猜对，到现在也没人猜对。很简单，我在“不”字上加了个偏旁，成了“还是好车”！用最小的代价，讨回了说法，祥哥就是要这个面子！

“真有你的！”祥哥说，他认为这一笔不亚于“4×4=16”上面的那一勾。但我觉得意思完全不一样了。

从“4×4=16”到“还是好车”，已看出祥哥的心理变化，也看出人们对有车族的态度，社会在变，人心也在变。2000年我买了奥迪，刚买一个多月，前盖就被打上个斗大的“×”字。现在开的奔驰，被划过“去死”“傻B”的诅咒。都是恶狠狠的，没有一点好玩之心。至于从前叶子板拉到后叶子板的深可见底的划痕，则是常有的事，似乎那位看不见的隐形人脾气越来越不好了，时不时就要发泄一下。我也看到过，一个五六岁的孩子，对着停在路边的好车又踢又骂：“坏人！坏人！”现在的大人告诉孩子：有钱人都不是好人！然后又教育孩子：一定要做有钱人！让孩子把有钱与坏画等号，为了有钱，可以使坏。让孩子们以为：做坏事不是羞耻的事，没钱才是羞耻的事。这就是我们的现实观，这是个什么样的逻辑？

看到祥哥的样子，我便十分怀念那个“4×4”的故事，怀念那个有浪漫有憧憬有宽容的时代。

祥哥很快离开了安慧里。后来股市不行了，他像段子所说的“武松进去，肉松出来；杨百万进去，杨白劳出来；大小非解禁进去，大小便失禁出来……”那样，变卖了自己所能卖的，又欠了亲朋好友一屁股债，没法还，就玩蒸发，至今不知所踪。

“张无忌”里的兄弟姐妹们也各奔东西，相忘于江湖。

我一直留守在北京，我对北京有特殊的感情，她是首都，是祖国的象征。我在这里，就有一种自豪感，一种责任感。

有一天，我接到一个陌生电话，对方说："请问，您知道4×4=……"

我叫道："祥哥！"

"哈哈！"祥哥笑起来，"没想到吧，我又回来了！"

我问："你从哪儿冒出来的？"

现在很多人玩"潜水"，就是你知道他（她）的存在，但你找不到他，他却在你的鼻子底下，随时都可能从你眼前冒出来。感觉他们像枪手，而你像猎物。祥哥就是这样突然浮出水面的，我以为他有事要找我。

他说他手里只有我十几年前的手机号，不抱什么希望，没想到一打就通了。当年"张无忌"里的很多人，手机号都成了空号，也不知人是不是也成了空名。

我说我一直用原来的号，就是怕老朋友找不到我，也是想让人们知道，我一直在，不会蒸发。说这话时，我突然感到生活中好像有无数个大黑洞，把许多老朋友都吞进去了，不知他们还在不在？

比如祥哥，从倒钢材，到做粮食、棉花生意，到玩股票，到搞房地产，到资本运作，赚了不少钱，也害了不少人。二〇〇几年的时候移民美国，沉寂了一段时间，又两边跑，据说现在转战精神领域，做的是文化事业，立志把中国的优秀传统文化传播到国外去。他最近从美国回来了，准备在国内定居。现在来找我，有什么事呢？

他说，他被一个梦缠住了，有一个长得像孔子，又像亚里士多德的老人，有时挥舞着鞭子有时挥舞着马刀追着他问："4×4 到底等于多少？"他边跑边哭，答案就在嘴边，可嘴巴就像铅做的，怎么也张不开。好不容易挤出了几个字，却像咒语一样，连自己都听不懂。结果鞭子啊刀子啊就劈过来了，他就脑袋开花灵魂出窍，不知死过多少回了！这个梦一直追逐着他，搞得他胆战心惊，无法安生。他觉得这里面一定有什么玄机，如果找到了这个玄机，他就能找回过去的自己，找到那种充满激情、理想、快乐、单纯的感觉，他现在非常怀念那个时候的生活。他说这事只有我能帮忙，所以来找我。他用急切又期待的眼神望着我问："雪妮子，你说，4×4 到底等于多少？"

听到他像从前那样叫我雪妮子，我心里"咯噔"一声发出脆响，一种业已冰封的东西正在融化，感觉心里水汪汪的。4×4到底等于多少？那个时候，我们是很明白的，现在却茫然了，一个简单的算式，隐藏着玄奥的哲学命题，成了对现实和人生的拷问。我们能交出满意的答卷吗？

我问："祥哥，你觉得那些人，"我比画了一下，他心领神会，一下子就知道我指的是谁，"还在吗？"

他犹豫起来，说："我现在也不敢相信了！"他说他曾悬赏寻找当年那个（几个）人，结果冒充者无数，都说得跟真的一样，就是为了那笔赏金，结果是让他怀疑那个人是否存在。近来网络上甚至流传起了类似的段子，也是什么四驱越野，4×4=16，打√，说的是小孩子的恶作剧，意思完全变了，算式隐藏的意韵被娱乐化了。祥哥觉得把这个充满想象而让他怀念的故事当段子戏说，败坏了他的感情，就像一个年轻时心仪的女孩，现在已沦落风尘，人人都可以对她动手动脚，他却没有权利制止。祥哥感到沮丧和痛心，他忧郁地问我："雪妮子，你说，这道题是不是没有答案了？"

我想，它的答案应该在人的信任与友善之中。而我们现在缺的就是这些，所以会遭到哲人的追打。这是检验人心的问题，不会有标准答案的。我说："答案在你心里，慢慢找。"

"什么？"他下意识地低头看了下自己的胸口，似心有所悟。扭头从CBD24层的窗户看出去，外面是长安街如织的车流和灰蒙蒙的天空。"噢……那我得想想。"

后来，他觉得自己找到答案了，但两个哲人反而不出现了。他又苦苦等着哲人的到来，却发现这是他无能为力的地方。现在才明白，被哲人追打也是幸福的事。可哲人至今也没来，不知什么时候才会来，就一直等着。4×4=？就成了他生活中解不开的结。

右肋下

第一医院的路口常堵车，这是全市人民都知道的事情。这里曾因堵车发生过打架打死人的事，被打死的是一个六十多岁的“老慢支”病人，是医院的常客，长期咳嗽使他把说话做事都不当一回事，只有把喉咙里的痰咳出来才是顶顶重要的。那天他正好在路口处咳得上气不接下气，弯着腰挡了一辆小汽车的路，市内禁鸣喇叭，司机只能拍车门提醒他，但老头只顾咳嗽。这时，跟在小汽车后面的一辆工具车里突然冲出一个大汉来，抓住老头就打，老头被打倒在地时还在咳嗽，他又用脚踹，小车司机和周围的人过来拉，大汉仍不解恨地往死里踢。老头不咳嗽了，被送到医院后抢救无效死亡，死于痰堵窒息。那大汉的行为令人不解，原因是他五岁的儿子被确诊为白血病，正在医院里治疗。所以，人们都说，第一医院那地方晦气，出这种事不奇怪。

陈伯良这天从第一医院的路口经过时，也给堵上了。司机通常是不走这条路的，但陈伯良在拐弯处撇了一下手，司机就把车子开过来，就堵住了。

车子被夹着动不了，从车旁挤过的人总无聊地拍着车厢，拍得陈伯良心烦，他问司机干什么从这里走。司机愣了一下，才知道陈伯良的手势与走这条街无关，便涨红着脸不敢吭声。

这时，一辆银灰色的奥迪从对面缓缓而过，是朋友王统的车。看到王统也堵在这里，陈伯良有了点喜色，他按下车窗，对奥迪招手，奥迪的车窗落下，露出王统的脸。王统的脸露出来时，陈伯良愣住了。王统好像刚跟谁打过架，青白的脸上铺陈着说不清是疲惫、恼怒还是惊慌的神色。他还想对陈伯良笑，结果只是抖动了脸上纷乱的表情，看不到笑的苗头，反而使面容更加难看。他对陈伯良挥挥手，算是打招呼，并无说话的意思。车子又走了。

陈伯良探出头大声问："上哪？"

但车子已经开过，王统没听见，或者听见了没有回答。跟在王统后面的是一辆的士，大开其窗，里面一个妖冶的女人应声答道："找你嘛！"同时抛过来一个媚眼。陈伯良感到脸上被砸了一块污物，他横女人一眼，女人却对他笑，他没想到女人的笑这么腌臜，遂厌恶地扭过头，坐正身子。女人并不介意，仍兴致勃勃地对他挤眉弄眼。陈伯良关上车窗，他的车子也开始走了。

车窗关上后，窗外嘈杂的街声像潮水一样退去，银色奥迪和红色的士走远了，陈伯良松了一口气，但想到王统，心又提起来。他想王统一定是病了，记得看到王统时，他还看到了王统背后第一医院的门诊大楼和大楼后面高高的28层病房，那一眼，让陈伯良的心头一颤，感觉非常不好。

不久前他曾到第一医院探望一个朋友，也是在路口处一眼看到这个景致，当时产生了不祥的预感，好像利刀划过脊背，脊背上有一个被打开的空洞。几天后，那个朋友死于肝癌，这个噩耗与那天的感觉联系在一起，陈伯良就有几天脊背发凉，走路都僵硬着身子。刚才他看到王统时，时间和角度正好与那天重叠，所见的画面就像是从脑子里浮出来的，尤其是门诊大楼顶端用红色瓷砖镶在墙上的"十"字，在早晨九点多钟的太阳照射下，像一根红色火炬打在他的脑门，两次，他都觉得脑子被打蒙了。

他拿出手机，想给王统打电话，问他怎么回事。可拔了几个数后，又犹豫起来，觉得这样问王统不好，要是他没病呢？或者，万一他真有病呢？这两种情况都不是陈伯良想要的结果。从内心讲，他不相信王统有病，就像不相信自己有病一样。但怀疑王统有病，或怕自己有病的想法，却像蚂蟥一样吸在心上，让他感到有一块地方发紧。他把手机翻了盖，盖了翻，知道这个电话是不会打了。

一只不知什么时候被关在车里的苍蝇，正顽强地撞着窗玻璃想飞出去，发出"哧哧"声，他盯着苍蝇看了一会儿，觉得自己的情况很像这只苍蝇，明明看得清楚，却走不出去。他替苍蝇把车窗打开，小东西却顺着下降的玻璃扑腾，飞不出去，他叹了一口气，又用报纸拨它一下，苍蝇才跌跌撞撞地飞出去。陈伯良一直看着苍蝇飞远，慢慢关上车窗。

这时，车子已快开出第一医院所在的老街，他突然说了声：“回去。”

司机赶紧减速，看他一眼，确信是要他回去，才找地方掉头，小心问：“去哪里？”

“第一医院。”

陈伯良知道，不到医院走一趟是不能解决问题的。从这一点上说，他在路口那不经意的手势，是潜意识的流露，不是司机的误解。当然，如果不在第一医院的路口堵车、不碰上王统，而且王统正好有一张吓人的脸，他也不一定有决心上医院。这件事对他来讲有点莫名其妙，他简直是在跟自己过不去。但越是知道自己跟自己过不去，越是有一个心理障碍不可逾越，他觉得自己已经走到了极限。

是这样的，他的那位死于肝癌的朋友，死得有点冤，他们是这么认为的。因为他才三十七岁，是个 IT 专家，企业界新秀。平时酷爱运动，生活有规律，不嗜烟酒，不熬夜纵欲，人又长得相貌堂堂，体壮如牛，是人们普遍看好的无可挑剔的前程远大的人物，谁也不会把他与疾病、早夭联系在一起，似乎社会的宠儿不在死神的摆布下，那是别人的事情，他们永远是神采奕奕、踌躇满志的。

可是，有一天他到医院去探望得了肝癌的叔叔，叔叔的病情让他感到悲痛和恐慌之时，还暗暗庆幸自己毕竟健康，他或许在那时想到了什么。总之，他从叔叔的病房出来后，就到门诊挂号，想为自己做一次检查。为了引起医生的重视，他根据叔叔的症状编造了自己的感觉，疲劳，厌食，恶心，腹胀、腹泻，右肋下闷痛。结果，医生的面容渐渐严峻起来，给他详细做了检查，又让他做 B 超。医生还亲自带他到 B 超室，请 B 超室的医生给他现做，否则得排队等候一两天。B 超做好后，他就直接住进病房，与他叔叔隔了两间病室。据他的家人说，彩超一做出来，他当即瘫软在 B 超室的检查床上，是医生根据他提供的电话号码，叫来了他的家人，用推车把他推进病房的。而这天早晨，他还跑了三公里，这是他坚持多年的运动。他再也没有离开医院，四十五天后离开人世，而他叔叔现在还在医院里躺着。

所以，人们这样认为，如果他不去找医生检查，他或许就不会得肝癌，现在可能还活着。人与肿瘤还有一个抗衡过程呢！据说人体每天都会产生少量的“幼稚细胞”，就像工厂生产过程中出现的次品一样。人体的免疫系统会及时将这些“幼稚细胞”吞噬、清除，如果免疫系统出了故障，这些“幼稚细胞”就会在它们来源的组织器官里生长繁殖，它们的天性就是快速复制繁殖，它们无限制的生长繁殖过程，就是对生命的破坏过程，也就被称为“恶性肿瘤”。但是，它们不知道，人体本身把它们制造出来时，就赋予它们这样的特性，它们不知道这样乐颠颠、瞎起劲地生长繁殖，是遵从生命的旨意呢，还是最终摧毁生命包括自己。称它们为“幼稚细胞”，多少有点赦免它们无罪、无辜的意思。

“幼稚细胞”是自己制造出来的，又在自己体内生长繁殖，你却看不见它们，拿它们没办法，这是最叫人想不通、干瞪眼的事实。那位朋友在极度愤怒和恐慌中度过了四十五天，他总是不相信，有时是睁大眼睛望着苍天，有时是拳打脚踢号啕大哭。他一再要求手术，把肿瘤切除。医生说已经不能手术了，他气愤地叫道：“怎么不能？你们就没有本事把它挖掉吗？当什么医生？要你们这种破医院干什么？”医生只好给他打杜冷丁，让他安静睡一会儿。但一醒来，只要还有力气，他就会趁人不注意时，握拳朝自己的右肋下狠狠打去。结果是自己痛得昏迷过去，醒来发现，照样拿它没办法。他就这样在对自己的身体不解和怨恨中耗尽了身上的每一个细胞，到最后已经没有人形了。所有的至爱亲朋看到他这样，都宁肯不要发现肿瘤，不要治疗，让他突然离去，也不要遭受这样的折磨。所以，得出这样的印象，如果他不去找医生，就不会得肝癌了。

自从这位朋友发病以后，陈伯良身上就不对劲，他想，一个那么强壮的人身上突然长出肿瘤来，自己身上不知也发生什么了。这么一想，对自己的身体便不信任起来，他摸摸肚子，故意收缩腹肌，让它一上一下拱着，却看不出什么。拱得凶了，腹部还真难受呢。他想到医院去检查一下，又怕像那位朋友那样，不去吧，也怕像那位朋友那样，医生说，那位朋友发现得太迟了。他有时用手指在自己的右肋下压一压，会感到一种闷痛，赶快松手，全身不敢动，好像怕被谁发现，但手又痒痒地想去摸。有一次，他往右肋下抠得深了，不但痛，还恶心，头晕，自己吓出一身冷汗：真的吗？脸色就泛白了。正好被女秘书撞见，大叫："陈总怎么啦？"引来周围慌乱的脚步声，他才感到应该到医院去一趟了。

陈伯良来到第一医院，他在怎么找医生的问题上犹豫了一下。他以前到医院除了看望病人外，偶有几次发烧、腹泻到医院挂瓶，再就是近年来，听从劝告，每年到医院体检一次。这些都是事先有人安排，医院有人接待，琐事由身边的人去做的，他不用考虑什么。每次他到医院，都会受到院方的热烈欢迎，因为第一医院28层的新病房大楼里，四部大型的奥迪斯电梯就是他赠送的。但是，现在他不想惊动医院的人，他要像普通人那样挂号看病，好像如果不这样，自己就不是病人，医生就看不出问题，或者有问题就不会告诉自己，他心里有一条隐隐约约的路，就是那位死于肝癌的朋友所走过的，他不由自主地沿着这条路走下去。

陈伯良不让司机跟着，自己整整衣服下车。

门诊大厅里排列着各种长队，密集的人群让他略略吃惊，他很少看到有这么多心事重重的人聚集在一个地方，形成一种忧郁和焦虑的气氛。他们互不关切，只顾自己匆匆地奔来走去，把他们的忧郁和焦虑搅得纷纷扬扬。陈伯良从踩进门诊大厅的第一步起，就有某种惶惑，他在大门旁张望，不知道挂号处在哪里，眼前的人走马灯似的闪过，他小心地避过他们。呼吸和皮肤都充满了医院污浊的空气和浓重的消毒水气味。

陈伯良挂了号来到内科，把挂号单交给导诊员，然后坐到长椅上等候。右边的一个老头侧了侧身子给他让座，又愁眉苦脸地看他一眼，他对他笑笑，老头无动于衷。左侧的人像木头一样毫无表情。陈伯良端坐着，举头看电子显示屏上的红色数字一个个地跳过，感觉自己的心跳与屏幕上一闪一闪的节奏渐渐吻合，没多久，他便与周围的人一样面容呆滞了。

看他的是一个年纪不大的女医生。女医生含笑看着他，问他哪里不舒服。他想了想，断断续续说了自己的症状：疲劳，厌食，恶心，腹胀、腹泻，右肋下闷痛。医生的面容渐渐严峻起来，给他详细做了检查，又让他做B超。医生还亲自带他到B超室，请B超室的医生给他现做，否则得排队等候一两天。彩超做好后，他躺在检查床上起不来。医生根据他提供的电话号码，叫来了在门外等候的司机，让司机把他扶回去，他已经说不出话了。

医生交代司机，检查结果明天出来，让他们明天来拿报告单。

司机不敢多问，小心翼翼地扶着他走，到了车上，问：“去哪里？”

“回家。”陈伯良的声音细得像蚊子。

陈伯良中午极少回家，就是晚上也不常回家。他老婆和他两人各管各的，平时像邻居一样相处，偶尔在家碰见时只是点头招呼，有事也说说，都是公共的问题。老婆有自己的事业和自己的私人生活，也不常在家。儿子在外地上大学，家是由女佣管的。

他不知道自己为什么要回家，可就是有强烈的回家的愿望，似乎是只有回到家里，才能开始面对自己的问题。从医生认真地为他检查，并亲自带他到B超室的那一刻起，他的头脑就萦绕着这样的问题：真的吗？真的轮到我了吗？我怎么这么倒霉啊！他是被医生带到某一个房间，从里面的暗门走到B超室，直接做检查的，外面有很多人在排队等候。检查时，他想从医生的只言片语中听出什么，但医生除了叫他掀开衣服、松开裤带、深呼吸、屏气之类的话，几乎一言不发。房间里挂着遮光的黑布，看不清其他人的面容，只有显示屏的光反射到做检查的医生脸上，时明时暗的，更让他感到神秘莫测。医生的每一次凝神，每一个重复的动作，都让他心惊肉跳。他觉得医生做了很久很久，久得好像又回到了胚胎时期，除了感觉到心跳，其他都不复存在了。他想一定是有问题了，才要这么仔细做的。光滑的探头，推着肚皮上冰凉黏稠的“导电糊”，一次又一次地把他推向深渊，他觉得自己在往下沉，往下沉。

等医生替他擦去肚皮上的“导电糊”，说了声：“好了。”他都搞不清楚自己在哪里。亮开的灯让他恍若隔世，虚弱地问：“医生，”却因为喉咙发干而说不出话来。医生问他什么事。他瞥一眼彩超屏幕，问：“怎么样啊？”医生说没事，可以起来了。他却起不来，手脚好像不是自己的了，全身都被软化、消解，只剩下右肋下探头推挤时的闷胀感和头脑中闪电一样的惊乍。

一路上，他都在想：到底会不会是真的？如果是真的，怎么办？又反复对自己说：不会的，不可能！自己说服不了自己，他很想对谁说说，那个人听后大笑，一拍自己的肩膀说：别傻了！根本不可能的事！

他不知道这个人是谁，他像找不到大人的孩子，遇事先往家里跑。

陈伯良目前有一个关系稳定的情人，有属于他们两人的安乐窝，他还有几个感情不错的女人，但他不会去找她们，他甚至不想让她们知道自己的情况，他在她们面前只能是个成功的男人。他也想到老婆，可老婆与他关系最僵的时候，恨不得他早点死，现在这种情况，她会不会拍手叫好？他也想到儿子，但儿子毕竟是孩子，又在外地，不宜在这个时候跟他说什么。其他几个亲戚、朋友他也想过了，但都提不起诉说的欲望，因为还不到时候。他心里仍很清楚：不会的！这不是真的，我没有症状，那都是瞎编的。他开始后悔自己为什么要骗医生，医生一定是在检查中发现了什么，才会要他马上做B超，现在只能等明天的结果了。

司机知道他家的情况，问要不要他留下来陪着。陈伯良不要，他甚至没叫女佣开门，是自己开了外面的铁栅门进去的。陈伯良的突然出现，让女佣大惊失色，她不知从哪里领来两个小女孩，煮了一大锅东西三个人埋头大吃，听到脚步声才抬起头，一见是他，“砰”地把锅盖盖上，却没盖好，碰翻了一碗汤。两个小孩吓得张大嘴巴，嘴里塞了满满的肉。

陈伯良看到汤顺着桌沿滴到木地板上，要在以往，他是会生气的，他讨厌脏和乱，还讨厌偷偷摸摸。但不知怎么的，这时却看了心酸，他对两个小孩温和地说：“吃吧。”就朝二楼自己的房间走去。

房间拉着窗帘，白底绿花的窗帘使房间的光线阴柔。里面的摆设此时都像精灵一样屏住气在看他，与他之间形成一种既紧张又密切的关系。他听出了房间里的静，以前没发现中午时间会这么安静，沉寂中，自己的房间像是别人的地方，只有床头的烟灰缸给他真实的感觉。他站在原地不动，心里有一个冲动，想把房间的各个角落都翻开来看看，卫生间和更衣室也要打开，他感到有一股陌生的力量在与自己作对，这股力量就藏在哪里。但他动不了，只感到眼睛发直，不听使唤。

不知过了多久，感觉面前有鼻息，睁开眼，看到老婆坐在床前看他，他和衣躺在床上。他也看她，两人定定看着，觉得很不习惯。他避开她的眼睛问：“你怎么来了？”感到眼角有泪水干后的艰涩。

“小张告诉我了。”

“他说什么？他告诉你什么？”陈伯良神经质地叫起来，“这个多嘴的家伙，他以为我真的快死了吗？”

老婆摇摇头，意外地俯下身来抱住他，轻声说：“不要这样，他只是怕你出事。”

没想到老婆会这样，他觉得有点怪，有点舒服，老婆抱得不是太紧，作个姿势的样子。他不知道怎么回应老婆的态度，有拥抱她的渴望，但一时做不到，又怕老婆放开，便不敢动。老婆感觉到他的反应，马上松手，坐正身子。

陈伯良有点失望，幽幽地说：“我完了。”

老婆说，不会的，等明天检查结果出来再说吧。

一说到明天，陈伯良的头皮又一阵发麻，他看着老婆说：“你都回来了，说明问题严重了，医生一定跟小张说了什么，快告诉我，医生怎么说的？”

老婆瞪他一眼，不高兴地说：“你这人就是疑神疑鬼！如果你讨厌我，我就走！”

她站起来要走，陈伯良赶快抱住她，他心里很高兴，因为老婆的态度和说的话让他感到放心。这时候的老婆看起来特别顺眼，特别亲，他抱住她的腰，把脸贴到她的肚子上，他发现老婆的肚子比枕头还软，却比枕头有弹性。他从老婆身上闻到了他曾经熟悉的气息，便贪婪地把头埋在老婆身上。

老婆低头看他，问：“你到底是怎么回事？”

他像个犯了错误的孩子，喃喃道：“我是骗医生的，我是胡说的，我没有那些症状。”

“你为什么要这样？”老婆很奇怪，想把他的脸翻过来看。

他不让动，也不看老婆，说：“我不知道。”

老婆叹口气：“你怎么变成这样了？”

他又说：“我不知道。”

但他现在心里很踏实，老婆的气息，老婆的怨气，都让他感到亲切，他就想这样跟她在一起，她怎么说他他都不在乎，恰恰是老婆这样生气、损他，让他感到安全和需要。他又一次抱紧她，并讨好地摇着。老婆禁不住他这样纠缠，终于把手放到他脸上，在他的额目鼻唇间轻轻抚摸，又用手指一下一下梳着他的头发。他闭着眼睛，心里很沉静，所有的心思都在跟着老婆的手指走动。

老婆的一根手指停在他的眉心，点了一下，问："好了吧？"大概是想结束了。

他请求道："明天你去医院帮我拿报告单好吗？"

老婆说可以。又问，干吗叫我去？

"你不会骗我，对吧？"

老婆觉得自己根本没想骗他，但身上的哪根神经被触动了，突然叫道："可你一直骗我！"

陈伯良心里一阵难过，低声对老婆说："你原谅我吧。"

老婆没说话，看他的眼神迷蒙起来，陈伯良从来没有在她面前表现出这种柔弱，这像一根细细的芒草划过她的心弦，触动了她温柔而敏感的部位。

陈伯良看到老婆的眼神有异，身上像被她温润的目光舔过，每个毛孔都张起一种急切，全身喷涌着久违了的情欲。他拉过老婆的手，把她拉向自己。老婆的身体贴到他身上，他抱紧她，老婆迎合了他的热情。陈伯良受到鼓舞，身体自然蓬勃起来，他曾以为这种反应在老婆身上是绝迹了的，现在突然来了，便欣喜地跃跃欲试。他开始脱老婆的衣服，又脱了自己的衣服，当他脱光了自己以后，突然就不行了，身上的一股气好像打开阀门跑了。他从镜子里瞥到了自己的裸体，看到了略有点啤酒肚的腹部时，那种超声波检查探头在肚皮上推挤的黏滑感突然出现，底下就不行了。

他无奈地松开手，让自己瘫着，心头交织着羞愧和忧虑。

老婆坐起来，默默地一件一件穿回自己的衣服，穿好后一笑，说："你还是到别人那儿试吧。"

"不是的，"他想解释，但说不通，他拉过被子盖上自己不争气的地方，说，"等明天，我就行了。"

老婆退出去，临出门时对他招招手说："明天见。"

"明天见。"他重复一遍。

老婆出去后，陈伯良凝神想了一会儿，然后蹑手蹑脚起来，赤裸着身子站到镜子前，对着镜子看。镜子里的人有点难为情，肢体不太舒展，眼神躲躲闪闪。他像陌生人一样看着他，两人第一次四目相对时，他立即把目光移开，却又忍不住想看他，再找回来，看到他时，竟有点发呆。他没有这样认真观赏过自己的裸体，他先像做体操一样张开双臂、叉开两腿，让自己尽量地暴露，然后双手捂脸，从脸颊顺着颈部向下抚摸，经过胸部、腹部，在下腹部停留片刻，像小男孩一样好奇地捧住挂在腿间的什物，从镜子里看，似乎多余，便笑笑，松开手，让它仍松弛地晃荡着。两手继续向下，沿大腿内侧至手臂够不着的地方，再向外向上收回至臀部、腰部，最后停留在两肋下。

他触摸到了自己肌肤的光滑和弹性，有一种舒畅和爱恋。经过胸部时，两个乳头坚韧的突起和肋骨的均匀起伏，让他感叹于人体的精致和完美，心想，如果人的乳头不是对称的，或是竖着排，会是什么样子？想着都感到不可思议。又想到，男人长两个乳头做什么用呢？记得听谁说过，是用来分正、反面的。想到这个，他竟“扑哧”笑出来。到了腹部，松软的肚皮，酥痒的感觉，他在两腰部轻轻按了按，以为自己会笑，却不行。他奇怪，为什么人就不能自己挠自己的痒痒？下面的“小弟弟”自然是淘气的，现在惹了点麻烦，怎么碰它都抬不起头来，而你不注意时，它却探头探脑，真是不好管。最后，他两手捂住肋部，知道在右肋下，就是自己为之担惊受怕的肝脏了，不知此时它在干什么？它知道自己的心情吗？以前怎么从没想过身体在干什么呢？可身体是一刻不停地按自己的方式活着，呼吸、心跳、血流喷涌、胃肠蠕动，每一个细胞，每一根神经，都有自己的意志和规律，才不管你是什么人，你在干什么呢！

陈伯良看着镜子里的人，对他产生了敬畏和歉意，现在才明白，自己所有的成功、荣耀，都是由身体完成的，而他却陶醉于自己的能力，对身体视若无睹。有一天，不，总有一天，身体会弃他而去，能力将随之消失。这个被他忽视的，每天无聊地吃喝拉撒的肉体，此时变得强大而自在，让他都不敢相信这也是自己，如何与它相处。他不知道自己跟它是什么关系，朋友还是亲人，或者根本就不可分割。记得在那位朋友的葬礼上，他看着那个放在灵柩里的东西，怎么都不能相信那是几个月前还经常与他一起喝酒、打高尔夫的人，那堆东西跟他到底是什么关系？是它消灭了他？还是他本来就是它？那种人与肉体分离的不真实感，就像现在他从镜子里看自己，那个不可捉摸的人的另一面，是无法在玻璃后面找到的。

陈伯良在镜子前站了很久，风掀动窗帘，窗外有个男声在叫谁一起去游泳，他突然觉得在海里畅游是多么幸福啊！活着是多么好啊！他拍拍自己的右肋部，心里说：有空去游泳。

第二天，陈伯良打电话问老婆彩超检查报告单拿了没有，她说没有。陈伯良问什么时候去拿，老婆却说你叫别人去拿吧。陈伯良问为什么？老婆说，我讨厌你！

“讨厌？”陈伯良还想说什么，可突然，心头好像开了一条缝，阳光和清风箭一样穿入，锐利而迅捷，心情被劈开了，一切清朗、亮堂起来，原来想说的话、心里塞得满满的东西像雾一样消散，想抓都抓不着。他全身轻松，很想笑，便笑了，说：“那昨天的承诺呢？”

“昨天什么承诺？”

他笑嘻嘻地说：“昨天我不是跟你说，今天我就行了，你还要不要？”

电话那头没有声音，他就冲话筒喊：“喂！喂！你要不要？”

一会儿，老婆低声说：“要。”

后来陈伯良了解到，那个给他看病的女医生认得自己，说是在医院新病房大楼剪彩仪式上看到的，她常乘坐他赠送的电梯，认为为他在医疗上提供方便是应该的。女医生严肃地说：“就是院长来了也会这样做的。”这时，那张彩超报告单已被陈伯良用一个精美的镜框镶嵌起来，挂在办公室显眼的位置上。

有一天，陈伯良在一个酒会上碰到王统，想起他那天的脸色，问怎么回事。

王统转着眼珠子回忆了半天，说：“他妈的！那天被医生吓了一跳。”

陈伯良突然爆发出大笑，王统问他：笑什么？有什么好笑的？陈伯良却笑得说不出话，最后上气不接下气地问：“现在好了？”

王统说“好了。”

错位

我到海城后换了当地的手机，刚换两天就接到一个陌生男人的电话，他管我叫“平平”，也许是“苹苹”或“萍萍”。

我说:“你打错了。”

他不说话。我听到一声轻微的叹息，像在我耳边吹过的风。我以为他一听不是“平平”，就应该赶快收线的，但他不说话也不挂机，感觉是他不相信，在盯着我看。我还没遇到过这种事，打错电话是常有的，偶有人也这样还不知道我是谁就说了一大通。有一次，一个男人气急败坏地冲我叫:“你到底回不回家?”我被他喊蒙了，也跟着叫起来:“干嘛?我干嘛要回家?”他愣了一下,“叭”地挂了电话。过后我有点遗憾，觉得有人喊回家是挺温暖的。但今天我没有心情，我也不愿被人盯着看，他没有说话的意思，我挂了机，好比在他面前拉上一道帷幕。

这是早上的事，我不太在意，过后就忘了。到了晚上，也就是十点多，我一边想着自己的事，一边百无聊赖地玩着手机，按了一串号码，又一个个把它们删除，整个晚上我都在做这个动作，但一个电话也没打。这时，手机突然响了，吓了我一跳。因为新手机的铃声我不习惯，声音又特别大。这种情况就像我在谁家门前徘徊，犹豫着要不要敲门进去，门却突然打开，蹿出一个人来。我慌忙接了电话，一接电话就后悔了，因为这个手机号码我没告诉过任何人，不会有谁找我的，这个想法让我又一阵伤感，对打电话的人反而有了点好感，毕竟他给我打了电话呀!以前我就曾在心情不佳的时候，玩过这样的游戏，现在谁给我打电话，我就请谁吃饭，结果有个读者打来电话，说他居住的生活小区大排档太吵人了，油烟污染严重，叫我去看看，给曝曝光。因为我是个日报的记者，在我们那儿小有名气，不知他怎么问到了我的手机号码。他气愤地说：“再这样下去，日子没法过了！”然后他列举了他得的数种老年性疾病，包括前列腺肥大，说他这样的人，还受这种罪，政府也不管管！听得出来他是个六七十岁的老者，声音颤颤巍巍的，说话啰里巴嗦的。我耐着性子听他说完，答应有空就去看，然后按我的承诺邀请他：“我请你吃饭，好吗？”他说：“什么？”我又重复一遍，他害怕了，说如果我不来就算了，反正别人能过他也能过，赶快把电话挂掉，这样一来，我的饭钱省了，心情也好多了。

所以，对这种意外电话我并不太讨厌。但听到又是早上那个男人时，我还是有点不高兴，他好像从早上到现在一直在跟着我，犹豫到现在才决心跟我说话。我一接，他又像早上那样开口就叫：“平平！”声音像是从洞穴里传出来的。

我说：“你打错了。”

他马上用制止的口气叫道：“平平！”不让我说话。

我被他叫糊涂了，他干吗一口咬定我就是“平平”呢？我不明白，他怎么就不承认自己打错了。这个平平是个什么人？听他的口气，应该是个跟他很亲密的人，他怎么听不出来我不是呢？他好像是非要我当平平不可，可我为什么要当？我说：“我不是平平！”我还没说出声，他又换一种口气轻轻叫着：“平平。”声音拉得绵长，带点恳求和撒娇的意味。

这种语调听起来有点舒服，像柔软的羽毛挠到了我身上最敏感的地方，我似乎就浑身痒痒地边躲边笑着接受了他的称呼，还有所期待的样子。但他好像有千言万语说不出，只是喃喃地叫着：“平平，平平。”我听到了他粗声的呼吸，低沉的嗓音。我闭上眼睛，感觉有点恍惚，人也沉沉地度入一种虚空。黑洞洞的世界里，有一个人的气息，他离我那么近，又那么远，他错把我当成了另一个女人，让我感到既温暖又心酸。我不知道他是谁，在哪里，无线电波错误地把我们连在一起，他随时会像风一样消失，可他是个实实在在的人啊！他在呼唤一个叫平平的女人。我感到自己被他带到了一个地方，被他当成了平平，他深情地看着我，叫着我。我想问他：“你怎么啦？”实际上，我什么也没说，我怕像吓跑胆小的小鱼一样吓跑他的声音。

不知过了多久，他柔声对我说：“你早点睡吧，我以后再打。”

我知道他要走了，我不知道他这一走会到哪里去，还会再来吗？我到哪里去找他？我觉得还有话要对他说，哦，不，是还想听他说点什么，但是，我没有办法留他。他说的“以后再打”给了我一线希望，我觉得自己现在就开始在等他的电话了。他好像明白我的心思，又说：“平平，你等我。”停了一会儿，电话挂了。我听着忙音愣了很久。

他是谁？为什么会两次打错电话给我？这个无聊的晚上，因为有他的电话而变得有事可干了。我查看了通话记录，他打的两次电话用了不同的座机号码，都是当地的电话，我把它们写下来。又信手在两个号码下面画了个男人头像，是个四十来岁的男人，眼神有点忧郁。后来，我又在他头上加了一根天线，我觉得这有点像卡通故事。

房间里只有我一个人，这是我临时住的宾馆客房，我看着这个陌生的地方，它陌生得让我熟悉，我呆呆地看着，睡意像潮水一样渐渐漫上来。手机还拿在手上，我关了机，把它放在床头，想想，又打开。我知道不会有人给我打电话的，除了他，他好像是连同这个新手机一起配给我的，还搭给我一个叫平平的人。临睡前，我像他那样叫了几声：平平。忍了很久的眼泪终于掉下来了。

我在海城举目无亲，只身来到这里，是想抛开过去的一切，重新开始。我经历了一场历时三年多的无望的爱情，最后只能放弃。但爱过了，忘不了，在我所生活的城市，每一处都令我伤痛，我只能远离。

选择海城纯属偶然。有一天看电视，看到一个画面：湛蓝的海水，白色的沙滩，茂密的热带植物，椰树、芭蕉、木麻黄，树丛中的木屋、石屋、满脸沧桑的老人、追着水鸟的黄狗……心里咯噔跳了一下，有个什么东西化开了，突然觉得这才是我的去处，我属于那里，我只要那种简单的生活，找一个身强力壮的渔民，结婚生子，粗茶淡饭，忙碌劳作，每天看日出日落，怀揣着心中的秘密慢慢老去……那是南方的一个海滨小城，我查了地图，订了机票，三天后，我就来了。

我到海城后的第一件事是换手机，我不想让过去的关系尾随我而来。本来换号码是不用换手机的，但我在一个小店买智能卡时，突然决定把原来的手机扔掉。

我为我的旧手机举行了一个告别仪式，其实也就是告别我自己的过去。我来到在电视上看到的那个海边，在太阳初升的时候，我站在一块凸在海水里的礁石上，海风吹着我的长发，在眼前飘动。我有一种很新奇的感觉，原以为自己会难过，甚至掉眼泪，现在却兴冲冲的，看着自己的头发像看新朋友一样。这时，海边空无一人，海面像绸子一样平铺着，太阳刚刚离开海面，还在抖落身上的水珠。很远的地方有两个人把搁在沙滩上的小舢板推进海里，他们赤裸着上身，穿着宽大的短裤头。生机勃勃的旭日把阳光从海面射向我，舔着我的肌肤和睫毛，我的心中充满温情，身上拾掇出一种向往和力量，自己都感到很喜欢。我吸一口气，把手机像手榴弹一样扔出去，扔得非常远。扔出的刹那还喊了什么，隐约听到一个高亢的叫声，以为有人喊我，向四周看看，还是没人，远处那两个人已经把小舢板推到海里了，正欢快地摇出海去。我想不出我会喊什么，应该是:“去你妈的！”或者是:“王——东——晖！”或者是:“去你妈的——王——东——晖！”王东晖就是使我逃到海城的人。我带着幸灾乐祸的心情看手机掉进水里，心想王东晖他再也找不到我了。

我往回走，发现涨潮了，海水漫过我的腰。我趟过齐腰深的海水，想到躺在水里的手机，想到王东晖若再打电话就通向海底了，忽觉全身发凉。

回到宾馆，就接到那个陌生男人的电话，晚上又接到一次。

第二天早上睡到八点多才醒来，还在似醒非醒之间，我感到自己被什么事情唤醒了，醒来以为会有电话找我。拿过手机来看，它跟昨天一样，显示着“中国移动”几个字，我略略失望地把它放回去。有那么个不易察觉的瞬间，我以为自己来海城就是为等那个人的，这个感觉让我不安。我像逃离噩梦一样，赶快让自己醒过来。

我踢掉被子，睁大眼睛看天花板，我想我得着手办自己的事了。今天应该去找一个可以长租的房子，最好是海边的渔村，一个单门独户的小屋。我仍希望与一个渔民结婚，但到海城后才知道，现在海里已没有多少鱼可打了，不少渔民都改行做生意，纯粹的渔民都在中老年以上，也就是可以娶我的人极少了。我只好把自己的目标降为嫁给渔民或鱼贩子。工作暂时不想找，我身上还有两万多元，可以维持一段时间不干活，如果我能顺利把自己嫁出去，我的生活就只是跟老公睡觉、养孩子、管家，每天帮他拾掇拾掇渔网、鱼篓，煮好三餐，闲时带着小孩和黄狗到村里串门，说话的嗓门慢慢拉大。这就够了，这就是我今后的生活，我想要这样的生活。

到餐厅吃早餐时，我又几次拿出手机来看。因为昨天那人打电话时，我就是在餐厅里吃早餐的，那是我到海城后接的第一次电话，我还不习惯新手机的铃声，手机响时我没有反应，等我和周围的人寻着声音把目光集中到自己的提包时，才想到是我的新手机。今天我又坐到原来的位子上，周围的人比昨天少，都是新面孔，只有站在台边的一个男服务生还是昨天那一位，他对我点头微笑。是自助餐，我取了几样点心小口小口吃，尽量把吃饭的时间延长。吃到芋泥饼时，我停下咀嚼抬头张望，昨天就是吃芋泥饼时接到电话的。餐厅里不时有手机响，我看着别人接电话，觉得应该有一个是打给我的，又怕自己没听到，赶快把手机拿出来看。每次我看手机时，那男服务生都看我一眼，虽然他站得笔直，头也没动，但我觉得他是在替我难过。我感到不好意思，有点寂寥地把手机放回去，对自己说，也许他一上班就忙，不会这么早给我打电话。

本来早上要到渔村去找房子，但吃过早饭后，心情突然郁闷起来，哪里也不想去，就又回房间。回到房间，躺在床上，才明白自己对那个未知电话牵肠挂肚的。我到底在等什么呢？听他对我叫别人的名字，然后告诉他我不是“平平”吗？还是觉得我与他之间会有点什么？我相信我并不是希望发生什么艳遇之类的故事，我现在已经厌倦这样的故事。我只是对这种冥冥之中闯入我的生活的事件产生幻想。比如，为什么在邈远的电信世界里，接电话的正好是我？而这个本来在我的一生中永远不可能知道的人，会突然像邻居的男孩一样跟我说话。这种在常规以外的事件变成可能后，会是什么情形？是的，我总在追逐生活的可能性，这是一个远远大于我们的生活的世界，它总躲在我们的身后，你看不到它，它却一直存在着。就像我离开王东晖，跑到海城想找一个渔民结婚，就是想求证生活的另一种可能。

我直挺挺地躺在床上，有三年多的时间，我一直喜欢一种睡姿，那是跟王东晖有关的，我不知不觉地又要躺成那样。现在我得学会自己睡，让自己直挺挺地躺着，就是有点惩罚性的意思。这样躺着，这样想着，流出来的泪水从眼角滚下去，有一部分留在耳廓里。他在干什么？找我了吗？给我打过电话了吗？我用枕头捂住了自己的脸。

有人来敲门，我一个箭步冲过去，把门打开，看到女服务员吃惊的脸。她小心地问："对不起，我可以整理房间了吗？"

我说："可以。"却心不在焉地看着她的身后。

她也看了看身后，确信没有不对后，才进门来。

我看她用吸尘器一进一退地吸地板，忍不住提高嗓门问："你们这里有个叫平平的吗？"我的声音压过吸尘器的噪声，我知道，我仅是想喊喊而已。

她抬起头，也大声说："我不知道！我刚来不久。"

听了她的话，我感到很羞愧，就不再吭声，坐在床沿默默看她工作，直到做完为止。但她很不自在，不时偷偷看我一眼。

到了中午的时候，我开始有点怪这人太粗心了，他应该说好什么时候给我打电话才是，免得我这样心神不宁地等着，又毫无办法。一个上午，我把他打错电话的原因分析了几遍。我首先想到的是平平的号码与我的号码相似，他记错了。但这种可能性不大，恋人之间，是不会记错电话的。我又想到他把号码按错了，比如把 58 按成 85，或按在相邻的键上，把 3 按成 6。以前我家的电话与证券交易所的委托电话号码就只有尾号的 3 和 6 之差，经常有人在中午一点多打电话到我家要买股票。我是多次在午休中被吵醒后才找到这个原因的。我也因此成了股民。但是，这种情况要连续发生两次，而且都发生在我身上，可能性也不大。我又想，他怎么一定要打我的电话呢？他怎么会听不出我不是平平呢？会不会是哪个恶作剧的人故意跟我开的玩笑？以前我就曾在大年初一的早晨，随便编了一个手机号码打过去，对方一接我就大声对他说："新年好！"结果那人高兴得连说数声："谢谢！"我自己也高兴了一整天。但是，他那么深沉的声音，那样欲言又止的缠绵，不像是能把玩笑开上两次的人。如果是，他应该继续开下去。所以，我决定再等等。

过了中午电话还是没来，手机像是睡着了。我也松弛下来，穿着拖鞋晃到街上找一家小吃店吃饭。我坐在靠窗的地方，眼睛盯着窗外走过的行人，心想，这些人都在忙什么呢？他们心中有没有一点小小的秘密和困惑？那个打错电话的人是做什么的？叫什么名字？我想象他是个有点文化又不得志的人，我给他起了几个名字，都觉得庸俗不堪，跟小吃店的饭菜一样倒胃口。因为我想出他的名字的时候，小姐正好给我端来一碗汤，我看到她的大拇指伸到汤里了。我正要说她，突然，一个念头让我坐不住：他会不会发现电话打错了，不再打了？甚至他已经给平平打过电话，打通了，他们跟我没有关系了。这个发现让我灰心丧气，我好像遭人抛弃一样受不了。我觉得他不能这样，至少他应该再来一个电话，由我来告诉他："你打错了，我不是平平。"我们之间的事才算了结。可我们之间算什么呢？他什么也没给我留下。我忽然想到了昨天记下的两个电话号码，我想知道他到底怎么啦。

回宾馆的途中，我想好了这样问他："请问你找到平平了吗？"我现在很在乎这件事，觉得它与我有关，然后我要告诉他，我是接了他两次电话的人，但我不是平平。我在心里把这些话说了几遍，把语音语调调整在最友善又不造成误会的地方。

先拨第一个号码。

接电话的是个年轻的女声，我像敲错了门，只好硬着头皮说："我是平平，请问谁给我打电话了？"

听得她对其他人喊："你们谁给平平打电话了？"没有回音。她对我说："对不起，没有。"

我又问："能告诉我这是哪里的电话吗？"

她反问道："我为什么要告诉你？"

我说："我想找一个人。"

她问："谁？"

"他，"我突然一阵悲怆，好像好朋友故意躲着我，我咬着唇说："他认识一个叫'平平'的人。"

"那不就是你吗？干什么呀！"她把电话挂了。

我想象着她的奇怪和讥笑，自己都泄气了。但是，他总在哪里的，也许就坐在电话机旁，像别人那样摇头否认给一个叫"平平"的人打过电话，但心里却七上八下的。

还有一个电话，我觉得他似乎就在电话的那一头。我吸一口气，拨了第二个电话。

“一、二、三、四……”我在心里数着电话铃声，数到六我就挂了，但听到对方有动静，一个声音沙哑的女人懒洋洋地“喂”了一声。

我尽量平静地问：“平平在吗？”

“什么平平？”女人提高了嗓门，声音有痰音，“没有！”

我问：“你知道有个平平吗？”

“不知道。”她咳嗽了一声，把电话挂了。

我自嘲地笑一声，一屁股坐在床头，用电话敲打着自己的手心，他知道我在找他了吗？我看着电话号码下的男人头像，问：“喂，你到底是谁？为什么不说话了？”

但是，电话打过了，我觉得该做的做了，决定下午就去找房子。

傍晚的时候，我打的来到海边，在一个有一棵卧倒的大榕树的地方停车，第一眼看到这里，我就以为这是我要找的地方。

这是一个村口，榕树已有些年头，太老了，已经站不住了，但还活着，树冠枕在一块岩石上，树干上绑了不少红绸带，有的鲜红，有的已经褪色。许多气根从岩石上爬下来，钻进石缝和石头下的地里。岩石下面有个小神龛，摆了一个香炉，旁边有几块磨得油光发亮的石板，想必是村里的老人小孩讲古聊天的地方。一条石板路从这里进村。

村子很干净，干净得像每个地方都用水洗过。村里的小路是石板铺成的，都是年代久远的青石板，房屋是石头和红砖砌成，又结实又敦厚。此时正是劳作了一天歇息的时候，村里有一种宁静的热闹，不少人在家门口吃晚饭，门前摆了一只小木桌，几样小菜放在桌上，吃饭的大人小孩子端着大碗，或蹲或坐在旁边的石板上，把碗里的稀饭啜得哗啦响。女人们在收箩筐里晒的鱼干和晾在门前竹竿上的衣裤，隔着几间屋子与邻居说着家长里短。三四只土狗在屋前的石埕上咬成一团，互相蹬来踢去。有狗的地方，就有几个男孩子在打打闹闹，样子跟狗差不多。我从街巷走过时，村里人都抬头看我，有的友好地笑笑，有的漠然注视，他们照样吃自己的饭，做自己的事。我随意问了几户人家：“有没有房子出租？”他们都说房子有的是，要住都可以，但不解地问我为什么要住到村里？我说喜欢这里。他们就腼腆地笑笑，互相看着，不知道我喜欢什么。我觉得这就是我喜欢的。

在一个拐角处，我看到了一个三口之家在吃饭。男的端一个大海碗坐在石凳上，边吃边哼着流行歌曲，女的端一个小碗在给小孩子喂饭，一个一岁多的男孩子站在一个竹子做的方笼里，光着屁股，拿一根吹气的塑料锤子在捶男人的背，他捶一阵停一阵，咿呀叫着。男人不时从小桌上夹一块鱼肉，小心地剔去鱼刺，放到女人的小碗里。他用两根粗大的手指头剔去鱼刺的时候，好像在干一件重活。女人把鱼肉喂到孩子的嘴里，自己嘴巴也同时张了一下。孩子边吃边捶男人，扭来扭去。

我在拐角处呆呆地看着。手机突然响了，女人回头发现了我，问：“找人吗？”

我点点头，又摇摇头，边掏手机。

男人举起碗，用筷子敲敲他的碗沿，邀请道：“来吃饭？”

我笑笑，说：“你们吃，不客气。”

女人望着男人微笑，男人也笑，孩子拿着锤子吃惊地看着我。

我看了手机，是个短信：“你在哪？”我又看了一遍，“你在哪？”仿佛有个人在焦急地找我。我远远地听到了他的声音，我闭了一下眼睛，泪水夺眶而出，一种被人关心的幸福和安全感使我全身涌过一阵阵热潮。我张开泪眼四望，“我在哪？”看到那个年轻的父亲正放下碗筷抱起儿子，他身后的木麻黄树细细的针叶在轻轻摆动，好像哼着一首古老的歌谣。“你是谁？”我问，想到茫茫人海中有这么一个人，眼眶又湿润了，我听到自己鼻子堵塞时亲切的“叽嘎”声。

我对那家人挥挥手，一个人往前走去，我本想问他们这是什么地方，但又不想打破他们一家的宁静。

我边走边给手机回信：“你是谁？”在等待回信的时候，我在村子里转悠，走到一个旧祠堂外，看到一个残破的石牌，一个“坳”字有一半埋在土里，其他都看不到了，大概是个叫什么坳的地方。我知道了我在一个叫什么坳的地方，我想告诉他，可他是谁？

天色渐渐暗下来，西边的天际变成了银色的灰亮，还有几块中间墨黑的云团挂着。我迷了路，不久又走到刚才那一家人吃饭的地方，此时人和饭碗已经不见了，只剩下小孩站的竹笼，塑料锤子丢在竹笼里，屋里隐约有小孩的笑声。我看一眼一直拿在手里的手机，还是没回信，我用那个号码拨了电话，电话通了，听到一个男声“喂”了一声，可我听不出来是不是那个人。我抑制着自己激动的心情问：“请问，是你给我发的短信吗？”

他问：“你是谁？”

我一时无话，我是谁，怎么跟他说？可我又那么想让他知道我是谁，我也很想知道他是谁。我说 ：“你是不是给我打过电话，以为我是平平？”潜意识里，我也把自己放在平平的位置上。

但是，他说：“平平？不知道，你打错了。”声音不是太清楚，我听到他把手机挂了，好比在我面前拉上一道帷幕。

我握着手机，好像对着一堵墙，最后看那小屋一眼，它刚好亮了灯。顺着第一次走到这儿的路慢慢走回去，心想，这人到底是不是“他”？他是不是认识平平呢？还是知道自己打错了电话，不愿意承认？但他肯定给我发过短信，对了，他还没有回答我的问题呢？我又拨了电话，他有点不耐烦地“喂”了一声，就等着对我说：“你打错了！”

我说：“对不起，再打扰一下，是你给我发的短信吗？”

“什么短信？”

“你问我在哪里？”

他停了一下，说：“我不认识你，你想干什么？”

我看一眼在暮色中的村庄，淡淡地说：“我只想跟你说，我在一个叫‘什么坳’的海边。”

“什么坳？”他问。

“不知道。”我仿佛看到他好奇的脸，不禁笑了。

他对我的答案不满意，气嘟嘟说：“你连自己在哪里都不知道，还要跟我说什么？”

我的心里好像被撞开了一股泉眼，清冽透亮，我高兴地对他说：“谢谢你！再见！”按下结束键，把手机放进包里，一身轻松地往回走。

第二天，回到我的住处是晚上八点多。几天不见，看到熟悉的绿色防盗门时，竟有如释重负的感觉。开了门进去，揿下门边的开关，电灯亮了，看到对着门的沙发上坐着王东晖，一副疲惫不堪的样子。他不适应灯光，闭了一下眼睛。

我问:“你怎么来了?”

他说:“我在这里等三天了。”说着，站起来，走向我。

我放下包，他把我揽到怀里，抱紧，我又闻到他的气息，却是熟悉得陌生。我茫然的目光落在放在茶几上的包，包里的手机从昨天到现在都沉默着，我闭上眼睛，耳边又听到那个人喃喃的叫声:“平平，平平。”我眨着眼，不让泪水流出来。

王东晖扳过我的脸，奇怪地问:“平平是谁?”

丁香以外

从我家到上班车的地点，大概要走5分钟的时间。班车是管理局统一安排的，坐车的人来自市直机关各单位，司机是个五十多岁、固执而严肃的男人，开车时间像发射导弹一样精确。

我一般提前8分钟出发，多出来的3分钟让我感到悠闲和愉快。如果看到有人手捏着早点，扭着身体、大呼小叫地冲向班车，对我而言，这3分钟已超出了时间的意义。我是一个喜欢规则的人，我觉得规则使我们杂乱无章的生活有了游戏的意味，过起来有一种竞技的状态。当然，大部分人讨厌规则，认为规则使轻松的生活变得沉重。比如那几个追赶班车的人（一般总是他们在追赶班车），就不喜欢规则，结果把自己搞得很狼狈。总有人把插着吸管的牛奶、豆浆挤出来，弄得一身乳白色的汤水；有时是包子、馒头掉到地上，他们“哎哎”叫着，匆匆捡起来，看一眼，又随手丢掉。

男人这样，还只是滑稽，他们哈哈两声，就把尴尬哈没了。若那些穿着时尚、凡事吹毛求疵的女人，也出现这种景象，你真难想象她们在办公室里挑着兰花指，翘着嘴角嫌空气不好，说什么她们只喝纯净水，对猪肉过敏等，到底是怎么回事。

但我觉得，她们在早上的这段时间是比较真实的。年纪轻轻的女人，也是一屁股坐下后，就“咂咂”吃起早餐，并不停地跟人家说笑，笑得比普通人大声。常有小块的面包、馒头或比口水大点的牛奶、豆浆从嘴里掉出来，使她们显得很日常。她们有时也会发现我的异样，笑嘻嘻地问：“你今天怎么啦？”口中哈出的肉包子气味，呼在我的脸上，我好像被她们舔过了一样，赶快一手捂脸，一手扇风，躲闪着喊：“离我远点。”她们并不在乎，仍笑嘻嘻地说：“谁惹你了。”

几年来，我上班的早晨都这样过，有些乏味和茫然。但时间过得飞快，一眨眼人就三十好几了。大概在一年前，我偶然发现，每当我走到一个圆形花台的拐弯处，也就是在我走了大约3分钟路程的时候，对面一条小道的榕树后，就会出现一个年轻女子的身影。她在路的另一侧与我迎面而过，持续不到1分钟。

以前我并没有注意到这个情况。这次发现，是因为一声狗叫，紧挨着小道的一座楼的二楼阳台上，一只哈巴狗从铸铁栅栏间探出半个身子。我认得那条狗，它的头上经常扎个小鬏鬏，冬天穿一件红色唐装。天气好的时候，常见主人带它在小区里溜达。它的主人是个矮小肥胖、长着O形腿的中年妇女，梳着两根不合时宜的长辫子。所以，狗也扎小辫，走路两条后腿弯弯的，一摇一晃跟它的主人很相像。

小狗叫得喜形于色，像学说话的孩子，对着下面的小路说个不停。这时，一个身材修长的女子从榕树后面出现了。她仰头对着狗笑，我看到她的侧影，前额、鼻唇、下颌、颈部直至锁骨，柔和流畅的线条，让人有拥抱的冲动。她的笑靥像石上的清泉，汩汩有声地从前额倾泻而下，把她的面容映衬得流光溢彩。我像小狗一样敛息屏气，目光愚蠢地停在她身上，动不了。女子转过路口面向我时，发现我在看她，那来不及收起的笑容，一下子又溢了出来。

第二天，上班时间快到时，我发现自己有点儿紧张。并不是对这个女人有什么想法，我只是好奇地想：今天，同样的事情会不会再发生？如果今天又发生了，今后会不会一直发生。这样，事情会变成怎样？我的想象力丰富起来，好像有一件重要的事情等待我来做，枯燥的上班程序变得令人激动了。我怕自己掌握不好时间，错过了与她相遇的机会，只有不到1分钟的时间啊！也许，她以前就从那儿走的，只是我没遇到，我们就成了互不相干的人了。这样一想，我有点惊悸和庆幸。

走到花台的拐弯处，我赤裸裸地盯着路口和阳台看，小狗不在，路口静悄悄的。我放慢脚步，嘴里默念着："一、二、三、四、五……"数到"五"时，榕树后面出现了那个身影。哦，我松一口气。

她好像知道有人会等她，从榕树后面出来时有些迟疑，眼睛先慌慌地扫一下，看到我，立即掉开。我的心放下来，她的样子让我满意，这就够了，我好像完成了任务，也掉开日光，走自己的路。我们若无其事走过，我看到自己擦得发亮的皮鞋，心想她会喜欢我的，因为我也喜欢她。她今天穿橘黄的针织套衫，米色的休闲长裤，白色平底鞋，提一个月牙形的花布拎包，活泼而娴雅。很合我的口味。

不到 1 分钟的路程显得悠长而空旷。我把目光固定在一个地方，那排平时我不太注意的小叶榕，原来是修剪过的，它们像有点刻板的英国绅士，站得一丝不苟。叶子是墨绿的，有腊一样的光泽，微风吹过，叶尖碰撞着发出“咔啦”的声音。小路的水泥地一尘不染，像洗过了一样，连两侧高出几公分的路坎，也那么整齐。真是叫人高兴啊。

我目不斜视地走，她从我的耳侧一步一步转到后脑勺。我克制着自己的好奇心，没有回头看她究竟走向哪里，我怕她也回头看我，四目相对，不是我们能接受的交流。我挺直腰杆，走得精神抖擞，有人注视的时候，感觉是不一样的。

我愉快地上班车。

车上已有两个人，一个见了我问：“高兴什么？”

“有吗？”我坐到自己常坐的位子上，愉快地反问一声。

另一个说：“要娶老婆了。”

我说娶老婆有什么好高兴的？心情却格外地好，不知第几次觉得，娶老婆也不错。令人沮丧的是，我想到了谢小婉。

谢小婉是与我相处了五年多的女友，平时就是吃吃饭、睡睡觉，说点耳闻目睹的事，我不相信她最终会成为我的老婆。她也肯定地说：“这不可能！”她是个跳跃性思维的人，你很难就一个问题跟她说上 5 分钟。比如，后来我跟她讲了小道上的女人，希望她从女人的角度，帮我分析一下这人是做什么的。谢小婉想都不想就从牙缝间蹦出一句：“哈！没想到你是这种人！”我问怎么讲，她却说有空她也要去看看。跟她说话，你不要指望有什么结果。我们处了这么久没有散伙，是因为彼此太了解，也是因为太了解了，使我们没有结婚的欲望。

大家知道我还没结婚，喜欢拿这个话题开心，车上有几个我们单位的人，其中一个大姐热心地把我的情况广为传播：博士，处级(副处)，未婚。她讲这话时是自豪的，好像掌握着某种资源。人们很快把我划入“钻石王老五”的行列。其实，我并没有达到那样的层次，只是有一次突发奇想，让人以为我是“钻石王老五”。

那次，单位号召大家为灾区人民捐赠旧衣服。我在一件自己喜欢的外套的暗袋里放了一张纸条和一百元。那个暗袋做得很隐蔽，我穿了很久才偶然发现的，是在拉链的衬褶里，不像是专门设计的。我以为，是哪个心灵手巧又满脑子幻想的车衣女工，背着工头和质检人员偷偷缝制的。她应该在里面装上一个秘密，让衣服把她的心思带给穿上它的人。这人就是我！发现时，我有一种惊喜，手狠狠地伸进去，以为能摸到在里面等我已久的东西。可惜没有。可惜啊！我好像错过了一次美丽的邂逅，穿那件衣服时，喜欢把手放在暗袋里，感受着一个不知名的人的心情。所以，我选择这件衣服捐赠，我要用上这个小秘密，给冥冥之中的哪个人一个惊喜。我在纸条里写道：“你好！穿上这件衣服时，你跟我已经有了某种关系，感谢你！用一百元做你喜欢做的事情。我叫李东。”

我不知道当时为什么要写上名字。我以为这衣服会到一个我不知道的地方，这世上将有一个我不知道的人，知道了世上有个叫李东的人，他给他送去了一个小小的快乐。这种情况让我感到温暖，我自己先乐了。

衣服捐出去以后，我就忘了这件事。有一天，办公室主任领来一个中年男人和一个十来岁的小女孩，说是找我的。我盯着他身上穿的衣服瞠目结舌。

男人问：“你就是李东？”他抖抖身上的衣服向我示意。

我点点头。

男人回头对小女孩说：“叫叔叔。”

女孩咬着嘴唇不吭声，两只眼睛滴溜溜在我身上转，脸上是欣喜的神色。

男人说：“是你吵着要来的，说好了，怎不叫了？”

我替她解围，说：“我先叫你吧，你叫什么？”

女孩突然大声说：“我叫戴红花。”

我们都笑了，女孩也咯咯笑。看起来，她并不是那种没见识的农村小姑娘。

办公室主任解释道，男人是我们邻近地区的人，他们那儿前不久发生了泥石流……

男人赶快说：“其实我们不穷，但我们很感谢你，镇里说救灾物资标了捐赠单位，我们就找来了……”

男人还没说完，女孩像朗诵课文一样挺直腰杆，昂着头念：“‘用一百元做你喜欢做的事情。’我们喜欢做的事情就是来看你。”

“哈哈哈！”我们又大笑起来。

男人说她：“那你还不叫人？”

办公室主任说：“不要叫叔叔，叫哥哥。他还没娶老婆。”

“你干什么呀？”我第一次为这个问题感到难为情，在男人和女孩面前很抬不起头。

女孩却很大方地走过来，拉着我的手摇摇，说：“不要紧，我长大了嫁给你。”

我看着她，为难地说：“那你快点长啊！”

据说女孩是她们镇中心小学的优秀生，她家的三层楼房被泥石流冲毁了，她父亲说，他们有信心重建家园。女孩说：“你的纸条给我们无穷的力量。”

这件事传出去以后，领导很满意，说我为我们单位树立了良好的形象。我却成了人们眼里的“钻石王老五”。

当上“钻五”以后，人们更喜欢拿此事来说笑了，他们羡慕我是个幸福的光棍，有自由之身，可以阅尽人间春色。我抬出谢小婉，说我五年多来只有她一个女人。他们说，谢小婉的处境，更证明了我的只想玩的“钻五”嘴脸，要不然，孩子都上幼儿园了。我觉得有口难辩，就随他们说去。谢小婉却很豪迈地问：“怎么不说是我玩你？”她顺手在我脸颊刮了一下。我因人家的议论而感到对不起她的愧疚一扫而光，赶快说：“当然是你玩我啦！”谢小婉就是这样的人，她这种藐视世界的态度，让我没有心理负担。这就是我既能跟她相处，又不能跟她结婚的原因。

所以，常有人在这方面试探我：“你想找个什么样的女人？”

我头脑中不觉出现了小道上的那个女人，心一动，随口说：“我希望我的生命中有一个自然纯朴、像丁香一样的姑娘出现。”

“哇塞！”车上的人都笑起来，几个男的争着说：“我也要。”有个老同志禁不住感叹：“年轻真好啊，我们那个时候啊……”

后来，他们没事就问我：你的丁香出现了没有？有时，全车的人由谁指挥，齐声合唱：“丁香啊丁——香……”

我也跟着大声唱，我一点儿不生气，心中是甜美的。

从那以后，我自作主张把那女人称为“丁香”。

我与她并不是每天相遇，刚开始，没看到她时，我会慌乱，担心她改变路线，或再也不来了。因为我们这个小区四通八达，有许多路可以走。我上班就有三条路可以走，我以前也随便走的，自从与她有了某种默契后，走其他路就觉得对不起人家了。但是，如果我的存在使她感到拘束的话，她完全可以走其他路，避开我。我感觉到她每次要从榕树后面出来时，似很难为情，像新演员要面对台下的观众一样。有一次，小狗在对她叫，她竟不敢抬头看它，因为我已经走在对面了。这让我很过意不去，又很兴奋，我让她感到不自在，但她没有因为不自在而避开我，她也在为早晨的这段“生活”而努力！想到她这样腼腆，又这样忠贞，我有一种被重视的幸福感。

我渐渐摸出了规律，工作日，她会准时在小道上出现，周末不来。偶尔也有工作日不来的，就像我也要出差一样，我们彼此对对方短暂的“缺席”，有足够的信心和耐心。等到哪个又出现了，双方都如释重负，目光不经意擦过，心已阳光般灿烂，好像在说：“你回来了？”“我回来了。”眼里看什么都是好的。

我唯一搞不明白的是：她到这里来干什么？以她踩准的钟点，有节奏的步伐，像是来上班的，可这住宅区有什么单位好让她上班呢？而且这么早，才 7 点 10 分呀！这里有管理小区的物业，但我到物业交费什么的，从来没见过她。也有些小公司在这个住宅区里租房办公，她会不会在这样的小公司上班？想到她在这样的小公司上班，我感到很痛心。谢小婉说，在这种公司上班也可以算白领。我气得一把将她推开，她正想玩我。这种小公司三天两头就倒了，那她怎么办啊？我甚至想到要不要替她找一份工作。但是，这不是我可以做的事，我们之间的关系是那不到 1 分钟的路程，是那种不期然而至的相遇相知，超出这种关系，都可能伤害我们来之不易的相遇和心境。否则，我想搞清楚她的来历，是很容易的事，但我不会这样做。

不知不觉间，我们已经像老朋友一样了，虽然我们没有说过一句话，彼此一无所知，但我们为维持这种状态，为争取那难得的“擦身而过”所表现出来的一致，使我们彼此怜惜。

因为有了“丁香”，我看女人的眼光就不一样了，我看到了平时看不到的东西。

在我们的班车上，像她这个年龄的女人中，有背双肩包的，她们想让自己看上去天真可爱一点。但我觉得不太合适，就开始担心她哪天也会背双肩包，因为我看她是经常换包的，她终究没有背，让我感到高兴。

这年初秋，女人流行戴围巾，戴了围巾的女人别有风情，我又揪心地盼望她戴上一条淡黄色的纱质围巾。结果她没有，我在路上碰到时，心里要嘟哝一声：“她干吗不戴一条围巾呢？”感觉却是舒坦的。

看到她的头发由长变短，我也觉得很新奇。

这种情况于我是有些意外的，我是个不爱管闲事，也是不拘小节的人，没什么事情会让我认真。这世上最让我操心的是我母亲的健康，而她老人家的威胁：“你如果想让我多活几年，就赶快找对象结婚！”也仅让我假装惭愧地低下头，照样不当一回事。可现在，这个在小道上出现的女人，像不小心落到我身上的沙粒，硌得我心口生疼。

我的变化谢小婉都看在眼里，有一天，她用一种我不习惯的口气对我说：“嘿，说不定，我们是可以结婚的。”

“什么？”我吓一跳。

她看着我说：“真的。”

此时，谢小婉看上去也是柔美的。

有一天，夜里刮了风，又下了雨，早晨起床突然发现天地变了，空气中好像聚集了无数看不见的来客，它们趁我们熟睡的时候，把屋顶和路面都清洗一遍，树叶打落在地，吹到一个方向。现在似乎还在奔来跑去，外面都是它们的气息。从紧闭的窗户看下去，已经出门的人都穿上了冬衣，缩着脖子，匆匆而行，不认识的人看着都有一种会意，脸上露出对季节变换的喜悦。

我翻出收了一夏的夹克，清冽的风，飒飒的寒意，闻着身上夹克驱虫剂的味道，一种稔熟而忧伤的东西涌上心头，这是岁月流逝的痕迹。每年都有一个这样的清晨，我对秋的记忆总是从这一天开始的。突然，我像发病一样想念“丁香”，她在哪里？她知道天气变了吗？今天穿什么衣服？我祈祷能见到她。

走出楼房的大门时，发现天上又下起了细雨，我拿不定主意要不要上楼去拿雨伞，怕一上一下的，会错过与她交汇的时间，心里又焦急：糟！她肯定来不及带伞，要淋着了。

我冒着细雨走到花台处。这个花台是因一棵大榕树而修的，建设者把它做成了一个交通岛，有一座小山那么大，路把它环成一个圆。榕树站在山顶，顶上有个小平地，置了石桌石椅。山坡种了一种叫“花生草”的地衣，小叶子针织一样并在一起，使山坡郁郁葱葱，像铺了厚厚的绿毯。有四条鹅卵石铺成的小道，可以走到山顶。我住在这里几年，从来没有上去过。

我惊讶地看到，一夜的雨水，像对山坡施了魔法，藏在“花生草”怀里的小黄花，像一个个精灵样的小女孩，举着一根半透明的细茎，顶着两瓣粉粉的黄蕊，“嘎嘎”笑着露出脸来，在细雨中摇曳、叫喊。花生草的叶子也由水珠在绒毛上镀了一层水银样的膜，和着花蕊的摇曳闪闪发亮。以前也是看过花开花谢的，但没想过它们是这样生机勃勃的生命。花台周围的水泥地上，从地衣里爬出许多肥硕的蚯蚓，还有各种叫不出名的长了很多脚的小爬虫，它们慌慌张张的，好像雨点给它们带来了信息，它们要去赶一个什么活动。想象一下，地衣里是一个怎样热烈而繁茂的世界啊！我由此生出几许感慨和爱意，不禁驻足观看。

一会儿，听到耳边有个轻轻的声音：“真好看啊。”

不用回头也知道是她，她已经走到我身边，有点出乎意料，原来我们是绕着圆盘，各走各的半径。我的头像沉重的大吊车，缓缓转过去。我看到她果然没有撑伞，头发上有细细的水珠，水珠和笑容原来是可以混合在一起的，形成晶亮的灿烂。但她看着小黄花，好像是说给小黄花听的。我不甘示弱地抬起头，让细雨撒在我的脸上，说："下雨了。"好像是说给天空听的。

我们不由自主地走了，雨水的清凉沁人心肺。我一路仰头，让细雨飘在我的脸上。

春节刚过，单位要派我到北京学习，为期四个半月。"这么久！"我叫着，首先想到：她怎么办啊？要不要跟她说一声？这么长时间不出现，是应该跟她说一声的。可怎么说呢？至今，只有那各说各的两句："真好看啊。""下雨了。"是我们之间唯一的对话，我甚至不能肯定那是对话，我怎么去跟她说？

犹豫几次，出发的时间就到了，我终于没有跟她说的决心。但我在班车上郑重宣告："我要去北京学习，四个半月后见。"仿佛这是对她说的。大家七嘴八舌嚷嚷："我们会想你的，早点回来啊！"我只当是她的意思。心想，春节长假，不是也没说吗？不要紧的。

谢小婉去送我时问："要不要我替你去看看你的丁香？"

"不要！"我又警告一句："不许你去看！"

她说："哈哈！"

回来后，我马上上班。第一天上班时，我对时间有点神经质，看着大脸庞的挂钟，不是怕时钟走不准就是担心眼睛看花。其实，心里是对女人是否出现没把握。

又走到了花台处，一种既熟悉又陌生的感觉，使我对以前的一切恍恍惚惚的。花生草开着小黄花，它们好像一年四季都开花，我的耳畔响着"真好看啊"的声音，眼睛盯着榕树看。但是，她没有出现，我放慢脚步，她还是没出现。我想再等，但知道停下来等，就没有见她的意义，我失魂落魄地走过这1分钟，心情阴郁得像在北京的寒夜。

离开那个小道一段距离后，我忍不住偷偷回头看了一眼，希望能看到她的背影。可是，小路上只有几个晨练的老人在倒退走。我安慰自己：也许明天，明天她就来了。

班车上的人吃着我买回来的北京果脯和茯苓夹饼，说北京的东西怎么越来越难吃了。看到我一言不发，他们以为我生气了，又说："有的吃就好了。”我才应了声：“确实是难吃。”

接下来的几天，她都没有出现。我想，她可能因为四个多月见不到我，失望了，生气了，不再走这条道了。换着我，我也可能这样想的。我不知道用什么办法来通知她：我是去学习，现在回来了。这时才感到，原来你以为自己拥有的，其实是抓不住的。你以为自己能把握的，其实是无能为力的。这个让我牵肠挂肚的女人，其实我什么也不知道。

但我还是天天这样走，我总得走啊，而我也固执地等着，相信她总会出现，我们之间总要有个交代吧？

一天，我又听到了久违的狗叫，小狗仍站在阳台上，但它叫得一惊一乍的。我下意识地站在原地，盯着那个路口、那排榕树后。慢慢地，一个身影出现了。是她，仰头看小狗，对着小狗笑。可惜，她美丽的线条，已经无可挽回地出现一个高高的隆起。我说的是下腹部，已经揣了一个公开的秘密。她回过头，看到我，一怔，接着微微地笑了。她低头看了看自己的肚子。

我是应该对她有个表示的，但这不是我想看到的景象，我无法掩饰自己的懊恼，像一个路人那样匆匆走过。

上车时，一向不说话的司机突然问了我一声：“出什么事了？”

我心中的失望和委屈喷涌而出，眼睛一酸，泪水差点就出来了。我憋了一会儿才说：“她肚子好大了。”

我也不知道为什么要跟司机说这话。司机还想说什么，但有人上车了，他就不再说话。路上我看到他一直从后视镜里看我，我想跟他说明一下：是一个陌生女人，跟我无关。

第二天，我改了一条道，但觉得自己太没有风度，又走回来，但没碰到她。

我后来搞清楚，因为怀孕，走路慢了，她是在我走过后才到的。只要我放慢 3 分钟，还可以碰到她。但我现在没有勇气这样做。

谢小婉取笑我：“人家没说要嫁给你，你凭什么生人家的气？”

“我没有生气，她应该让我知道。”

“哈哈！”谢小婉又疯子一样地笑，“结婚？做爱？你是她什么人？什么人？”

我无话可说。我知道，我是应该为她高兴、为她祝福的。

谢小婉息事宁人地说：“要不，我们也结婚吧。”

“我要送她一件礼物，送什么好？”

“BB？”谢小婉兴冲冲的，“我带你去。”

又过了一段时间，有一天，我推迟3分钟走到花台边。

她看到我，穿过小路向我走来。我静静地看着她走近。

“什么时候？”我用眼睛瞄了一下她的肚子。

她脸稍稍一红，或者是一种妊娠斑，说：“还有七周。”

“哦。那，你不会再走这里了？”

她回头看着自己走过的路，又看我一眼，眼睛没离开我，说：“嗯，停一段，以后不知道。”

我告诉她，我以后还走这里。然后拉开拉链，从包里拿出一把藏了一阵子的拨浪鼓，轻摇着举到她面前：“送给……”我本想说“你”，临时改成她（或他）。

她像孩子一样，接过拨浪鼓，使劲摇了摇。拨浪鼓的声音欢快而响亮，周围的人都转过头来看，是赞许的目光，大概以为我们是幸福的小夫妻。那边二楼的阳台上，响起了兴奋的狗叫。

我们相视一笑。

她说：“要来不及了。”她看着我们班车停的地方。

我拔腿就走，她在我身后又摇了一次拨浪鼓。

这是我第一次迟到，那位铁面无私的司机远远地看到我了，破例停下来等我。

铁皮橱柜

办公室里的人一副失魂落魄的样子，他们不明白为什么在没有任何征兆的情况下，办公室里会多出来一排铁皮橱柜。是一种铅灰色的铁皮公文柜，由许多小抽屉组成，类似超市里让顾客存包的小柜。上星期五下班的时候，这里还是大家熟悉和习惯的样子，星期一一来，人还没进门，迎面就看到一排铁皮橱柜，他们的心被撞了一下，好像走错了地方，自己的办公室变得陌生了。

他们对办公室是有感情的，虽然这只是一间普通的办公室，可如果一个人一天除了睡觉的七八个小时外，剩余的时间有一半要待在这里，日子久了，就是石头也会有感情的。刘大姐就明确表示，她第一爱自己的家，第二爱这间办公室。老张不好意思这样说，但他听了刘大姐的话，也频频点头，他曾没有缘由地放弃了调到其他科室的机会。只有新来的年轻人林端感到不解，办公室有什么好喜欢的？科长钟乐水没表示自己的态度，他只是肯定了大家对办公室的感情。办公室里有这四个人。

这间办公室朝南，门在北面，因走廊有点弧形，实际上，门不是正北，而是有点斜，所以，从走廊进办公室时，首先看到的是西墙。这排铁皮橱柜就摆在西墙下，占了整整一面墙，上端都顶到了天花板。乍一看，好像橱柜是从头顶上压下来的，人不觉地要矮下去。早晨的太阳从东南方照进来，正好照在橱柜上，反射到大家的眼里，就像有一道金光或一只巨手拦住了他们。

总是低头走路的老张，猛地看到橱柜时，失手把夹在胳肢窝的包掉地上了，嘴里同时哼了一声什么。老张是沉默寡言的人，平时在单位里跟影子一样轻轻地来，轻轻地去，不太引人注意。此时受到惊吓，发出的声音也比较压抑，低沉而模糊。

走在他后面的刘大姐却“哎呀”大叫一声，把掉在她前面的包捡起来，她看到老张慌乱的样子，正笑哈哈要跟他开一句玩笑，突然也看到了橱柜，就像被打了一耳光，张着的嘴便没发出声来。她脱口要问老张怎么回事，但老张噤若寒蝉的样子，好像怕橱柜听到他们的议论，她也怔住了。

老张接过包，两人对视一眼，无限的疑虑和沉重。刘大姐欲言又止，老张下意识地说“谢谢”，刘大姐可能答了“不客气”，但他们都没听到对方说的话，甚至自己说了什么也不知道，他们不约而同地用目光扫了一下橱柜，又赶紧移开。可是，要把目光从橱柜移开让他们费了点劲，目光好像被粘住了。他们在门口犹豫了片刻，老张看刘大姐没有先进门的意思，自己又确实走在前面，只好硬着头皮进去，他目不斜视地走到自己的座位。刘大姐也一样。

科长钟乐水已经来了，门就是他打开的。他们很想知道科长是不是知道橱柜的事，他开门看到橱柜时，有什么感觉？老张觉得打开门突然看到橱柜，就像门后躲着一个人一样。要是换了自己，当然受不了。钟乐水正在打电话，他们没办法马上问他，刘大姐边心不在焉地整理桌上的东西，边注意钟乐水，见他只是拿着话筒在听，没有说话，他的眉头皱得紧紧的。老张虽然没有回头看钟乐水，但他一直看着刘大姐，从刘大姐那儿可以知道钟乐水的情况。这时，他们忘了办公室里还有一个人，林端，她一般迟到五分钟左右。

钟乐水那边还是没声音，大概有两分钟，他放下电话，吐了一口气。

刘大姐立即问：“小钟，这……怎么回事？”她用眼神示意橱柜，不知怎么的，她不敢当面提到它。

钟乐水仍皱着眉头，说：“我正想问办公室，他们没人接电话。”

老张闷声不响地插了一句：“上班时间都到了。”

另外两个人没说什么，一时无话，他们都坐得直直的，面向门口。橱柜在一侧，好像有人在看他们，情形有点别扭。

这间办公室的布局是这样的：大概二十平方米大小，进门的左侧，也就是东墙下，从里到外像火车座一样排了四副桌椅，按职务大小和资格深浅，科长钟乐水坐在最里面，他不是最老的，他是领导。然后是老张、刘大姐，新来的林端几乎没地方坐了，硬是在刘大姐的前面挤了一张不同样式的桌子，她差不多是面壁而坐。林端本人对座位没什么意见，钟乐水对她表示歉意时，她无所谓地说：“又不是要住在这里。”倒是刘大姐比林端难受，因为她偏胖，这样挤挤挨挨地坐着，让她浑身不舒服，她说上班就像被绳子捆住了，骨头都会痛。所以，她有时不得不把自己的座位稍稍扩大一点，林端要坐进去就很困难。但她一般不会请刘大姐把桌子拉回去，而是自己想办法坐进去，比如一脚一脚轮流跨过椅子，伸到桌子底下，人再坐上去。她这样操作看起来也不难，可刘大姐很不自在，要把桌子拉回来也不好意思了，这等于承认自己偷偷扩大了地盘。在她们这样或明或暗地拉锯战的时候，有一天，林端在自己的抽屉里发现了一张纸条，上面用 5 号楷体打着一行字：“你还没来时，她就说过上班像被绑架！”林端不知道这是谁干的，有可能是老张，也有可能是钟乐水，用了感叹号，似乎是干的人自己说的。但她觉得这话说得没错，可以大声说，用不着这样阴谋诡计。因为有这么个细节，刘大姐与林端之间的关系就有点微妙，座位使她们感到既亲密又难为情。其他人在林端眼里则有点叵测。这是东面。

西面是入口处，本来留白，大家走动时方便，也是他们放松的地方，有时老张和刘大姐会站到这里来伸伸懒腰，扭扭脖子，他们都有颈椎增生的毛病。有一阵子，老张不知去哪里学了一种顶球功，从家里拿来两个拳头大的木球，放在背部顶在墙上，然后上下左右做旋转运动。由于还不熟练，球老是掉下来，硬木球撞击地板的声音很响，吵得楼下和办公室里的人头都疼。最难受的是不知球什么时候要掉下来，总等着，有一次刘大姐突然咿咿嘤嘤地哽咽起来，大家都过来关心，问她出什么事了？老张也很担心，球都不练了。刘大姐索性放声大哭，哭过之后感觉舒服多了。每天老张的球功没练过之前，大家都不能安心做事。但大家都忍着，希望他快点练好，球就不会掉下来了。在老张还没练熟的时候，林端来了，她是考公务员进来的。第一次看到老张练球功她就很好奇，问刘大姐：“上班可以玩这个吗？”刘大姐马上想到自己有时也在那儿活动，赶紧说：“这不是玩，是健身。”林端就理解为工间操，她准备也拿绳子来跳。但一会儿，听到老张的球掉下来两次后，她不客气地说：“老李，太吵了，你能不能到没人的地方去练？”那时，她连老张姓什么都还没记清楚呢。老张的脸都青了，他在机关工作了二十几年，还没碰到过这种情况。他哆哆嗦嗦地说：“怎么会，怎么会呢？”林端说：“真的很吵，你问问他们。”她指了刘大姐和钟乐水，钟乐水正在看报纸，头都没抬起来，刘大姐却未置可否地微笑着。老张捡起木球，装进一个绸质的袋子里，从此不在办公室里练球功。刘大姐自然也不到那儿活动了。他们觉得被林端一说，再在那儿活动就不对劲了。现在放了橱柜，感觉像是林端的意思。

南窗下有一套沙发茶几，供来客坐，办公室里的人也坐。钟乐水的座位挨近茶几，对面的墙角放了电热壶和消毒柜，东西已拐到西墙下，与现在的铁皮橱柜连在一起。

进门这边的墙下，放了复印机、打印机、传真机、碎纸机等，一个垃圾桶摆在了林端的桌旁。

整间办公室满满当当的。铁皮橱柜再一出现，把房间里唯一可以喘息的地方占据了。这些柜子在房间里顶天立地的，并且因为簇新，有某种光泽，看起来盛气凌人的样子，刘大姐常常不由自主地以为它们是新来的领导，走过它们面前时，表情很不自然。

但是，真正让他们不安的是：为什么大家事先一点儿也不知道？如果自己的办公室可以这样随便被放进东西，那哪里才是属于自己的地方？老张从看到铁皮橱柜的第一眼，就有一种不祥的预感：既然这样的事情我们不知道，就会有更多我们不知道的事情发生。橱柜只是个开始。整个上午，他的心都在往下沉。

他们都认为钟乐水有责任去问清楚。事实上，钟乐水也一肚子的不高兴，作为科长，是这个房间的领导，这么大的铁皮橱柜出现在自己的科里，他却不知道，其受伤的程度远比其他人深。而且局里最近有风声说他可能提副处，他觉得自己一个即将提拔的人，如果对这样的事情不闻不问，是会让人瞧不起的。可是，他又不能像科里的人那样大惊小怪，毕竟他是领导，得把事情问清楚了再说。

这种事应该是办公室干的。钟乐水又打了电话，办公室那边说，橱柜不是他们弄进来的，但听说过这件事。钟乐水问，为什么我们不知道？办公室说又不是给你们使用的！钟乐水更生气了：不给我们用，为什么放在我们这里？办公室说，这有什么奇怪的，反正是上面的意思，叫他们去问上面。上面就是局领导了。分管他们的是一位杨副局长。钟乐水不好为这样的事打电话问副局长，专门跑一趟更不合适，只能等去跟副局长汇报什么工作时，顺便问一下。

大家只好等着。

老张想到铁皮橱柜将这样不明不白地跟大家待在一起，他感到血压直往上冲。犹豫了几次，忍不住问坐在前面的刘大姐："唉，你有几年工龄了？"

刘大姐回头，手里拿的文件夹不小心顶到了右侧的墙壁，这头捅到了自己的胸脯，有点痛，她差点要叫起来，但随即明白，这是自己不习惯从右侧转身的缘故，就忍住了。

她的动作老张都看在眼里，他用眼神关切地问她痛不痛。刘大姐也用表情回答不要紧。刘大姐没有接老张的话茬，而是吃惊地问："你的脸怎么这么红？"

老张也吃惊地问："有吗？"

刘大姐说："像猪肝一样，是不是血压高了？"

老张听到"像猪肝一样"很不高兴，不知怎么的，他觉得刘大姐认为自己不是人，这太过分了！但看她不自然的样子，知道她心里也不平静，都是铁皮橱柜的缘故。便耐住性子说："嗯，我有些不舒服。"话未说完，他感到自己真的是病了，手指都在发抖。

刘大姐关切地问："要不要上医院？要不要回去休息？"

"不用不用，一会儿就好。"老张突然很讨厌刘大姐，不想再跟她说话了。

刘大姐自觉没趣，说了声："小心点。"转回身子，在老张看不到的范围内，揉了揉自己的胸脯。

只有林端对铁皮橱柜无动于衷，她进来的时候，钟乐水还在打电话，老张和刘大姐正专心旁听电话的内容，顾不上林端，错过了看她进门时对橱柜的反应。

等那边电话打完，他们的心情再次受到打击后，才想到林端，她已经坐在自己的位置上，没心没肺地哼着什么曲子，她的电脑正启动到“桌面”，是一张有草地、溪水、桦树林的小村庄的照片。林端说是她到过的最美丽的地方。

刘大姐拍拍她的椅背问：“嘿，小林，你没感到今天办公室有什么不同吗？”

“什么不同？”林端回头，这下看到了橱柜，她还是习惯左转。“呵，柜子，哪来的？”三个人都阴沉着脸，没有谁准备回答她，她也不管，自己走过去，在铁皮上摸摸，“太小了，装不了多少东西。”林端自顾自发表议论。

这时，其他人才想到应该过去看看柜子，他们还没仔细看看呢。等到林端动手在拉柜门，刘大姐和老张已经走过去了，最后钟乐水也过来。

林端拉了几个柜门都打不开，她问：“钥匙呢？”没人回答。回头，看到三个人站在身后严肃地看着自己，她问钟乐水：“钥匙呢？”

钟乐水耸耸肩：“不知道。”

“没钥匙，这些柜子怎么用？”

刘大姐抢着说：“人家又不是给我们用的！”

接下来的对话应该跟钟乐水与办公室的对话一样，刘大姐和老张都想借此机会发表一下自己的看法。上班以后，他们就觉得胸口堵得要命，需要吐一吐了。

然而，林端拍着柜子说：“无聊！当摆设啊！”“无聊”是她的口头禅，很多事情她都用“无聊”来评价。

铁皮橱柜发出空洞的响声，其他人听得头皮发麻，就回自己的座位了。

接下来几天，有关铁皮橱柜的事没人再提起，他们照样做自己该做的事，好像办公室里不曾发生什么，只是在找某份文件某些材料时，联想到橱柜，他们的脸色才会有一点点变化。如果其他办公室的人看到他们的铁皮橱柜，羡慕地问：“哇，你们怎么有这种柜子？”他们多装聋作哑，不予正面回答。别人一般也不太在意，说一下就走了。个别人会想打开橱门看看，开不了也就算了。

渐渐地，大家对铁皮橱柜不那么难受了，上班也不会感到有什么事压在心头。现在林端成了最早来上班的人，因为其他人都不愿意第一个进办公室。大家在办公室里的活动基本恢复正常，但尽量不到橱柜前走动，话也比过去少了，好像多了个外人。

钟乐水并不急于去问杨副，他有一种感觉，就是去问杨副，他也不一定知道。

到了星期四这天，刚上班（他是第二个进来的，林端已经在摆弄电脑了），钟乐水隐约感到西面那边有点不对劲。一眼看过去，并没有什么不同，再仔细一看，发现每个柜门中间供人插标签的插口里，已经有人插上了硬纸皮，纸皮上也是用电脑打了字，因为离得远，看不清写了什么。他想过去看，却又犹豫着，便对林端说："小林，你看得清那上面写了什么吗？"

林端回头，见钟乐水指的是橱柜，就走过去，一个个念起来："洪春华副局长""苏有源纪检组长""柯志党组成员""杨道义副局长""陈永福副局长""李开怀书记""陈建东局长"……钟乐水未等林端念完就走过去自己看，这时，老张和刘大姐也来了，他们也围过来看。

林端是看到哪个念哪个，其他人都知道，应该从左到右、从上到下按顺序念，它们的排列应该是："陈建东局长""李开怀书记"……除了局领导一人一个柜子外，还有一些诸如"卢秀美副主席""黄长江部长"的人物，连钟乐水都没听说过这些人名和头衔，他搞不清楚这些人是过去的领导还是将来的领导，他们为什么会来到这里？要待多久？自己怎么面对他们？想到这些，一股烦躁的情绪漫遍了全身。

老张的脸又涨红了，他抱着头嘀咕句了什么，刘大姐没听清，急切地问："老张你说什么？"

老张赶紧声明："没什么，我没说什么。"他有点凶狠地瞪刘大姐一眼。

刘大姐也急了，叫道："你明明说了。"

"我没有！"

两人第一次这样正面冲突。

钟乐水赶快劝阻他们："好了，好了，没什么。"见他们不听，突然悲愤地说:“都什么时候了，还这样?”

两人一怔，立即蔫了，有气无力地回各自的座位。林端仍不知死活地要再念下去，钟乐水借刚才那股气喊她:“行了，别念了。”然后扭头就往外走。

林端已到嘴角的“……副部长”好像生生被钟乐水剥掉了，她捂住了嘴巴，但还是把没念完的几个柜子继续小声念下去，在右下角的地方她念到了两个没写人名的柜子，一个是“精神”，另一个是“其他”。她的心“咯噔”跳了一下，一件很久以前的事情就快想起来了，她知道了铁皮橱柜的秘密，“精神”装了全局的核心，“其他”是把所有的人都放进去了。想到自己也被放在里面，林端的心微微发凉。

第二天下午开全局大会，说要传达贯彻一个什么精神。林端心神不宁地坐在会议室里，看着领导的嘴巴一张一合地动着，声音掠过，好像在一个一个地拾掇大家的精神，感到快到自己这儿了，林端二话没说，拿起包就走。她回办公室拿了自己的私人物品，出门时，她把办公室的门带上，上了锁，似乎怕里面的什么跑出来。出了大楼，她深深吸一口外面的新鲜空气，把办公室的钥匙从钥匙串里解出来，丢进放在大楼门口的垃圾桶里。林端轻快地下了楼前高高的台阶，很快消失在街上的人流里。

会议快结束的时候，老张晃晃脑袋问坐在他旁边的刘大姐:“今天台上的领导怎么来那么多?”刘大姐说:“哪有?”老张未及回答，头一歪，人就倒下了。刘大姐大叫，会议室里一片混乱，会议暂时中断。

单位迅速把老张送到医院抢救，医生诊断为脑出血。当医生询问刘大姐老张发病前有什么异常表现时，刘大姐说他看到很多领导。医生说这是出血压迫颅内神经导致的复视，把领导一个看成两个了。“哦,”刘大姐感叹一声，“可怜的老张。”

老张的命暂时是保住了，但人还在昏迷中，不排除成为植物人的可能。

老张出事以后，办公室只剩刘大姐和钟乐水两人。钟乐水经常外出开会，刘大姐一个人的时候，她老觉得橱柜那边有细细的声响，搅得她浑身不自在，可又没办法打开来看看。加上老张和小林都不来了，她也挺不习惯的，后来，她感到再这样下去自己也会像老张一样病倒。回想铁皮橱柜出现的那天，老张曾问自己："你有几年工龄了？"当时没回答，过后也没在意，现在想来，老张是在暗示自己可以走了。她去看过几次老张，他毫无知觉地睡着，虽然鼻孔、尿道、手臂、胸前接了各种各样的管子，但他一副宁静满足的样子，跟在办公室里大不一样。刘大姐有一天也不来了，按《公务员法》，有三十年工龄的公务员可以申请退休。她决定提前退休，决心一下，胆子就大了，想不来就不来了。

办公室剩下钟乐水一个光杆司令。领导觉得他一人占用一间办公室太浪费，把他并到其他地方，他也乐得不与铁皮橱柜相处。这样，他们这间办公室就完全被铁皮橱柜占据了。

就骨头而言

她父亲逢人就说：我第一眼看到她时，就知道不是个好东西。

父亲第一眼看到她，是她出生后 8 个小时左右。她是凌晨 1 点多出生的，第二天早上护士把她送到母亲身边吃奶。她被包成像一根笋的样子，站在床边的父亲小心翼翼地从护士手里接过，她还闭着眼，父亲用一根粗粗的手指拨她的脸颊，想叫她睁眼看看抱她的是谁。她夸张地皱着眉头，不动。父亲觉得好玩，又拨，她扭了扭脖子，挤挤鼻子嘴巴，还是不睁眼。父亲不甘心，用手指叩她的下巴，说："看看，看看！"她不得已，提了一下眼皮，可那眼皮似有千斤重，好不容易提出一条缝来，只是那么一瞥，又倏忽掉下去了。就那一瞥，却像刀子一样劈了父亲一下。父亲一惊：这是个什么东西啊？那白光一样的眼神，那么短促锐利，把不屑、厌烦、冷漠甩在父亲脸上。从此以后，他对这个女儿忧心忡忡。

事实证明，父亲的担忧是有道理的。

她出生以后不哭不闹，有时，饿了尿了，痛了痒了，应该像婴儿一样用哭来告知大人，她仅是咧一下嘴，发出一种类似青蛙或蚂蚱偶尔发出的短促的鸣叫，感觉像是哭声不小心被喷出来一块，其余的被她吞回去了。吃奶也是有气无力地吸几口，就把头一歪，靠头的重量坠下，嘴巴脱离奶头，人就像断气了一样不动了。怎么逗她，她也只是用漠然的眼光看着，看一会儿就闭上了眼。

父母担心她有病，抱到医院去检查，医生说发育正常，智力有没有问题现在看不出来，但有轻度偏重营养不良。母亲忧虑地说，不爱吃，哪有营养啊。那天回家，父母对着她看了半天，不明白她为什么会这样。这时，她正好舒舒服服地打了个哈欠，父亲突然想起，这孩子什么都不爱，只有打哈欠还比较勤。他大声叫道："懒！我看她是懒！"

母亲生气地制止父亲，才满月的孩子，说她懒也太没道理了。又怕她被吓着，赶快抱紧。但是，她好像没听见，父亲的大叫只让她伸了一下懒腰，眼皮微微提了一下。

回想起来，她确实是懒，懒得哭，懒得吃，懒得被吓着。

父亲战战兢兢给她取了个名字叫“爱做”，把希望寄托在名字上。

因为不爱吃，爱做长到六岁时，个头只比窗台略高一点。每次要看窗外的什么，都要踮脚尖，本来搬个凳子站上去看是可以的，但她懒得搬凳子，再说她也没特别想看什么。她对什么都不感兴趣，五六岁时，比较明显的爱好是吐口水淹死蚂蚁。这是她唯一积极的举动，当蚂蚁从第一口口水中爬出来时，她会赶紧对准蚂蚁吐上第二口，直到蚂蚁爬不出来。再大一点，是反复掏自己的肚脐眼，倒是掏得干干净净。

她的力气也不大，大人叫她把屋里的地瓜拿到院子里去晒，晒过的地瓜甜，她会吃。她每次只拿两小块，母亲叫她装在小篮子里提，哄她说这样好像是去买菜，她只当没听见，照样两小块两小块地搬。走几趟后，她就坐着不动了，再叫也没用。结果母亲自己一次就全拎出去了，她叫爱做做这些事是想锻炼她，但失败了。

她的脸色不好，但人长得好看，有一双杏仁眼，如果不是一副迷迷糊糊的样子，她的眼睛一睁是很挠人的。反过来也可以说，因为她整天睁不开眼，偶一睁开，会给人意外的印象。她的鼻梁高高的，鼻头翘翘的，按时髦的说法是性感。她很小的时候，男大人就爱捏她的鼻子。她无所谓地让人捏着，有时还配合人家的手势调整鼻子的方向。捏的人会突然做错事一样赶快把手收回，一脸不自在。她的嘴巴小小的，是樱桃小嘴，可惜不爱说话也不爱吃。父亲无奈地说，幸好生得好看，以后就靠人养着了。

这是她十五岁时，父亲对她下的结论。那时她已辍学在家，父母多次用自行车把她驮到学校，好言相劝，让她至少在课堂上坐着，坚持到初中毕业也好。她不吭声，父母前脚回家，她后脚也到了。母亲痛心地问：“你不是不爱走路吗？怎么自己走回来了？”

她说我不爱听老师说话。

母亲的眼泪一下子流出来，喃喃道："这可怎么办啊！"父亲就下了那个结论。

爱做不来，老师松了一口气。爱做上学隔三岔五的，每当她半死不活地在教室里一坐，周围四五个学生马上中毒似地蔫了，一会儿就瞌睡过去。睡得口水都流到课本上，铅笔也拿不住。引得其他同学嘻嘻笑，课堂全乱了。老师看她的样子，想批评她，但自己却精神恍惚，要说的话都前言不搭后语的，怕也被她传染上，心里真有点怵呢。

辍学后，爱做能做的事情是睡觉、吃饭，冬天坐在太阳底下发呆，夏天坐在门边的石板上乘凉，有时沿着墙根在村子里走走。但大部分时间是懵懵懂懂地看着谁也不知道的地方，好像她的魂是挂在那个地方的，眼睛像一口枯井。她的名声在这一带已经尽人皆知，邻里从她们家走过，只当她是他们家的门牌。

她没有朋友，小的时候在父亲的驱逐下还会出去跟小朋友玩一会儿。但谁跟她同伙谁倒霉，玩一种抓人的游戏时，轮到她们抓人她不抓，轮到她们跑她不跑，这样，她抓不到人却总是被抓住，成了同伴们的累赘。玩捉迷藏时，她起先也跟人家跑两步，很快就放慢脚步，然后抓抓头皮站住，最后找一个地方坐下。人家一下子就找到了她，轮到她找人了，她捂住眼睛扒着柱子，再也不抬头。躲起来的小朋友左等右等等不到她来找，忍不住跑出来，看到她还扒着柱子。叫她赶快出来找人。她指着叫她的人说："你，我看到了。"以后小朋友都不跟她玩了。父亲再叫她出去，她就说没人跟我玩。父亲只能叹气。

至于女孩子玩的踢毽子、跳橡皮筋等需要点技巧和力气的，她就更没兴趣了，她不明白为什么要费那么大的劲跳来跳去。

小的时候，父亲为了挽救她，曾跟她讲过《龟兔赛跑》的故事。为了不让她走神，父亲讲的过程中要经常提问。

"你说兔子这样对不对？"

"嗯。"

"乌龟乖不乖？"

"乖。"她突然说，"我要当乌龟。"

父亲心花怒放，以为她有长进了，高兴地启发道：“对，人要像乌龟那样，只要有毅力，就一定能胜利。”

她摇摇头，说：“我不要跟兔子赛跑。”

“那你要干什么？”父亲的心又缩起来了，怕她说出什么不祥的话来。

她果然说：“我要像乌龟那样，整天不要动。”

父亲强忍着内心的不安，苦口婆心道：“做人是要动的，不动就没饭吃，没饭吃就会饿死。”

她懒懒地说：“我不要嘛。”

父亲再怎么开导她，她也只说要做乌龟，是真正的乌龟，不是跟兔子比赛的那只假乌龟。她们家院子的水缸下面有两只，只有下雨天或杀鸡杀鸭时才会出来找吃的。

这样，在门前屋后坐坐、走走，爱做也长到了十八岁。人虽然病怏怏的，但长得眉清目秀，有模有样。父母开始张罗着把她嫁出去。这时，他们才发现问题大了，爱做本人没有一个朋友，她的婚事只能靠人介绍。可方圆数十里，人家一听是西林村的“大蛇”，吓得连跑带跳，连照片都不看一眼，她长得多好也没用。“大蛇”在他们这儿就是懒的意思。

父亲以为她可以靠男人养着的希望破灭了。越是这样，他们越急着要把她嫁出去，他们知道，如果不趁年轻，将来年纪大了就更难了。好不容易传来好消息，城关的张家小二愿意娶她，但条件是爱做家得有像样的嫁妆。他们去了解以后却更头疼，这张家小二并不是喜欢爱做的美貌，他也是条大虫，快三十了还娶不上媳妇。他家的老大老三都已娶妻生子，父母去世后，兄弟不愿负担他，分开过了，他只分到两间父母留下的瓦房，眼看着过不下去了，想靠爱做的嫁妆再混一段时间。

听说这小二的懒是“活懒”，他并不是不爱动，而是喜欢游手好闲。他可以在村口的榕树下听人讲古聊天，从早晨太阳升起到晚上月亮西沉，屁股都不用挪一下。别人都嫌累了，他却有滋有味地泡着，人都走光了，他才意犹未尽地回去，回去倒头便睡，手脚都不洗。有时为了看热闹，他也可以走很远的路，走得脚皮都磨破了，肚子也顾不上，但他能挺下来。他曾跟一个马戏班走了几个省，回来时已经是三个月后了，人瘦得皮包骨头，但学会了变几个小魔术，顶碗和扔球，在榕树下给村里人表演过几次，大家看过几次就腻了，他就自己耍着玩。相比起来，爱做是“死懒”，叫她像小二这样刻苦耐劳，或真正学两样手艺，她是万万做不到的。两人各有懒法，共同的地方是不爱劳动。

爱做的父母左思右想，实在没有办法，两个懒人生活在一起，日子怎么过？本指望有人来养活爱做，弄不好还得负担两个人。不要吧，怕过了这村就没这店了。看那小二身体还行，父亲抱着一线希望，以毒攻毒，一个比一个懒，兴许能撼撼他们的懒筋。主要是他不相信人真会懒到一对年轻的男女在一起而不想干点什么。只要有他们想干的事，就能过下去。

父母终于决定一试。再说，爱做长成大姑娘后，那懒就没了小孩子的稚拙，一个人松松垮垮的，叫父母看了更窝心，他们也有甩出烫手山芋的心思。临出嫁前，母亲给爱做上了女儿家的一课，暗示她，那事儿可省不得。爱做难得地露出一点羞涩，说：“知道了。”母亲心中暗喜，以为她开窍了。

但是，结婚半年后，爱做的肚子毫无动静。城关村却流行一句话：“连相 × 都不爱。”如果有人觉得自己最近很累或心情不好，什么也不想干时，就说：“咳！我连相 × 都不爱了！”大家就明白他该歇歇或不要去惹他了。以后发展为批评某人时说：“他连相 × 都不爱了，你还指望他什么呢？”这话是比较重了，在当地人心中，相 × 是人生顶重要的事情，如果连这都不爱了，做人也就差不多了。

此话出自小二和爱做。说的是他们结婚当天，村里人想到两条大虫在一起，那床上戏会怎么演？正常人结婚就有好事者来看热闹，两个懒人结婚更叫人放心不下。那天晚上，小二那间当新房的瓦房后墙挤满了人，他们又懒得关好窗户，屋里的一举一动都听得清清楚楚。

送走了寥寥的几个客人，小二把门一关，顺手熄了灯。黑暗中，听得小二重重地躺到床上，发出惬意的呻吟，片刻，他嗡嗡地说：“睡吧。”新娘没吱声。然后是沉默，屋外的人急了，耳朵贴在墙上都快磨破皮了，就是听不到令人激动的声音，大家只差没跑进屋去看个究竟了。

过了半晌，才听得小二不耐烦地问："喂，你要不要啊？"

新娘似乎睡着了，一会儿才应声："我不爱。"

小二叹服道："哇，你连相 × 都不爱啊？"

"嗯。"

以后再无下文。一个十五岁的少年硬是撑到鸡叫，自己睡着了，从坐着的树杈上掉下来，才骂骂咧咧回家。大家始终没搞清楚，他们的新婚之夜到底怎么过的。"连相 × 都不爱。"让人耳目一新，大家对两个懒人都有点刮目相看，心想人活着都不相 ×，那会怎么样？由此便生出某种意想不到的期望，就像在心上开了一个小窗，看到了另一种景致。

虽是如此，两人很少给人添麻烦，他们安安静静地过，小二还在村口坐坐，有小孩子围观时，就耍耍杂技、变变魔术，但技艺越来越差。爱做有时在村里走走，见了人也笑笑，她的笑很简单，也很空洞，很无奈的样子，村里人对她反生出些怜惜。她很少回娘家，主要是不爱走动。她父母放心不下，过一段时间就过来看看，送点粮油青菜，帮他们拾掇一下猪窝一样的家。爱做的父亲帮他们把菜地整好，种上时令蔬菜，他们只要浇浇水、撒撒化肥，就有青菜吃了，至于鸡鸭，看他们的样子，是不敢让他们养的。但没多久，他们的菜地就像臭头的毛发，稀稀拉拉的，枯黄卷曲。偶尔也见他们夫妻俩一个扛着锄头一个挑着桶一前一后出门了，两人都像没睡醒，只是低头走路。邻居像看到太阳从西边出来一样，新鲜地看着他们，有的还跟到菜地。可一会儿，就见小二坐在村口的榕树下，爱做也不知去哪儿了。锄头和桶丢在菜地里，三五天都不见他们去收回来，直到小二的大嫂看不过去，帮他们拿回来。

如果有几天没看到他们的人影，邻居们会不放心地去敲他们的门，敲得村里人的心都提起来，听到里面有踢踢踏踏的脚步声，小二或爱做拉开门缝，翻转着白眼问："什么事啊？"大家才放下心来。其实，邻里关心是一回事，大家主要是想不通，他们这样也能活，自己整天劳碌的日子就越过越没劲了。

初夏的一天中午，突然下了一场暴雨，村里狂风大作，许多草垛被风刮倒了，满村是飞舞的稻草，狗追着草乱咬，孩子追着狗跑。似乎要出什么事，女人大呼小叫，男人铁青着脸。大家想起爱做，她常常一个人躺在河边的柳树下。城关村濒河，河面宽阔，河水迟缓，柳树旁是河水打结的地方，常把河岸打出悬空的土层，有时整棵柳树连着土层像喝醉了酒一样倒进河流里。这会儿，暴雨冲刷着河岸，有几处土层哗啦啦倒下了，有人看到爱做还在那儿，心想她该和柳树一块儿掉下去了。大家的心就像那土层一样悬着。但她若无其事地走出来，身后的柳树土层在村里人的惊叫声中纷纷塌到河里，被水卷走。她却不紧不慢，任雨点打在身上，摇摆的身子看上去像棵垂柳。她一摇一摆走着，向村里人走来，村里人看得目瞪口呆，不知不觉往后退，狗也不咬了，默默跟在她身后走了一段，又各自散开。

那场雨后，见过爱做从雨中走来的男人都阳痿了。那天他们是想相 × 来着，心里想着爱做的模样，但也因为想着爱做，就不行了。自从爱做嫁到城关村后，村里的男人就有一个心结，想跟她试一下，看她爱不爱。他们曾围住小二逼他说出结婚那天到底相 × 了没有。小二对天发誓说 × 了，当然 × 了。他们就问爱做怎么样？小二说："你们自己去试嘛！"然后嘿嘿笑，把大家笑得心头发毛，却毛毛地欲罢不能。

后来，大家怂恿村里唯一的鳏夫去试。鳏夫是做肉干的，他的肉干有些名气，城里人都爱吃，他赚了些钱。他老婆死了有五年了，说是做肉干累死的。鳏夫小气，舍不得再娶老婆，怕人家分了他的财产，花钱找女人他也觉得不划算，才那么一下子的功夫，得做多少肉干啊！他这事一直是青黄不接，多靠忍着，用数钱来分散心思。大家劝他去找爱做，说给小二一包肉干就可以了。他想想值。就给小二一包不大的肉干，看他边吃边走进录像厅里，拔腿就往小二家跑。

得知消息的男人守在离小二家不远的地方观望，有的禁不住也挺起来，只盼着鳏夫早点出来。

不多一会儿鳏夫就仓皇而出，他出门时惊慌地回头，差点被门边的鸡笼绊倒，大家赶快围上去问他如何。鳏夫脸色苍白，好像哪里受伤了，问了半天，他才结结巴巴地说那女人像死尸。听的人起了一身鸡皮疙瘩，挺起的人早已收兵，再问怎么个像死尸？鳏夫恼羞成怒，气愤地说"干那种懒女人，还不如去戳田土！"他不敢说，自己起先心急火燎的，可等扒光了爱做的衣服，看到她像死蛇一样一动不动地躺着，眼里一点神色都没有，他就一下子软了，怎么也摆弄不起来。那包肉干是让小二白吃了。

以后相当长一段时间鳏夫不敢再近女色。有人问他怎么回事？他仍心有余悸，只说没闲。大家就说敢情他也连相 × 都不爱了？村里有几个男人像鳏夫一样见了女人就跟老鼠见了猫，大家知道可能是在爱做那儿出了事。其他人就不敢去碰她了，想想小二可能也是这样废了。

没多久，传来爱做被劳教的消息。村里人很奇怪，她犯什么事被劳教了，她是个连坏事都懒得干的人哪！说是卖淫。大家觉得更不可信了，卖淫还得有点手段和精神呢，她行吗？

但是，爱做确实卖淫了，小二唆使她去的，也是鳏夫那包肉干起的作用。那天小二留了点肉干给爱做吃，两人都觉得肉干好吃，可很快就吃完了，别说没肉干吃，连吃饭都成了问题。小二对爱做说："你不是回娘家去讨吃的，就是自己去挣钱。"

爱做说："你为什么不去？"

小二说："我是男的。"

"男的更要去。"

小二白她一眼："我要去也只挣我自己的，没你的份。"

以后他白天出门，晚上回来，回来就睡，在外面挣了什么吃的，爱做真的没份，她饿得头昏眼花。

爱做娘家离城关村有四十多里地，没有直达公交，爱做不会骑自行车，走路是不可能的，她想都不敢想要走路回家。记得以前母亲跟她讲过一个故事，说是有个懒人，整天躺在床上不动，靠他老婆喂养。有一天，老婆要回娘家，就做了一块大饼圈在他的脖子上，床头放了一罐水，估摸着能让他吃上半个月。半个月后，老婆匆匆回到家，懒人已经死了。大饼只有嘴巴前面的地方被咬过，其余都没动。原来懒人嘴巴够不着大饼后，就没得吃，饿死了。

爱做觉得自己也快死了，她委屈地放声大哭，自己并没有那么懒，却要死了。

小二骂道:“哭什么哭！有力气哭怎么没力气挣钱？”

爱做屈服了，问:“我怎么挣钱？”

小二说:“女人挣钱最容易了，又舒服又不用使力气。”

“你说怎么挣？”

“去跟男人睡觉，躺着就行了。”爱做不吭声，小二又问 :“干不干？”

爱做说:“哪里有男人？”

小二说:“我来找，钱对半分。”

爱做说好。

他们当晚就出去。

两人都懒得多走，他们只走到离村子不到十分钟路程的立交桥下。这里是城乡接合部，立交桥下有一大片绿地，一到晚上，常有来路不明的人在这里活动，一些野鸡就在这里做生意。小二是早就知道了，他很快找到了正在物色对象的嫖客，这里的嫖客都是低消费的人群，要求也低。但人家一看到小二就知道是他老婆，都不愿意。因为爱做这方面名声也尽人皆知，大家都怕坏了家什。

小二找了几个，一再降价，最后几乎是求人了。终于有胆大的老嫖客想试一试，他们把爱做当成一个难关，想检验一下自己。后来，一些人摸出门道，觉得找爱做还是比较划算的。因为她懒，不在乎他们的情况，他们可以在她身上占用更多的时间，爱做无所谓地让他们瞎忙，实在烦了，才把他们推开，爬起来，二话没说穿上裤子就走人。这里的野合是先交钱后开工，因为随时有情况，大家都得准备跑，没先交钱可能就拿不到钱了。嫖客们也认同这一规则。

但是，爱做懒懒散散的，有一次，市里打黄扫非，一下子来了一大队警察，把立交桥下的出口围住，手脚灵活的爬栏杆、钻洞都能逃得脱，爱做慢吞吞的，被抓住了。要罚款五千元，她没钱，就送劳教所了。

到了劳教所，爱做才真正尝到苦头。那就是强制性劳动，每天必须劳动八个小时。虽然女劳教所的劳动都是轻体力活，比如给电子门铃装上小红灯，给橡皮擦裹上一层塑料纸，给玩具娃娃穿上花裙子等，但爱做就是没有动手的习惯。她经常坐着不动，有人喊了，才动一下。手里的东西掉地上了，不捡起来。材料用完了，不去领。每天完成的工作量少得可怜。她们的劳动是以小组为单位的，她做得少，别人就得多做。而进劳教所的都不是等闲之辈，大部分是妓女，也有小偷、吸毒者和赌徒，有的是身兼数职。她们哪里容得下爱做的懒惰。下工回到号子里，号头一声令下，七个女人一拥而上，扒光爱做的衣裤，把她身上掐得青一块紫一块的。但是，第二天，坐到工作台上，爱做照样提不起精神来干活。

爱做受不了了。有一天她偷偷溜到办公楼，一间间办公室看过去，劳教干部没有在意，因为常有女劳教犯被叫到办公楼训话或做事。她瞅到一间有个男干部的，摸进去，关上门，一下子脱光裤子，掀开上衣。

男干部大叫："你干什么？滚出去！"

爱做跪在地板上，哭着说："你睡我吧，我不要干活。"

男干部急了："快出去，我叫人了。"

爱做干脆躺下来，说："让你睡让你睡，我不要干活。"

男干部叫来女干部，爱做被拉出去，关了一星期禁闭，正好不用干活，她觉得好多了。

关了禁闭出来后，爱做想到又要去干活，吓得浑身发抖。她对管教干部说："不要让我干活，让我做什么都行。"

管教干部说，在这里就是要干活，你除了跟男人睡觉，还会做什么？

爱做摇摇头，她说是男人睡我。她也知道，自己连跟男人睡觉都不会。

管教干部看她一身青紫，怕她分到小组去又会挨打，就让她去洗厕所。

爱做洗了一个月厕所后，就从四楼的厕所窗户跳下去了。劳教所的厕所和走廊是都装了钢筋护栏的，一般跳不下去。但爱做利用洗厕所的机会，用挟卫生棉的铁钳慢慢撬弯一个窗户的钢筋，她人长得瘦小，只要脑袋伸得出去，人就出去了。

劳教所通知家属来收尸，小二不认，爱做的父母来了。他们去看爱做跳下去的窗户，她父亲摇摇那根钢筋，不太相信女儿真有本事把它撬弯。他的头伸不出去，就踮着脚尖往下看，四楼的下面是一条偏僻的土路，对面是一片香蕉林，到了下面就自由了。父亲觉得女儿不会寻短见，她根本懒得死。窗户旁有一根厕所的排污管，他猜她是想从排污管爬下去。她怕做，留在这里就要做，她想逃。从这一点上说，爱做是长进了，为了不做，她可以做点什么。可惜她什么都不会，不知道怎么抱住水管，一出窗户就掉下去了。

劳教所的人怕他们闹事，就跟他们讲了爱做在劳教所的表现，说是办所二十多年来少见的懒人。

她父亲说，不用讲了，是我们给她生了一身懒骨，我们收回去。他讲这话时，一身轻松，好像早在等这一天了。

他们按当地的习俗，在爱做身上打了两下，骂道："夭寿啊！走在我们前面。"

母亲抱住爱做的身体，看到她身上密集的青紫斑，冰冷的皮肤仍然白皙细嫩。母亲突然号啕大哭。从远处听起来，她的哭声像是在笑。

俄罗斯套娃

从玻璃幕墙看出去，太阳好像贴在墙面上。这会儿是下午四点多，太阳已经倦了，阳光被幕墙的蓝色玻璃滤过，火球只像是甩在幕墙上一滴赭红色的斑点，有些陈旧和破碎了。

这景象让阿龙心头发闷，他百无聊赖地坐了一个多小时，他在等着采访肖力强。

肖力强是银龙集团的董事长，在香州有点神秘，除了他领导的企业号称香州的摇钱树外，难得的是他不爱抛头露面，媒体很难接近他。有说是低调，有说是不屑，还有说是怕惹事，关于他的情况都是些传闻。

这次银龙集团主动向日报打招呼，让人去写写肖董，让阿龙的老板喜出望外。他把阿龙叫到总编室去面授机宜时，还有一种与他的身份不相符的轻浮劲儿。以往有什么额外任务，都是总编打个电话给主任，主任放下电话骂一声，然后在他们那间狗窝似的办公室里吆喝吆喝，任务就布置下去了。这回主任还被叫来陪听。

总编讨好地对阿龙说，是银龙那边点名要你去的。至于为什么，我也不知道！

阿龙不像老板那么兴奋，他不想去，说最近广州有个举重锦标赛，他想去看。他已经两年没休假了，举重是冷门，多年才举办一次大赛，这次不想放过。阿龙是举重爱好者。

总编说，等这篇写好了就让他去，如果写得好的话，还可以考虑让他到韩国的光州旅游。据说那里全民举重，人人都长得敦实短小，而阿龙是豆芽形身材。他的女友小芽几次说他练错了，应该练跳高才是。阿龙说如果不是练举重，我怎么抱得动你？他的最好成绩是抓举 62.5 公斤，挺举 70 公斤。小芽却嫌他抱她用的是举重的动作，没意思，痛得要命。而且才那么一点分量，她说她也扛得起来。大家都觉得阿龙如果真想在举重方面有所收获，一定要改良身材，最好找个矮胖的姑娘结婚。小芽不符合条件。这些情况社里的人都知道，有时当笑话说，总编这会儿给用上了。

阿龙果然被打动了，他马上问："他们要写哪一方面的？"

"方方面面。"总编脱口而出，这是他的习惯。他也知道这话等于没说，就又补充，"采访深入一点，不排除今后写长篇报告文学的可能，但现在要先见报的专访，侧重写他卓越的经营才能和雄才大略，嗯，"他略作思考后说，"对！还有他对社会的责任感。"

阿龙觉得很不着边际，但他懒得再问。总编叮咛道："你要抓住这个难得的机会啊！"

出来后，阿龙对主任说："妈的，我这是在卖命。"

主任说："谁不是在卖命？"但他告诉阿龙，最近肖力强可能有动静，不然他不会要宣传，老板也不会这么巴结。

阿龙问："什么动静？"

主任说他只是一种直觉。

阿龙又问："为什么会叫我？"

主任说："哎呀，叫你去你就去吧。韩国的矮女人等着你呢！"

阿龙就去了，连今天在内，去了三次。

第一次见到了肖力强。虽然见多识广，第一眼看到肖力强，他那散漫的眼神扫过阿龙的前额时，阿龙还是感到眉心的地方被撞了一下，脸庞哗啦打开了，一股陌生的令人不安的热流蒙头淋下。他像被呛了一样一阵气促。肖力强的目光游移到其他地方去了，阿龙甩甩脑袋，咳嗽一声，把歪一边的屁股扭正。

肖力强坐在阿龙对面的办公桌后面，他们采取谈公务的姿势，两人相距有2米以上。他背靠着转椅，头懒懒地仰着，眼神斜看过来，浅笑的面容有些忧郁。瘦，脸上缺乏血色，中长的头发乱乱的，说话时，他喜欢把手指插到头发里抓着，好像他的话是从头发里抓出来的。所以，头发的乱是他弄出来的，是一种漫不经心的自负。肖力强说话声音不高，他的话很短，好像太长的话他说不完。说话时，他始终面带浅笑，感觉很像是自嘲。一种萎靡和缠绵的气息，随着肖力强的声音和手势，扑腾扑腾地散发出来，让人窒息，阿龙像一块酥饼，很快被这种气息揉碎了。

肖力强不像一般采访对象，早做了充分的准备，侃侃而谈。他腼腆地说："对不起啊，累了。"说话时他保持着原来的姿势。

阿龙正在用眼睛测他的体重，估出不会超过70公斤，在他挺举的水平以内。他想象着把他举起来是什么样子。练过举重的人都知道，有感觉时，会想把什么都抓过来举举。

阿龙开门见山地问，对这次报道有什么要求？

"要求？"肖力强翻着困倦的眼皮说，"没。我只想总结总结。呵，你帮我。"他像孩子一样笑起来，"不反对吧？"

阿龙也笑了，他真的松了一口气，说："这样最好了，我还怕官样文章呢。"

"没有没有。"肖力强说我们可以像朋友一样聊。

但他们还没开始聊，肖力强的电话就来了，有个重要的客户要见。他叫办公室主任进来，让他陪阿龙看看公司，吃饭，阿龙有什么想知道的，可以先问他，需要什么资料也让他提供。他对阿龙说："我们另外找时间。"

阿龙就参观了他那几个不同风格的办公场所。之所以说办公场所，就是除了办公外，还可以吃饭、喝茶、下棋、健身、洗澡、睡觉等，厨具、餐具、酒具、茶具、棋牌、浴卫、健身器材等一应俱全，包括侍候这些活动的人员也各就各位，时刻准备着。

参观那间带厨房的会客室时，办公室主任说，我们肖董喜欢自己下厨做点吃的。

哦，他做得好吗？阿龙打开冰箱，里面果然有青菜、鱼、肉。

"很好！好得不得了。"这位主任突然没有缘由地大声说，胸膛也挺起来。

令阿龙惊奇的是，在肖力强最正规的处理商务的地方，他座位背后的墙上挂着一张巨幅黑白女明星照，是个头像，突出两只勾人心魂的大眼睛和浓密的睫毛。女明星目光朝下，就好像她一直在看着肖力强。

她的鼻子和嘴巴也无可挑剔，唇特别性感，从照片上都可以看出它正蓄势待发。阿龙看着，不知不觉地把自己的头侧成45度，往下一俯，唇就贴着唇了。

办公室主任以为他在看照片右下角的签名，立即骄傲地说："是我们肖董的夫人！"

"真的？"阿龙确实没想到，他觉得这肖力强真是应有尽有啊！但他怎么会想到把老婆的照片挂在办公室里呢？"看来他们关系很好。"

"很好！好得不得了。"主任又大声说，胸膛照样挺起来。

阿龙才知道这是这位老兄的口头禅，但他讲过后立即露出沮丧的样子，好像希望人家谅解。

他从办公室主任那儿拿到了肖力强和银龙集团一些基本情况的材料。银龙集团成立至今只有十年，现有固定资产22．5亿元。肖力强是创始人兼董事长。十年前他创办银龙集团时，只有三十五岁。现在的肖力强看上去只有四十来岁的样子，也就是说，他用十年的时间，攒下了二十几亿的家业和五岁的年轮。他真是什么都赚啊！

过了大概十几天，阿龙与肖力强约好再次见面，仍在他的办公室。但阿龙等了近一个小时，肖力强打来两次电话，最后说实在抱歉，来不了了，让阿龙改天再来。他说："下次你来，我煮便饭给你吃。将功补过。"有这句话，阿龙才稍稍平静一点。但是，广州的举重锦标赛已经结束了，他没去看。

今天是肖力强自己约阿龙的。阿龙在他的办公室里等着的时候，自然想到了他的"便饭"。办公室主任说，肖董的拿手菜是"咖喱鸡"，用的是正宗印尼咖喱。阿龙无法判断自己喜欢还是不喜欢。

他们约好下午3点见面，可到了4点肖力强还没来，连个电话也没有。女秘书过意不去，给肖力强打了几次电话，都关机。为此她在阿龙身边坐了一会儿，算是替老板安抚阿龙。

后来秘书不断地接到电话，都是问有没有看到肖董的。秘书的脸色越来越难看，说话开始打结，阿龙有一次看到她"哧溜"出一条清鼻涕，她竟然用手去抹，抹过鼻涕的手指又随意在胸前的衣服上擦过。也有人直接跑来问，低声说着什么，又匆匆跑出去。整个写字楼里的人都一副六神无主的样子，阿龙从窗户看下去，楼下的小广场里，人们也像无头苍蝇一样跑来跑去。一种不祥的气氛笼罩着银龙广场。他们这座 28 层的办公大楼叫“银龙广场”。

最后，阿龙得到的信息是：肖力强失去联系了！没有人知道他在哪里。从中午 1 点左右，有个副总给他打过电话后，就再也没有他的消息了。对于这么大的一个集团，三个多小时没有董事长的行踪是不可想象的。他老婆在上海办事，女儿在英国读书，都问过了，她们也不知道他的情况。老婆说，昨天还跟他通了电话，好好的。那位最后跟他通话的副总也说没感觉到异常。他们不知道怎么办，跟公安局报案吧，怕老板如果是有私事不让人找，岂不坏事？不报吧，万一有个三长两短，谁担待得起？问他老婆，他老婆也不知道怎么办，只说再等等。大家就都守着电话。

阿龙觉得再等下去没意义了，他悄悄出来，也没要他们车派送。在大门口，他回头看了一眼“银龙广场”，肖力强的办公室在 12 层。就在抬头的瞬间，后脑勺那儿“喀啦”一声，好像一颗小石子掉下来了。

他一惊：“见鬼了！”抱住头，钻进一辆正好开过来的的士。

司机问他上哪儿，他说第一医院。司机见他握着拳头敲打自己的头顶，赶快加大油门，不放心地问：“病了？”

阿龙没好气地说：“没有！”

自从那次见了肖力强以后，阿龙就觉得身体不太对劲。刚开始是听到体内有一种空壳样的“喀啦”声，有时在脊背，有时在下腹部，大部分时间是在后脑勺往下一点的地方（现在基本上固定在这里）。他扭扭身子，跳一跳，声音就没了，可坐下来或躺着的时候，稍一凝神，声音又像空山流水，清晰而活泼。还好，饮食、睡眠、二便基本正常，一个人能吃能睡能拉，又不痛不痒，估计没什么大碍。这种情况持续了十几天，渐渐就销声匿迹了。

因第二次与肖力强没见上，阿龙在等待的时候，看着他夫人的明星照想入非非，具体地说，是把自己想象成肖力强了，假如拥有这么个大集团，有这么个老婆，生活会是什么样的？其实也就是胡思乱想而已，他也知道不可能的。可这么想着的时候，身上好像有一部分不属于自己了，他的意志控制不到，但可以看得到。

这部分是整层地、像泥胎一样从体内剥离，似乎是以头顶为中轴，身上一圈一圈地分开。可能前面的空壳声就是先兆，他没引起重视。

剥离从头皮往下，颈、胸、腹、腿，到膝盖以下就好多了，踝部没什么感觉。所以，两只脚还算结实，膝盖以上都疏松。剥离快到腹股沟的时候，他曾担心会不会影响性功能。他试着想以前那个有印象的女友或对着黄色网站上的照片做淫秽动作，很快就能勃起。他又跟小芽试过，也不错。他多心地问小芽感觉如何？小芽反而奇怪地问："你怎么？"恍然大悟，说，"对了，你最近好像来得勤了。"阿龙赶快说是越来越喜欢她了。小芽说："那为什么不结婚？"这个问题让阿龙感到体内又一阵嗞嗞的剥离声。他早说过，男人没有经济实力就不要娶老婆，而他的"经济实力"总是水涨船高，很难达到自己的要求。所以，任何女人跟他谈婚论嫁都让他心烦。但他跟小芽还光光地躺着，不好说太扫兴的话，就翻转身子躺平，舒一口气说："那要等有感觉啊。"他的一只手还放在小芽的身上。小芽没说什么。她对结婚并不是很在意，只是老在一起睡，感觉像夫妻了，才想到他们还没结婚。

现在阿龙的情况是，身体疏松，疏松的体内有一双贼溜溜的眼睛时刻盯着他。他的一言一行都在这双眼睛的注视里，甚至一闪而过的念头都会被它捕捉到，因为这样，平时自己都不知道的阴暗心理都浮出水面。

阿龙束手无策，想着都会起一身鸡皮疙瘩。比如在参观肖力强几处豪华的办公场所时，阿龙冒出了要把这一切占为己有的念头。占为己有并不可怕，人总是喜欢好东西的。可怕的是他恶狠狠地想把这里的人先斩尽杀绝，除了那位婀娜地点缀着办公室的女秘书。而他在等待肖力强时，那位女秘书几次来给他续水，他都产生了把她按倒在办公室的地板上施暴的冲动。其实，肖力强的办公场所都配有不同的寝室、卧具，有硕大的像舞台一样的床，上床得走两级台阶；有占了一间屋的榻榻米，推拉门一关，人就像装在玻璃盒里；有一个像海盗船一样的大摇篮，一个成年人躺在摇篮里睡觉，该有多惬意。在这样别具一格的地方与别有风情的女人做爱，快感肯定要提高几个等级的。可阿龙偏偏想在办公室的地板上干。这些想法都很见不得人，在心里瞎想是可以的，以前他还想过更凶残下流的，但没人知道，自己也很快忘记。现在身上有了另一双眼睛，这些想法就变成证据被留下来了。阿龙有一种被窥视的恐慌。

他特别不舒服的时候就使劲拍打肚子或屁股，想让那双眼睛滚出来，至少是闭上。结果拍得肚皮和屁股发红，却像在打别人，那双眼睛也像爱看热闹的人，盯得更紧了。当打得身子像被鞭子抽了一样火辣辣的时候，全身喷发着发疯一样的舒畅感。他嘴里“哦哦”叫着，手飞快地拍着，打得噼啪作响。有时小芽在外面听到了，问：“你在干吗？”他是洗过澡后，光着身子在浴室里对着镜子打的。他大声答道：“在练功。”因为小芽跟他说过，经常拿生殖器甩打，可以提高性欲。但现在他看到腿间的挂件荡来荡去，也像是看别人的东西。

到医院已经快下班了，诊室里没什么人，阿龙事先跟王医生联系过了，王医生在诊室里等他。

阿龙觉得很难说清自己的感觉，又怕王医生不相信，有点急。王医生只是微笑，一言不发。阿龙后来找到一个比较恰当的比喻，他问：“你见过一种叫‘俄罗斯套娃’的小玩偶吧？”他说在各地的旅游点都有卖的，是一种小人的造型，像不倒翁，有个盖子，打开盖子，里面又套了一个小人，再打开，还有，再打开，还有，一般是六个一套，外观都一样，只是大小不同。“最小的一个比这个大一点。”他伸出自己的大拇指。这种玩偶可以从小到大排成一排，也可以套在一起看起来只有一个，但摇摇，里面有“喀啦”声。他说，他的感觉就像是套在一起的玩偶，身上生出了许多个大小不同的自己。“不止六个。”他强调道，“有无数个，我担心哪天会从肛门里拉出最小的一个，类似分娩。”说到“类似分娩”时，连他自己都呆了。

王医生不得不笑了，问：“你生过孩子？”

阿龙说：“我感觉得到！”他说这样下去，他就会被掏空了，最后只剩下一个壳。

王医生问他出现这种症状多久了，什么原因知道吗？

他说模模糊糊来的，二十几天或一个月，什么原因说不清。他不好意思说见了肖力强以后发生的。“太讨厌了！”他叫起来。

王医生说这种现象在医学上叫“异感症”，可能是过度疲劳引起的。

阿龙说这段时间并不是太疲劳，一般。

王医生说，那就是焦虑。

“没有啊！”阿龙在自己身上摸了一遍，确信自己并没有在担心什么。

“你这种症状是无形的，找不到器质性病变。自己也搞不清楚，”王医生无动于衷，“如果搞得清楚，你就不用来找我了。”他开始开处方，“可以开些药回去吃，但要靠自己精神调理。”

他开了些镇定安神的西药和消积理气的中成药。阿龙觉得这样没有用的，王医生的解释说服不了自己，药就不能起作用。什么疲劳、焦虑，以前还有更疲劳更焦虑的，怎么就没事？症状当然是无形的，却是真真切切的，自己不至于会臆想出来吧？他连听诊器都没用一下，怎么就知道找不到器质性病变？说不定他可以听到心脏杂音呢！以阿龙的想法，应该做些像CT、核磁共振这样的高端检查，有必要排除可能的病变。治疗也要强有力的，感觉上，他需要一根又粗又长的针，从后背穿到前胸。他这样跟王医生说了。

王医生笑起来：“知道知道。如果是别人，我就让他花这个钱，你嘛，你把这个钱拿来请我喝酒好了。要治疗也可以，”他站起来，突然当胸打了阿龙一拳，问：“怎么样？”

阿龙觉得有点舒服。

王医生搓搓手，从桌上拿起写好的处方说：“爱吃不吃随你，你是文化人，我也不给你做暗示疗法。但作为朋友，我可以保证你没病，只是需要休息。”他说现在这种病人越来越多，症状五花八门，“比你严重的都有。对了，里面有个病人，如果有兴趣，你可以去采访一下。”

阿龙说我自己都泥菩萨了，还管别人？

王医生说病人是个自杀未遂的男人，年龄跟你差不多，也是个钻石王老五，年收入在50万以上。他的自杀手段很不寻常。

“你会感兴趣的。”

阿龙问：“他为什么要自杀？”他不小心甩了一下头，后脑勺那儿又“喀啦”响了一声。他吓一跳，抱住脑袋对王医生说：“又来了。”

王医生拍拍他的背说：“没关系。你自己去问他吧。”

阿龙的心情坏起来，看天色已经黑了，心头好像也有一块大幕罩下。他闷闷不乐地说：“以后再说吧。”

出了医院大门，街灯已经亮了，刚降临的夜色吸走了灯光，天空溟溟蒙蒙，街景看上去昏暗迷糊。匆匆而过的路人影影绰绰的，风把他们吹得像要飞起来。

天气很冷，气象部门说气候反常，他们这个气温从来不低于零度的南方城市今年要结冰，让市民做好防寒保暖准备。超市里的取暖器、电热毯、“汤婆子”等被抢购一空，大家喜滋滋地抱着这些东西说要是下雪就更好了。而12月份之前，人们还只穿了T恤，也是气象部门说的，今年是暖冬。

阿龙站在医院门口等的士，但他不知道要去哪里，手插在大衣口袋里，把那张折成一个小方块的处方捏来捏去，身子冷得直发抖。

一个老年乞丐拖着一根木桩一样的光腿过来，实际上是不到膝盖的一小截，往上翘着，像一颗炮弹。乞丐是从地板上挪过来的，摊在阿龙的脚前，无声地举起一个搪瓷碗。阿龙惊异于他的眼睛那么亮。他在他的碗里放了10块钱连同那张揉成一团的处方。乞丐收回碗，打开处方看了一眼，扔掉，钱仍放在碗里，人挪到一边去了。阿龙看到他目光炯炯地盯着下一个目标。

阿龙决定去举重，他总在心里有事时去练举重。他饿着肚子在举重馆里发狠地干了两个小时，接近最好成绩。他把手机放在听得到的地方，来了不少电话，但没一个是他想要的。小芽先问今晚要不要到她那儿睡？阿龙问，如果我不去你是不是要叫别人？小芽说当然这么冷的天。阿龙说那我去吧。中间有几个叫喝酒的，阿龙都拒绝了。最后是主任问他下午干什么去了？他把情况粗略讲了一下。主任说我看要有事。阿龙问：“什么事？”主任说他只是一种直觉。

在举重馆里洗过澡，阿龙直接到小芽的住处。小芽的空调开着暖气，在他们这儿，冷暖两用的空调难得两用。小芽好像赚到了什么便宜，只穿一件薄薄的睡衣，看着窗外捂成棉球一样的行人哈哈大笑。阿龙趁便把她拖到沙发上，撩开睡衣就动手，做完了才说他还没吃饭。小芽惊喜地说：“你真行啊！”问他想吃什么，她只有饼干和冰淇淋。阿龙就吃饼干和冰淇淋。

第二天一早，主任打来电话：“我的直觉没错，肖力强死了。”

昨天大概是阿龙与小芽在沙发上忙的时候，警察在一家大型超市的停车场里找到了肖力强自己开的宝马，他一个人坐在后排的左侧。死亡时间在下午2点半至3点之间。身上没有明显的外伤，车内没有搏斗的痕迹，但身上和车内值钱的东西都没了。死亡原因待查，东西没了可能是一种假象，突出的谜团是他为什么会坐到后排去。现在他在第一医院的解剖室里，等他老婆回来签字后做尸体解剖。

主任问阿龙想不想去看看。

阿龙说不出话。

主任又说如果不想去就算了，因为案件是别人管的事。

阿龙说："我去。"

挂了电话，他把手收回温暖的被窝里，觉得躺在被窝里真是幸福极了。小芽还在睡，像小猫一样缩成一团。他盯着天花板，在心里对自己说：咳，他躺在解剖室里。他知道解剖台是水泥做的，铺着白瓷砖，一般不会给躺在上面的人垫上褥子盖上被子的。鞋可能也掉了，死人在搬运过程中，因为身体僵硬，鞋常常被碰掉。一般也不会有人给他们穿上，反正以后会给他们穿上全套的行头。阿龙最后有点怀疑肖力强死了，他对自己说：他躺在解剖室里。眼里却是银龙大厦里肖力强各种稀奇古怪的卧具。

阿龙到第一医院去。在门诊部碰到了王医生，王医生说："怎么不先打个电话？走吧走吧。"他掉转方向，朝病房走去。他以为阿龙要来采访那个自杀未遂的病人。

阿龙跟在他后面，王医生回头看他，他赶紧快走两步，与王医生并排而走。

那人躺在病床上，行动还不太方便。他不像自杀者那样悲观失望，倒是挺积极进取的。听说有记者采访，他欠欠身子说："你不拍照吧？我这样子不好看啊。"阿龙因这句话对他产生了某种好感，和气地说自己不是摄影记者，只是想跟他聊聊。拉过一只木凳，靠近床沿坐下，与病人面对面。病人的脸却转到旁边去了，因为他以为阿龙是从另一个方向看他的。

床头有一束鲜花，是玫瑰、百合、天竺癸、满天星等混合在一起的，气味也很纷乱。窗外阳光明媚，一棵高大的玉兰树正好长到窗前的地方，树上有小鸟跳来跳去，叽喳叫着，情景很美。阿龙看着窗外想：他为什么要自杀呢？

那人鼻青脸肿，头发上还有血痂，结成块。他的眼睛睁不开，肿胀的眼睑像蒸熟的猪头皮，医生要用两根金属钩子把他的眼睑钩开，他才能看东西。眼球露出来时，他高兴地叫道："他妈的，人就这种鸟样子！"他那只玻璃珠一样的眼球对的是阿龙。医生说，他这时看的物体都是破碎变形的。

"破碎变形？"阿龙觉得这词很有意思，好像是专为自己造的。

医生和病人听了他的疑问同时答道："就是。"

那人是用一只大花瓶把自己的脸砸成这样的。但他的致命伤不在脸上，而是在左胸前距心脏 1 厘米的地方。他不知从哪里找来一把老式的不锈钢剪刀的一叶，把尖头顶在左乳头内侧两指处。为找准心脏的位置，他专门查看了《人体解剖学》，他本人是学法律的。为此，借书给他的同学把他臭骂了一顿，说要死从时代大酒店的顶层跳下就可以了，又简单又壮观，何必费那么大的劲，还玷污了别人的书。他的同学就是现在治疗他的医生，也是他自杀进行不下去以后，打电话请来帮忙的人。所以同学一肚子火。

阿龙忘了问他为什么要自杀，而是体会着剪刀刺进体内的感觉。他觉得自己胸前有个地方像钉了一根钉子。他不敢动，屏住气问："痛不痛？"

"才不会呢。"那人不太高兴，好像问这种问题太瞧不起他。

"后来怎么停下来了？"阿龙意犹未尽，但这样问有点巴不得人家死的味道。

那人无所谓地说："没劲了。"他说明，"没劲"不是指力气，而是觉得连自杀都挺没劲的。他不想继续了，便一手托着剪刀，走到茶几旁，用闲着的另一只手给同学打电话，叫他来把自己送到医院去。他特地交代要派救护车。打过电话，他顺手操起放在电话机旁的花瓶，往自己脸上砸下去。

阿龙问他为什么要砸脸？如果砸在剪刀柄上，结果就不一样了。

那人说："就觉得没意思嘛。"然后他坐到沙发上等着同学到来。

剪刀没拔出来之前，没出多少血，只是含着刀刃的伤口周围有点渗血，拔出来以后才有大量的血涌出，但已经到医院了，"不怕。"那人笑嘻嘻地说。住院期间，他要求同学把治疗方案、用什么药，有什么副作用详细告诉他，他自己也提出一些看法和建议。讲到这些，那人简直喜不自禁。

阿龙突然没了说话的欲望，他合上采访本，站起来说：“我要走了。”转身就往外走。

那人撑起身子问：“你会不会再来？”

他摇摇头，但想到那人看不见，就说：“可能。”

那人又问：“会不会见报？”

他说不一定。

出了病房，往右走是医院的大门，往左走是太平间，解剖室与太平间在一起，那里也有一个门。医院是活人从前门走，死人从后门走。

阿龙出了病房就往右拐。到了医院的大门口，那个老乞丐又挪过来。阿龙认得他，他不认得阿龙。阿龙又给了他 10 块钱。现在是白天，天气暖和多了，阿龙站在这里，昨天的一切又浮现出来，但好像不是自己的记忆了，遥远而稀薄。昨天站在这里，他差点要想起什么来，现在他什么也不愿想了。

阿龙心平气和，一个从他身旁走过的小男孩跌倒了，他赶快把他抱起来。小孩假假地哭着，边东张西望。阿龙回头，看到一个年轻的女人朝自己走来，孩子脸上放出光来，但哭得更有模有样了。女人抱起孩子，说声：“乖。”孩子的哭声戛然而止。女人对阿龙微笑，阿龙也还以微笑，女人谢过他就走了。小孩转过身子，从母亲的背上目不转睛地看着他。女人抱小孩走路的腰身很好看，阿龙看着，心想现在要做的有两件事，一是问小芽还想不想跟自己结婚，如果想就好办；二是以后不再练举重了，还是做些力所能及的事情就好。

临上的士时，他想起忘了问那位自杀未遂者为什么要自杀。但现在看来，这个问题不重要了，好像听那位骂骂咧咧的医生说，他想证明人的命运是掌握在谁手里。阿龙不由得笑了，觉得那人真是爱钻牛角尖。

司机问他：“上哪？”

阿龙说：“回去。”

三个男人的友情和爱情

吴若龙打来电话，紧张兮兮地问我在干什么。我说开会。他又没事一样说，哦，晚上也开啊。这是没话找话，他知道开会是我们的夜生活，还为此发表过有关制度性弊端的长篇大论。现在却装出很天真的样子，每次他要跟我讲什么要紧事，就作这种熊样。我问他："你有什么事？"

吴若龙立即压低嗓音说："阿庆出事了。"

我一时反应不过来，又问："什么事？"

吴若龙说阿庆与一个女的躲在他的车里，在国道上被巡警抓住了。

我一下子就想到了什么事，脱口问："他们在车里干吗？"我也是没话找话。

"还能干吗？"吴若龙回答得又快又干脆。

我有点恼火，我们这一问一答，好像都朝一个方向而去，他怎么能那么肯定阿庆在干什么？我问他消息从哪里来的，他说是邱老总告诉他的。邱老总是香江公安分局的局长，若是他讲的，该不会有误。阿庆怎么会这样呢？我愣着说不出话。

吴若龙叫我赶快找到阿庆，问清事情的来龙去脉，看看有没有补救的办法。

我问他给阿庆打过电话没有？他支吾了一下说没有。我就知道他不会给阿庆打电话，他要跟阿庆说什么总是找我，有时竟会像小孩子一样说"你给他帮忙一下吧"。这个"他"不是阿庆，而是吴若龙自己。我们三个人的关系就像一种叫"吉米环"的魔术圈，有了中间那个环，三个圈就能变幻出趣味无穷的关系，没了那个环，三个圈只是死板的圆。我们都喜欢三个环圈在一起所产生的奇特效果，我当然也喜欢自己所起的作用。

我说："好吧，我找到阿庆再说。"

吴若龙又交代："有什么消息要赶快告诉我。"

收线后我想到忘了问吴若龙，邱老总怎么会告诉他的，他又不是市局的局长，也不是纪委书记，难道邱老总马上要把阿庆的事迹写进党史里？因为吴若龙是我们香州市党史办的副主任。但急着要找阿庆，就懒得理会吴若龙了。

可是，阿庆的电话打不通，手机关了，办公室没人接，他的家我不会打，他不会在家，在家也不能说话。我意识到事态的严重性，但又无计可施。吴若龙却打来好几次电话，不厌其烦地问找到阿庆了没有。我烦了，告诉他，等找到了再给他回话，他才安静下来。

那天晚上我一直在宿舍里给阿庆打电话，后来我只打手机，每次听到"您所拨打的用户已关机"时，我都像被人拒之门外一样，又懊恼又不甘心，不知道里面的人到底在干什么。这样，对阿庆的担心逐渐变成了跟电话过不去，偶尔闪过"那女人是谁"的念头，很快又被电话里的电子声所瓦解，我的精神也集中不了，心里知道这是件挺麻烦的事，但因为找不到进入事件本身的入口，就像隔岸观火一样，就是急不起来。大概是电话打不通的缘故吧。

时间到了，我的困劲照样上来，就去睡觉，居然也一夜睡到天亮。

第二天在窗外卖油条的叫唤声中醒来，一个激灵想到有什么事，却先想到吴若龙，想到他可能一夜没睡好，有点幸灾乐祸，然后才想到阿庆，就开始担心了，白天的担心会真实一些，也比较急迫。我又给阿庆打电话。

谢天谢地，总算通了，他仍是那种生机勃勃的声音："您好！"

"你才好呢！昨天干什么去了？"

阿庆听出是我，吐了一口气说："嗯，你听到什么风声了？"

"你还知道有风声啊？"阿庆没有回避他的事，让我多少放心了一点。"到底是怎么回事？"

"我的事一言难尽，你先告诉我你听到什么了，这么快。"听起来，他好像不焦急也不担心，只是好奇。

我就把吴若龙说的跟他说了。他笑起来："这个邱老总，还直对我说误会误会，赔礼道歉的。一转眼就去散布谣言。"

我问他到底严不严重，会不会影响他的提拔。

他沉吟了一下说："老弟跟你说实在的，我没在车里干什么，就坐着。但如果有人要借此大做文章的话，我就是跳进黄河也洗不清。"

我问："你准备怎么办？"

"不想怎么办，越解释越麻烦。所以我昨天干脆关机，我知道肯定有很多人要来探虚实，我不想满足他们。"他的口气没有我想象的沮丧、怨恨或后悔、恐慌什么的，他倒是笑嘻嘻地对我说，"呃，菜头，让你受惊了。什么时候有空，咱俩说说心里话。"

我叫蔡建伟，他们叫我菜头。在我们香州，菜头是指萝卜，萝卜在我们香州话里又有"个大不中用"的隐喻，因为它长得像人参。这样，菜头引申出来的意思就是"傻大个"，叫一个人菜头，对他就有溺爱的成分。我的朋友就是这个意思。有时，听他们叫我一声菜头，我整个人就会变得柔软，像被人家爱抚过了一样，傻乎乎地什么都心甘情愿。我说的他们是指阿庆和吴若龙，我说过了，我们三个像"吉米环"一样难分难舍，但太纠缠了会累，太疏远了又要空虚，我曾想找一个比喻来形容我们这种关系，直到现在也没想出来。吴若龙有一次借着酒劲喊了声："人生得一知己足矣！"我和阿庆都感到挺尴尬的，就像身体的某个要害，你很爱惜，但不能暴露。我们赶快举起杯，说："干！"灌下一整杯的啤酒，其实心情是舒畅的。吴若龙呆呆地看着我们。这就是我们三个男人的友情。

我说："好啊，你叫我。"聊天是我们之间的心灵按摩，很享受。

"等我电话。"阿庆也高高兴兴的。

我是在大学里认识阿庆的，我读大二，他读研究生，已经结婚了，有一儿一女，老婆在家务农。他学哲学，却读了很多历史书，对中国古代政治家清心寡欲，忧国忧民之类的事情特别着迷。他对自己的人生有明确的目标，正全力以赴奋斗。

阿庆 20 岁的时候，以与公社革委会副主任女儿结婚的代价，换取了上工农兵大学的机会。但不能说他上学与结婚有什么交易，能攀上公社副主任的千金已是三生有幸，而这千金也不是个等闲之辈，她也是回乡青年，初中毕业，与阿庆结婚时是红星耕山队的队长，带领一帮铁姑娘开了一大片梯田，事迹上过省报。女耕山队长人长得不丑，以当时的审美标准看，属于健康美丽的那种，但她身架子骨太大了一点，浑身有使不完的劲。她还没当上耕山队长的时候，阿庆的母亲就看上了她，图的就是她的力气和大屁股，只是不敢高攀。没想到姑娘和岳丈双双看上了阿庆，让他们母子俩惊喜不已。阿庆唯一感到遗憾的是女队长比自己大了一岁，还有一点儿担心是女方家的势力比自己大。但听岳父说如果结了婚，可以保送他上工农兵大学时，那一点担心就变成了依靠，他几乎是怀着感激的心情接受这桩婚姻的。

婚后基本美满，女队长很快给黄家生了个男丁，印证了阿庆母亲对大屁股的判断。这对单脉独传的阿庆来讲，意义重大，他母亲更是乐得合不拢嘴。一家人在女方家的荫庇下，过得比较幸福快乐。阿庆放假回家时，还经常帮老婆干农活和家务。许多年以后，他站在上海的东方明珠塔上俯瞰这个新十里洋场时，想到的是年轻时回家帮老婆干农活的快乐，说最怀念的还是那段时间，很有诗情画意。

后来，在母亲的强烈要求下，他们赶在计划生育政策的死限之前又生了一个女儿，算是锦上添花。

阿庆在工农兵大学毕业后，当了几年中学老师，又考回母校读研究生。他说当官是他从小的梦想，7岁的时候，他看到生产队长的儿子可以随心所欲挖公家的地瓜，就懂得了做人的道理。一霎时，几块从土里分娩出来的地瓜，砸开了他心头隐藏的泉眼，“一个强烈而伟大的抱负诞生了”！

阿庆与我在校园操场的跑道上散步时说了这句话，他说到“诞生了”时，狠狠地踢出脚边的一块小石子。他踢石子时两臂伸展，身子跃起的姿态，正好映在身后的一轮明月上，还有树影婆娑，就像古希腊雕像一样，给我留下了深刻而美好的印象。我突然也想像他那样。他的抱负就是当官，当得大大的。但是，我不知道阿庆的抱负是要享受不公平，还是要铲除不公平。

那个时候是80年代初，我们国家刚刚改革开放，人们的思想突然解禁，一时就像放飞的蜂群，对着洞开的大门不知往何处去，只好汹汹地叫着，却仍挤成一团。各种各样的想法既不着边际，又有保守者的固执和自以为是。到处都有唾沫四溅大谈发财梦和抨击现实的人，在街边做小生意的人讲起倒卖什么就是几车皮几车皮的，修理自行车的人谈的是美国的轮子世界，阿庆想当官，说的是“一个强烈而伟大的抱负”，那时他觉得这一辈子能奋斗个副县长就大死人了。

大学校园里到处有各种思想辩论会，在饭堂里，随便碗碟一敲，大声说点什么，就会立即围来一群热心的听众，其实只是菜叶子里发现了一条虫子。中文系和哲学系的人占学术之先机，充当了校园精神领袖的角色，他们的宿舍和教室都像圣殿一样，吸引了一些学财经和理工的学生傻乎乎地追逐。十几年后，当知识经济风靡全球，那些学财经和理工的人，不声不响地成了市场经济的引领人物，成了社会的主流时，当年中文系、哲学系的那些才子们，大都一脸皱纹地蜷缩在社会的边缘愤愤不平。这时的人们不再追求精神，而是热爱现金。阿庆从一开始就没混入空谈的队伍，他坚定不移地走自己的路，成就介于物质和精神之间，他后来当到山南县县委书记，差点就成了我们香州市的市委常委或副市长了。这次我们市里的班子要换届，他是呼之欲出的人物，省里的考核组已经来考核过了，他却出了吴若龙说的事。

有一次，饭堂里又发生了类似骚乱的思想较量，吃饭的人几乎都咽不下去，大概是分成了两个阵营，争论有关中西方文化的问题，什么继承与发扬，什么借鉴与批判，什么任重道远、责无旁贷，都是报纸杂志上捡来的牙慧。演讲的人才华横溢，口若悬河，我边啃一条酱油水煮的鲫鱼，边听演说，心想，如若午餐都有鲫鱼、排骨，外加丰富的词汇和生动的场面，也是人生的一大享受啊！

“呵，在中华文明生死攸关的时刻，还能把一条鲫鱼啃得如此干净的人，想必是有些来头的吧？”说话的是阿庆，他端着饭碗坐到我旁边。整个能容纳五百多人的食堂里，只有我们两个坐在饭桌旁。

“哪里。”我谦虚地一笑，把整条鱼刺小心地摆到桌子上，“可以当梳子。”

他赞许地补充一句：“鱼骨梳子。”我看他把一块四方形的蒸饭用铝汤匙切成许多小块，那根汤匙是大号的，嘴巴要事先张开才不至于被撑着。他吃得有滋有味，在米饭、菜梗和汤的嚼合声中，吐出一句：“不去凑热闹？”

“听就可以了，不太懂。”

“哪个系的？”

“制糖，嗯，就是甘蔗、甜菜什么的。”

“明白了，我回家也帮老婆砍甘蔗，甜菜没见过。”

我睁大眼睛，看起来他比我大不了几岁，有老婆。

他见我吃惊，又问:“奇怪？连孩子都有了。”他像使什么工具一样，横握大号汤匙，铲起一勺饭菜，往嘴里倒去，一副心满意足的样子。

“蛮成功的嘛。”我只好这么说，心里也确实觉得他不简单，有老婆孩子，还要砍甘蔗，还能上大学，学的是哲学，不容易的。刚恢复高考那几年，能上大学的人凤毛麟角，而且，能在食堂乱哄哄的精神较量中，有滋有味地吃饭者，唯我俩人也。加上同是香州人，我们很快成了无话不谈的朋友。后来知道他已是研究生，自然拜他为师兄。

可以这么说，阿庆对政治的热爱，包括对婚姻的态度，都对我后来的人生产生了重要影响。直到后来他的突然离场，就像从我的生活中抽去了什么，我至今仍感到空洞和茫然。

我也属于早婚早育的一类。我这人对爱情并没有太高的期望，当时想结婚是因为突然对前途充满信心，有天降大任于斯人的豪情。我刚从香州糖厂被调到市工业局，当了生产科的副科长，是组织上对年轻知识分子的重用。我在厂里有点小革新，让香州糖厂一年节省了 1000 多万元的生产成本，很是风光。这样一来，我对自己也有点刮目相看，并产生了一定的幻想。以前我从来没有正确认识自己，也没有比较长远和明确的目标。现在我决定把自己的人生重新谋划一番，从长计议。其中一条就是尽快结婚，男人结婚后，断了杂念，心态会比较平稳，又解决了后顾之忧，就可以全力以赴奋斗事业，也减少找对象恋爱时挑肥拣瘦、花前月下地浪费时间和精力。这是阿庆对我的指点。

工业局与劳动局相邻，我每天骑自行车上班时，必先经过劳动局，要蹬上劳动局旁一个突然高出来的陡坡，才能拐进我们工业局的车棚。那个陡坡真是怪，足足有将近 40 度，许多人到了这里都不得不下车，推着车子走上去，这种情形就像在举行一种仪式，一般人概莫能外。我因为初来乍到，又年轻气盛，40 度的陡坡根本不在话下。

我的行为引起了劳动局一位年轻女士的注意，她就是我老婆郭喜春。她办公室的窗户对着陡坡，观察人们在陡坡面前的奇形怪状成了她的乐趣。

她说有个中年女干部，在离陡坡还有十几米远的地方，就慌里慌张地下车，每次下车都像被人推下来的一样。她走过只有四五米长的陡坡，好像在万里长征，肥大的屁股撅得高高的，走上了坡顶，才大功告成，必然要得意地回头看一眼，然后又噔噔几下骑上车，欢乐地踩起来，屁股仍扭得厉害。令老婆心里有疙瘩的是，女中年下坡时，竟然也要下车，推着自行车飞快地跑下来，满脸笑容，就如小孩子在玩滑滑梯。老婆说，那个坡是完全可以骑下来的，妇联有个独臂的副主席，每次都威风凛凛地骑下来了呀！

又有一个男老头，五十几岁的模样，瘦，头发花白，中度秃顶，老是穿一套蓝色西装，里面却是汗衫、毛衣之类。他是到坡下才下车，吸一口气，像丈量土地一样迈上去，嘴里默念着什么，有时眼睛会闭起来。到了坡上，他也要停下来，拍打一下衣襟，好像真的干了什么活。有一次，他不知从哪里冒出来，围着陡坡看了半天，人在上面反复走几趟。因为这个坡一边是接了上面的平台，一边是像桥一样拱起来，砌了高高的石壁，劳动局就位于石壁下，在一个T形的洼地里，老头就是站在洼地里研究石壁的。郭喜春从二楼看到了老头头顶上没有毛的头皮，她说，看一会儿，她感到恶心得不行。

她曾邀我到她的办公室里欣赏这一景观，女中年和男秃顶果然如她所说，看得我目瞪口呆。她痛心地说："都几年了，总这样。"

有一次，因为路上有人，我上坡的冲刺受到影响，速度慢下来，速度一慢，上坡就很困难了，我吃力地蹬着我的老永久，右边劳动局的窗户传来一声"加油"的喊声，清脆而响亮。周围的人都笑起来，我也笑起来。我看到一个年轻女子端立在窗前，清秀的脸，披肩发，皮肤白皙，一件白底小蓝花的低开领连衣裙，使她的脖子显得特别修长。她不动的头像和方形的窗框，像一幅挂在墙上的画。那个时候的女人正时髦戴黄金首饰，一头一脸弄得沉甸甸的，但她脸上看不到一件饰物，给我的感觉是赏心悦目。老婆就以这样的形象印在我的心中，恋爱后，我想念她的时候，头脑里出现的都是这个形象。

女子在对我笑，是一种老朋友的开怀，我像见到了青梅竹马的邻居女孩，感到非常温馨和舒坦。我想，就冲她在大庭广众之下对我喊"加油"我也该娶她为妻呀！当然，一切都顺理成章，只是我奇怪，以我们的条件，两个二十几岁的人，我二十五，老婆二十三，都还没对象是不对的。老婆说："等你啊。"好像很纯情，但我从她的家人和同学口中，隐约知道她有一段刻骨铭心的爱情，可她只字未提，行为上也看不到一点痕迹。我是因为在大学里整天耽于跟阿庆畅谈理想，关心国家的前途和命运，而忽视了个人大事。我忘了人家阿庆已经有老婆孩子了。

我决定尽快结婚，老婆没有异议，我们就结婚了。

结婚没多久，社会上正流行做双眼皮手术，我当时幸福得昏了头，怂恿郭喜春也去做，我以为，有一双大眼睛的老婆一定更活泼可爱。郭喜春是单眼皮，薄薄的眼皮底下流露出一种令人捉摸不透的神情，慵懒、淡泊，却在这种漠然中透露着锐利的专注。

没想到她冷冷地问："要是将来流行单眼皮，我怎么办？"

我就是从那时开始重新认识老婆的，我无法形容她的眼神，有一次，看《动物世界》，看到一头母狮捕食后卧在土丘上，晒着太阳，欲睡不睡的眼神正好与我打了个照面，仿佛是谁在看我，一想，就是郭喜春。这个发现，把我自己也吓了一跳。

老婆对我的仕途持无可无不可的态度。我当到太平县的县委书记时，她说行了，当这么大就可以了，你该是享受劳动果实的时候了。她说人四十岁以后就该享受生活了，而仕途是个黑洞，看不到头，你把一生都投进去了，还不知道填在哪儿呢！

因这次市里换届，不少县委书记都蠢蠢欲动，我有时也按捺不住。我假惺惺地对老婆说，如果我回市里工作，可以多陪陪你嘛。

得了吧，你要是当了市领导，还能多陪我呀？

怎么不能！人家某某某当了市长时还坚持每天与老婆一起散步呢。

老婆立即刻薄地说，你要是长得像他那么帅，我就支持你！

我虽然没有某某某那么帅，但也是长得很清秀的，老婆高兴的时候还表扬过我，她说我的优点是讲卫生，看到有的男人肩上落满了头皮屑，真是受不了。她指的是吴若龙。其实，吴若龙的头皮屑并没有"落满了"，只是有一些，老婆还形容人家的头皮屑是"雪花样的"。她根本没见过雪花的影子，整天吵着要去北方看雪景，现在说起别人来，居然拿雪花来做比喻。至于我的优点，归根结底还是她的功劳。

这时，我就要苦口婆心地劝导她：老婆啊，你老公毕竟是一县之尊，我在县里谁不对我唯命是从的，对我献殷勤的女人多得是，我都不为所动，这已经很不容易了。你也要给我一点面子嘛。老婆说，恰恰是那么多人对你点头哈腰的，我才不要让你太得意。至于女人嘛，你看着办好了。她狡黠地一笑，让我心里很有想法，我立即涎着脸说，既然你那么不服从领导，为什么总是要我上？她无所谓地说，我舒服嘛！一听这话，我就热血喷涌，一把将她拖过来，不管她是在厨房里一身葱油味，还是正美滋滋地喝她的工夫茶。

正常情况下，我周末回来一次，这是例行公事，有时也是想回来的主要原因，老婆总会恰到好处地激起我的冲动。如果我在工作日回市里开会或办事，有时间回家小住，又有兴致行事，按照老婆的说法，是属于计划外的。听说是计划外的，就有捡了便宜的快乐，干起活来更努力和心急。

老婆是弗洛伊德那一派的，她认为性意识是主导人的思想和行为的根本力量，不管多小或多老，潜意识里都想赢得异性的欣赏，这种被欣赏的需要，成了行动的指南。“比如说吧，你们当官，都想成为某一范围的中心，成为王，就是一种雄性的征服欲，虽然不一定敢像公鸡那样妻妾成群，但被小母鸡们叽叽喳喳地围着转的快乐肯定是有的。”她直视的我眼睛，不容我回避。

我感到既惊愕又好笑，只好虚晃一枪说：“荒谬！我们是为人民服务。”

“当然了，民之不存，王将焉附？”她一笑，像个女思想家一样又说，“不过，男人也只有在拥有权威后，才能展示雄性的魅力，就像在动物世界里，不能成为王的就失去了交配权，这就是自然法则，窝窝囊囊的男人长相再好对女人也没有吸引力。”说到这里，她居然难为情地说：“比如我就很爱普京，他太有魅力了。”老婆像个热恋中的女人，脸颊微红，两眼含着一层雾一样的波光，声音细柔，听起来挺讨厌的。

“哪个普京？”我没好气地问。

她哈哈大笑，过来搂住我的脖子说：“别吃醋嘛，我只是在跟你说明一个道理。”

老婆的道理总是似是而非，你却很难一下子驳斥她，她是个喜欢奇思妙想的女人。

阿庆的事出了几天，官场上却风平浪静，没听到什么不好的消息，我以为只是一个小插曲，渐渐就淡忘了。只有吴若龙不时地打电话来问，有没有什么情况？感觉是他巴不得阿庆出事。

吴若龙跟阿庆一样，对当官有着近乎狂热的爱好，但他自己不当官，一方面是当不上，另一方面是他知道自己不是当官的料而不敢当，但这不妨碍他对为官之道的痴迷和研究，他说这是政治，“人是离不开政治的”，他经常这样语重心长地劝告我。对我从政的指导和扶持，就成了他现实理想和宣泄情感的渠道，可以这么说，对于我的升迁，他比我更积极和费心。

这样，老婆与吴若龙之间形成了两股相反的力量，一个要把我拖离官场，一个在推我向前。他们两人也有一种隐约的竞争。我老婆说他的头皮屑就很不客气，还歧视他高度近视。

吴若龙有 1600 度的近视，但他实际只戴 1000 度的眼镜，这就使他看什么都一副迷迷瞪瞪的样子。而他戴的又是过时的厚玻璃镜片，脸上总是晃着两圈白光，就像安装了两把手电筒。眼珠子被凹透镜折射得只剩两个滴溜溜的小黑点，模样儿跟日本卡通里的变态狂差不多。现在戴深度眼镜的人早不是知识分子的象征了，现在的知识分子是既有学问又能赚钱的人，叫作精英。形象上也是朝气蓬勃的，眼镜可戴可不戴，必要时可以戴隐形眼镜，超薄镜片，再不行还可以去做手术，选择很多，高科技嘛。我们劝他至少换一副眼镜，改变一下形象。他不愿意，说他从中学时代就这样了，他神圣的初恋也与眼镜有关，他宁可戴这种眼镜，留住一段珍贵的回忆。我觉得他是把眼镜当救命稻草。结果，高度近视使他看上去又苍老又愚蠢，还有一种毫无用处的假高深。

他有个习惯，每当要说什么重要的思想时，往往是低下头，眼睛看地板，然后像小鸡啄米一样点着头，一条一条地说出他的思想。仿佛不这样点着，他的思想就会卡在什么地方。在他想来，这是梳理逻辑思维的手段，可别人看去就像是犯了过失的人在挨训，一点没有思想家的派头。如果这中间有谁对他的思想提出质疑，他会很费力地抬着眼皮，在眼皮翻起的瞬间看人一眼，很快又掉下去，才开始作答。眼皮却一路挂着，似有千钧重，好像他所有的思想都沉积在眼皮上，给人的感觉是垂死的。

老婆每次说吴若龙就说：“他的政治是病态的，让人瞧不起。”然后又说你看人家普京如何精干敏捷，如何气魄非凡，不愧是克格勃培养出来的，这样的人，哪怕跟他赴汤蹈火，也乐在其中等。老婆一讲到普京，就像换了一个人，滔滔不绝的，而原来她是最讨厌女人多嘴的。

我只好制止她：“说吴若龙就说吴若龙，不要跟俄罗斯混为一谈。”

我与吴若龙相识于省委党校的宿舍里，我们上的是处级干部班，四个半月。我是一个县的常委组织部长，他是香州市党史办的副主任。从那个时候到现在，他一直在党史办当着副主任，前面还有一个主任和一个副主任，八年间，主任和副主任都换过，但他从没往前挪一步，总有人从哪里夹塞一样地插队进来，他也心平气和。我问他，整天替别人多管闲事，怎么不给自己研究个名堂，至少当个党史办主任也比副主任强嘛。他宽宏大量地说：“你们当就好了，我无所谓。”他说的你们是指我和阿庆，阿庆是山南县的县委书记，我是太平县的县委书记，好像我们的提拔都是他让出来的。

吴若龙的第一爱好是政治，第二爱好是文学。或者说，是因为爱好文学，才使他对政治产生了兴趣。按照他的逻辑，文学是人学，人又是离不开政治的，那么三者必然紧密地联系在一起。具体地讲，他的文学爱好是写作，主要是小说方面的。但他现在不怎么写了，早年曾发表过一两篇“伤痕文学”的东西，写的是知青的爱情故事。他去省委党校学习时还随身带了去，放在枕头底下，有时拿出来请人指教。我跟他同住一间宿舍，铁定是要拜读的。勉强看完，感觉相当不舒服，就像被塞了满嘴巴的泥土，说肉麻也罢，说腌臜也罢，就是与爱情沾不上边。他却满怀信心地等我的指教，迫不得已说：“想不到啊，那个时候的爱情。”他立即打开话匣，滔滔不绝，原来是他的亲身经历。大致是一种长期压抑的性欲，在某个狂风暴雨之夜，两个回不了家的男女知青发生了性关系，男知青相当有才华，女知青相当丑陋，但因为那一夜，他们结婚了。

讲完了，他喘着粗气问：“可悲吗？”

我只好说："时代的原因。"老实讲，他的口述比小说好不到哪里去。

他石破天惊道："那就是我和我老婆！"

"不会吧？"我故作惊讶，其实他还没说出来我就想到了，我猜他，一禁不住诱惑，二不敢耍无赖。其结果当然是取丑女为妻，自食其果嘛。

那时我还没见过他老婆。只是他每次要回家，都要上街买许多东西，吃的用的，都是给老婆孩子买的，比较便宜的东西。我说挺会顾家嘛。他摇摇头："你不知道，东西买回去，是要挨骂的。"

"那就不买嘛。"

"没买东西也要挨骂。"

"这可怎么解释？"

"买了东西是乱花钱，不买东西是心里根本没有家。"他轻描淡写地说，人蹲到地板上整理买来的东西，用红色编织绳一圈一圈地打包。恐怕所有的学员中，只有他备有那种编织绳。

"匪夷所思，这不是强人所难吗？"我看着他打包，觉得他绳子用得也太多了，好像他的生活就是这样自己给自己纠缠住的。

他把一个打好的包提起来，用力抖一抖，安然无恙，这才高高兴兴地说："夹缝里求生存哪。"脸上居然露出笑容。仿佛他的生活是一种游戏或考验，他是乐在其中。我很怀疑他所说的是不是虚构的。

在党校期间，常有些女文学青年来找他，他激动得又是刷牙又是梳头，请人家吃饭、散步、听音乐什么的，但到关键时刻就败下阵来。那时已经是90年代，女文学青年比较年轻开放，又是一心一意想吃文学这碗饭，都把吴若龙当跳板，因为他跟人家吹他在文学界里有许多朋友，报纸、杂志的编辑熟得很，把他发表小说的那两份破杂志拿出来，就是有力的证明。女文学青年认为他的小说就是靠关系发表的，对他所说的朋友当然深信不疑，盯上了，手段就比较极端。吴若龙却是有贼心没贼胆的人，动真格的就把他给吓着了，他且战且退，叫苦不迭，有时躲在蚊帐里，让我告诉找上门来的女文学青年他不在。我问他你怕什么呀？他说他不能对人家承诺什么。我觉得他是痴，那些野心勃勃的女人未必要他承诺什么，只想从他身上榨取什么。他却认为大凡爱好文学的，都是比较纯洁的，他不能伤害了她们的心灵，这种鬼话恐怕连他自己都不信。

而我看那些女人根本无纯洁可言。有一次，一个来得特别勤，而且对我显然有不良居心的女人又来，我干脆当着吴若龙的面（他还是躲在蚊帐里）对她说："老吴说他不在，他说他对文学和爱好文学的异性不再感兴趣了。"

那女人也不是省油的灯，立即反问说 ："那他怎么不敢自己对我说？"她盯着蚊帐看。

我也看了一眼蚊帐，理直气壮地说："他现在在思考。"

女人扑哧一笑，恶毒地说："我知道他在干什么，在自慰！"又怕我听不懂，遂怪叫道，"手淫！手淫！"

其他房间有人探头出来看，我真是无地自容，也是败下阵来，赶快拉过门说："你走吧，以后不要来了。"

女人说："我也不会来了，你们这帮阳痿的东西！哈哈！"然后扬长而去。

我气得喝了两大杯白开水，吴若龙却高兴地从蚊帐里跳出来，吐着大气说："这下解脱了。"

我骂他，你没本事就别惹是生非，到头来连我也受侮辱。

他赶快声明："没有没有，她只是骂我一个，就我一个。"

即使是这样，他对文学的热爱仍不减当年，虽然没再写出能发表的作品，但研究得比较深入，有一套理论。所以周围聚集了不少文学爱好者，他们对外统称"作家"。这是吴若龙的优势，他称为资源，他一直想利用这一资源助我一臂之力，结果没有一次成功的，让我把所谓的文学和作家看透了。

就我仕途的事情吴若龙想助我一臂之力。我不知道他凭什么认为他是我政治上的军师。我曾不怀好意地动员他，阿庆明摆着要当市领导了，干吗不去替阿庆出谋划策？他神气地一挥手说，阿庆用不着他帮忙。听起来我是弱势群体，这让我颇感不快。实际上是他经常需要我们的权力扶贫，他的一大堆亲戚朋友，工作、就学、分房、职称、职务、荣誉等，三天两头都要我们出面为他说话，这会儿倒像是我的救世主了。我也搞不清楚，我跟他之间怎么会形成这样的局面，本来官场上的人与人之间，是以利益为基础的，讲白了是互相利用，如果你达不到这样的层次，你就进不了这个利益圈。而吴若龙根本无利可图，我却会怀着愉快的心情，边骂边卖力地替他办事，假使他有一段时间没使唤我，我会像欠了他什么似的过意不去。或许，是在他身上，还存在着一种天真、理想的东西，使我对人性的童年抱有温情和幻想。

我刚到太平任书记不久，吴若龙蠢蠢欲动要替我们把太平吹出去。因为刚上任，有点得意忘形，我没有认真考虑就同意了。

当时我们新一届的领导班子对未来的工作都摩拳擦掌的，很想干一番事业，关键就是发展经济，领导全县人民勤劳致富。但太平没有工业基础，没有资源，交通不便，连名人都没出几个，全县摸排了一番，才找到一个搞古汉语研究的专家，在北京某学术单位。听说有人去找过他，但用日常的语言难以跟他进行交流，他说话咬文嚼字，喜考究，问他在北京有什么关系，他会转着眼珠子问："关系？您指什么？通常是指事物之间相互作用、相互影响的状态。"看来此人是用不上了。

经过调查研究之后，我们决定从实际出发，发展旅游业。

其实这是权宜之计，一般欠发达地区，生财无望，都想用祖宗留下来的山水赚钱，叫无本生意。殊不知，搞旅游是要先大投入的，修路、建宾馆、完善旅游设施，都要花大钱，而我们最缺的就是钱。怎么办？硬件不行抓软件，先把宣传搞上去，花钱不多，却有广告效果，有了知名度，不愁游客不来，游客来了，钱也就来了。那天开会研究的时候，几个常委越说越来劲，好像已经有金山银山等着我们挖了。所以就定下来组织一批作家、记者到太平采风，宣传宣传。因为有吴若龙这张牌，我心里比较踏实。

太平虽是山区小县，却山清水秀，林木葱郁。全县森林覆盖率达80%，大大超过国家森林公园的标准，走到太平县境内，满目翠绿，连空气都是香甜的。一条清秀的金鱼溪从相邻地区蜿蜒而来，在太平的峡谷里一步三回头，与河川上的巨岩形成了一条美丽壮观的十里画廊。还有一座诡秘神奇的蜈蚣山，山上有一块堪称一绝的石头，老百姓称为"那个"，舞文弄墨的人说是"生命之根"，后来吴若龙请来的一位女诗人把它诗化为"伟岸"。此外，这里的民风淳朴，民居古色古香，若搞旅游，都是可以拿来做文章的。

我去找吴若龙，他一开口就问，给什么条件？他的手指做一种数钱的动作。我没想到是他主动请缨的事，他好歹也是一个处级干部了，怎么这么露骨。他说这是为我好，不然，“那些名家都给你答应好，到时一个也来不了”。我知道这些人不可能白干，既如此，还是摊牌了好。就问一般是什么行情？问这话的时候我自己都觉得很好笑。

吴若龙矜持地说：“嗯，通常是管吃、管睡、管玩，再给点……”他又做数钱的动作。这回我发现他数钱的动作跟银行的工作人员相似，是拇指和中指连续的抖动，对手里的钱胸有成竹。而普通人数钱，特别是不常数钱的人，是小心地用拇指和食指捏住钞票，每一张都撮过后才放开的。

所以我问了他一声：“你也这样？”我不知道他是不是也“走穴”。

他不高兴了，说你也不看看我是谁？我才想起我是坐在他办公室的皮沙发上喝茶，中间还有人送来一份需要传阅的文件，一个让他参加全市精神文明工作会议的电话。

我回到正题，说：“这样吧，给钱不太好，好像是在搞有偿新闻，到时给他们每人一份价值1000元的土特产。”

他笑道：“你小子就是精，又高价卖土货，又宣传了你们的产品。”

我也笑。特别提醒吴若龙，那些文人只能请七八个，多了怕照顾不周。其实我是怕滥竽充数。

他神气地说要多也没有。

吴若龙果然请来了一些据说是省里乃至国内著名的作家、诗人和记者到我们太平县。一群咋咋呼呼的文人一到我们县里，就把我们的小县城搅乱了。因为他们坚持自己的民间性，不肯接受负责接待的县委办主任安排的乘面包车观光县城的提议，而是要步行。十个男女从我们县城的大街小巷喧嚣而过，情景可想而知。这十个人中，就有三个外形怪异。一个是留披肩发和大胡子的男诗人，一个是剃光头的男作家兼音乐大师，一个是把自己打扮得像动物的女诗人，这三个人在一起，就会形成某种效应。大胡子动不动就张开双臂，做一副耶稣呼唤世人的样子。一个蹲在路边卖田螺的农村妇女，不经意从她的秤杆上抬起头，猛地看到毛绒绒的诗人向她扑来，吓得提了箩筐就跑，把田螺掉了一地。她想倒回去捡田螺时，又撞见光头作家和动物女人拿着田螺在研究什么。结果剩下的田螺全洒了。周围的人都笑弯了腰。

这些人在我们县城溜达了一圈，边走边把城建评头论足一番，我说的评头论足是比较客气的说法，实际上他们是说，太不可思议了，现在还有这么土气和腌臜的地方。而对我们取缔多次的不文明行为，他们却持欣赏态度。比如那个卖田螺的妇女属于违章摆摊，诗人却对着她的后背吟哦："你是我从古至今的欲望，盘旋又盘旋……"简直莫名其妙。

县委办主任跟我说这些时，气得够呛，他学着那些人说话时的语气和神态，说这些人好像是上帝派来的，咱们没有哪样能让他们看得顺眼的。他担心他们会做反宣传，那我们真是鸡飞蛋打了。我把情况反馈给吴若龙，这家伙他自己不来，却把这群人扔在这儿，叫我们怎么对付？他让我放心，说这些人经常干这种活，知道规矩。至于他们说的，别听就是，在他们嘴里，布什、布莱尔也是狗粪一堆。我讥讽道，既然这么牛，我们那一点土特产能管用吗？他说那当然。

还好，这些人在太平吃喝玩乐两天，拎了东西走人，倒没写什么大作在报刊上发表，只是装神弄鬼编了不少故事，后来由吴若龙编辑成册。我也了却了一桩心事，只有一点小问题，那个女诗人写了一首诗，发表在外地一个县级市的文学双月刊上，题目是《伟岸》，描绘了蜈蚣山上那块看上去像男性生殖器的岩石，诗中反反复复地写着："你是什么、什么……你是什么什么……"大意是没有你，人类无以繁衍等。虽然事实如此，但一个女人那么着迷地歌颂男人的阳具，毕竟有失风雅。我收到杂志后不好意思拿给其他领导看，女诗人在杂志里夹了一封信，谈了很多感想，最后附言：请将拙作复印后传发。

我后来把杂志送给吴若龙，对他说："看看你们那些文人，都胡说八道什么！"

吴若龙津津有味地读起来，有的地方还小声朗诵。粗粗看过一遍后，又仔细读第二遍，最后说："有新意，她的风格又变了。"

他读诗的时候，脸几乎贴在杂志上，我看到他花白的头发和密集的头皮屑，觉得跟他没话可说了，就走出来。从此不让他跟我提文学、作家。

阿庆还没来找我谈心，他老婆却先来了。她不接郭喜春端给她的茶水，也不坐下，对着我们怒目圆睁，咬牙切齿道：“你们都听说了吧？黄庆辉搞破鞋！”

我们笑而不答。她更生气，又叫道：“你们还笑！如果你们家也发生这样的事，我看你们怎么笑！”

郭喜春劝她坐下，说：“喝口水吧。”等她坐下后问：“你有什么要我们帮忙的？”

阿庆老婆也不知道自己想干什么，她恶狠狠地说：“我要他不好过。”

老婆笑了，说：“那就不用我们了。”她的意思是阿庆有这样的老婆已经很不好过了。

有一次阿庆又从家里逃出来，半夜把我叫出来在大排档喝闷酒。我知道是女耕山队长又发威了。随着阿庆地位身份的改变，他们原来纯朴简单的平静生活也一步步离他们而去。直到后来，女队长对他进行跟踪尾随，检查搜身，以她的理解，阿庆的长相地位，不会没有女人去勾引他，而他长期碰都不碰自己一下，必然也是在别人那儿解决了，她只要找到证据，就要让他身败名裂。这种情况下，阿庆下班都不愿回家，实在没地方去，就关在办公室里，回家只是洗澡、睡觉。所以，女队长只能在半夜寻衅跟他吵架。他怕被邻居听到，就经常半夜出逃，我有时会被他叫出来解闷。

这时，阿庆已是市委的副秘书长，却在这样一个深秋的夜半，只穿了背心和休闲短裤仓皇出逃，夜风把他的头发吹得零乱，不知是冷还是愤怒，他脸色铁青，全身疲惫。那个样子，就像个赔了本的小生意人，根本跟意气风发的黄庆辉沾不上边。

他不说话，一杯接一杯地喝酒，直到我不让他再喝了，他才瞪着发直的眼神叫道：“他妈的，他妈的。”我以为他会大叫几声或把杯子砸破，但他却慢慢平静下来，看着我说：“回去吧。”

我半夜被他叫出来，就是看他喝酒。我说，实在不行就离了吧。他摇摇头说，不。

这有两方面的意思，女队长不会跟他离婚，他也不会跟女队长离婚。女队长不离婚是因为不想便宜了他，她认为黄庆辉能有今天，全仗了她，她有权享受他现在的一切，权利、地位、荣誉，如果阿庆胆敢抛弃她，她就会不惜代价让他失去这一切，“同归于尽”！以她当年战天斗地的精神，我们都相信她说到做到。所以，阿庆有顾虑。阿庆不离婚，并不是迫于压力或念及旧情或舍不得儿女，他是心甘情愿，就像当年早早娶下老婆是一种政治上的决断，现在不离婚也是一种政治上的需要。他认为现在的用人观念中，一个单身汉或离异的男性官员，总是让人觉得不成熟或靠不住，是很难得到党和人民的信任的。何况闹得满城风雨的离婚大战，会给自己增加不必要的风险。你可以有个不幸的婚姻，却不可以没有家庭，你可以有点绯闻，却不可以离婚。他甚至连绯闻都不敢有，他是个把政治生命看得比什么都重的人，平时可以什么都不在乎，但影响到他的前程的事情却坚决不干，比如金钱，比如女人。他说，为了远大前程，他可以忍辱负重、牺牲一切。

他曾屈辱地对我说，看到老婆就恶心，根本不能做那事。我问真的不想了？你岂不是废了？他有点尴尬地说自己解决。我劝他，找个相好的，做人不要太苦。他说不敢，怕被缠住，前功尽弃。他的前功尽弃是指仕途上的苦苦努力。

当然，阿庆形成这种认识也有一个过程，他曾有过得意忘形的时候。准确地说，是在当了副县长以后，享受到了权利的好处，各种欲望膨胀，急不可耐地想把手中的权利享尽用竭。那时有点肆无忌惮，也有点迷失方向，要说年轻时出人头地的理想，这时已基本实现了，人生似乎已上了一个坎。他后来总结道，当官最容易栽在副处上，权利有一点，诱惑有许多，再上不容易，常常会停留于眼前的得意上，会忘乎所以。他那时就决心与老婆离婚，重新找回自己的爱情。

当了副县长以后，想要投入阿庆怀抱的女人有许多，各有各的理由，但不可否认，如果没了副县长的光环，如飞蛾扑火的女人们，热情和力量都会大打折扣。阿庆正是春风得意时，他认为一个事业成功的男人，若没有缠绵悱恻的爱情，就如洪钟无音，鹏翅不展，所有的成功都没有意义。那时市歌舞团的一名女演员正与阿庆打得火热，他甚至想副县长不当也要与她结婚。

那时他老婆也还没回过神来。阿庆在市里当科长的时候，她已农转非，但还留在老家照顾婆婆和孩子。考虑到孩子的教育问题，阿庆想办法把她安排到市总工会当工勤人员，做些收收发发的杂事。她的主要工作是照顾孩子、婆婆和丈夫。那时她刚从农村来到城市，无亲无故，很感自卑，家里来客她总是躲起来，不得已出来说几句话也结结巴巴的。但她毕竟是公社副主任的女儿，又有过辉煌的过去，守着个才貌出众的丈夫，当然不会甘于寂寞。她开始偷偷对着电视练习普通话，有空就读《家庭》《女友》之类的杂志，以她农村妇女的勤快和爱管闲事的禀赋，很快交了一帮朋友，多数是接近更年期的妇女，有些是修鞋、修伞的，有些是开杂货店和菜市场里有固定摊位的小贩，因为她经常要与这些人打交道。这些人都热情无私地为她出谋划策，成了她坚定的同盟。慢慢地，女队长戒掉一些土话，学会说“也许”“当然了”这样的口语，又上街买了几件时髦的衣服，虽然还穿不出城市的味道，但思想和外表已经改变了许多。阿庆对她而言，是骄傲，也是压力，她整天战战兢兢的，唯恐自己给阿庆丢脸，唯恐阿庆看自己不顺眼。她甚至认为，阿庆如果跟年轻漂亮的女人好，也是应该的，如果他只是守着自己，那自己就太亏欠他了。这时，阿庆提出要跟她离婚，她竟没有痛苦和惊慌，反而有解脱的快乐，她的第一个反应就是：好了！我再也不用看他的脸色了！而且阿庆同意女儿归她，又要给她经济上的补偿，说她这样就有资本找一个真正疼她爱她的人。女队长被说动了。

可是，阿庆的母亲不同意。老太太脸孔一板，一手揽过一个孙子，说谁敢把我的金孙分开，我就跟谁不客气。阿庆是个孝子，在母亲面前就不敢放肆。他让老婆再等一段时间，女队长也同意，结果两人好像是同谋一样，那段时间他们的关系反而亲密了一些。

如果不是组织上派阿庆到省里去挂职，他们那个婚早离定了，以阿庆的谋略，不会搞不定自己的母亲。阿庆到省委组织部去挂职，深得部长的赏识，部长对他说，小黄，好好干，不要辜负了组织的培养。阿庆当然知道是部长的培养了，也知道这对自己意味着什么。这时，他的眼界和胸怀已经非同以往，展望自己的灿烂前程，觉得为一个歌舞团的女演员去牺牲家庭，进而影响前程是不值得的。他的家庭在别人眼里有一种仁义厚道的意味，有时甚至是别人安抚自己心理不平的润滑剂。他以决绝的方式与女演员了断了关系，重整旗鼓，准备新一轮冲刺。

他老婆等了一段时间，问他怎么还不离，他反倒要费些口舌开导她，婚不一定离，工作要紧。女队长想不通，跟她那些同盟琢磨了几天后，终于得出结论：当官要讲究名声，阿庆如果跟自己离婚了，就会闹个现代陈世美的恶名，官就当不成了。女队长长长地吐了一口气，共产党伟大呀！总算替咱们老百姓撑腰了，黄庆辉，你也有害怕的时候！她明白了，从一开始到现在，自己都是阿庆往上爬的垫脚石。既然是垫脚石，就由不得你不要。所以，她吃准了阿庆的心理，反被动为主动，杀得阿庆落花流水，只能蜷缩在办公室里靠手淫度日。

但是，现在阿庆怎么反了，在自己即将登上一个重要台阶的时候，竟敢黑灯瞎火的用公车载一个女的停在前不着村后不着店的国道上，让巡警逮着。这是怎么回事？我越想越觉得事情蹊跷。

他老婆并没想要我们干什么，只是来哭一哭，说一说。送她走后，我老婆叹息道："她什么也不懂，两个可怜的人。"

我突然犯傻地问："哪两个？"

老婆扬起眉毛看我一眼，没说什么。我才回过神来，阿庆也算一个，我拿起电话找他，这么多天了，他也该露面了。

这时，香州的政坛内外已传遍了阿庆与一个女的在他的车里被抓了现场的流言，也是有前因后果，有细节有悬念，香艳浓情，一个相当引人入胜的色情故事。阿庆是故事里的主角，情场高手、猎艳大师，一个道貌岸然却道德败坏的家伙，长期闲置对他有恩的糟糠之妻，利用手中的权力玩弄女性，生活极度堕落腐化。但是，女主角却模糊不清，有说是山南的某一枝花，有说是市里一个优雅的女高知，还有比较不可信的是发廊妹，三陪女。女主角的不确定性，本身就说明了故事的可疑，但人们不管这些，三七二十一就是先传播了再说。也不排除阿庆的竞争对手借机大做文章。

还有讨厌的吴若龙，这几天也跟着上蹿下跳的，自告奋勇要去澄清事实，讨个说法。

那天因为他的外甥在街头斗殴，被警察带到局里，他去找邱局长说情。邱局长刚处理了阿庆的事回来，正在大骂那些“新鸟”不长眼，连“86001”的车牌就是山南一号的车都不懂，还想在局里混饭吃！什么人不惹，偏偏惹了未来的“市头”，说不定他就是将来分管政法的顶头上司。小警察被骂得狗血淋头，出来时哭丧着脸互相埋怨。吴若龙在走廊里听了个大概，又结合警察的小声议论，总结出阿庆与一个女的单独坐在车里，被警察逮到的事实，迅速得出了一个结论“还能干嘛”所以对我说是邱局长告诉他的。

公正地说，吴若龙不是要害阿庆，他是为阿庆好，也是着急，既然出事了，要赶快想办法补救，就像他的外甥，他去找了邱局长以后，罚款就从5000元降到3000元，把损失减少到最低限度。这就是正确对待事物的态度。但是，他第三天去替外甥交罚款时，才得知警察并没有抓到现场，就替阿庆愤愤不平起来，主要是自己过意不去，他甚至说，如果需要他做什么，“我在所不惜”。

我问：“你去哪里澄清？拿个肥皂箱站到中山公园去演讲吗？保证被当作法轮功抓起来。”

他气愤地问：“那你说怎么办？”

我耐着性子对他说：“人家阿庆要保持沉默，你也去研究你的党史吧。”

他突然脑袋开窍，下定决心说：“我要把这件事写成小说！”他看着我的脸，希望从我的脸上看到赞许。但我好不容易才忍着不让自己笑出来。

阿庆说好来找我，他选择了黄昏，到郊外的香江边，要求弃车步行，说话时语气是舒缓柔曼的，好像在谈恋爱一样。他这个样子让我觉得又好玩又不安。他却说在这样的景致里，就像回到了童年，那才是真实自然的生活。

这是金秋时节，天高云淡。夕阳已泊在香山的左侧肩上，晚霞落在香水里，长长的一江都是金辉。江水清澈明亮，江心有沙洲和竹林，两岸也是竹林，没什么人，只有几个农人扛着农具、赶着水牛回家。牛的眼睛水汪汪的，鼻子湿漉漉的，嘴里在嚼甘蔗叶子，它对我们视而不见。

与牛的眼睛对视的时候，我感到身上有个地方被撞了一下，一股禁锢已久的潮水汹涌而出。我忽发狂喜，顺着防洪堤上一条斜斜的小路跑下坡，直冲到江边。也没有招呼阿庆，阿庆不用叫就跟在我后面跑下来，跑到下面，两人不约而同地哈哈大笑，笑过之后，感到人有点恍惚。

我们坐到临水的石阶上，两条腿架在浮出水面的石头上，看水流从膝下潺潺流过，心里有难以言状的喜悦和感动。阿庆就在这样的气氛中，对我讲述了他那出乎意料又在情理之中的事，想必他是刻意安排的吧？

那天，阿庆回市里汇报工作，结束后已是黄昏，他走出市委一号楼的门厅时，突然听到一阵隐约的歌声，似乎是某个女子边拖地板边唱的歌，歌声时断时续。阿庆的心一动，循着歌声走去，但他没再听到歌声，却看到了血红的落日。他站的地方是一座小山的峭壁，脚下是草坡，山下是一片宿舍区，宿舍区的空地上，有几个小孩骑着童车在追逐。一个男孩在放风筝，却老是掉下来，一个女孩不停地拍手笑。绿地的石椅上，坐着几个老头，一动也不动。夕阳在宿舍区的尽头与他面对面，他静静地站着，心中突如其来地浮出“落霞与孤鹜齐飞，秋水共长天一色”这样的诗句，一种苍凉与广漠的心绪充斥了他的胸怀，有那么一刻，他的眼前、他的心中，只有落日的金光，自己和身后的一切都不复存在。

已经下班了，这个市委大院的制高点上空无一人，不远处一号楼门前的小车也走得差不多了。一阵风吹过，高大的玉兰花树悉悉窣窣地撒下纷纷的落英，白芽样的玉兰花瓣落在他身上，又掉到地上。他的身心变得柔软如丝，却勾起一种抑制不住的冲动。这时，司机把车子滑到他身边停下，他便不假思索地打发掉司机，自己开车走了。

319 国道从西北方向蜿蜒而来，划过香州，又像急于赴命的驿使，飞奔而去，留下一路的风尘。夜色渐浓，国道两旁瘦瘦的木麻黄在晚风的催促下，开始絮叨着一天的事儿，沙沙声绵长而含糊。田野里密密匝匝的香蕉林，也拍打着宽大的叶片，准备安歇。路上几乎空无一人，疾驰而过的车辆，耀眼的车灯和轰鸣的引擎，更显出四周的空寂，水泥国道看上去只是一条没有尽头的暗灰带。

一辆白色丰田车不紧不慢地从香州方向过来。晃晃悠悠停在路边的木麻黄树下，却不见有人下车。

一辆写着“110”的三菱吉普从不远处的一条村道拐出，车子刷着迷彩，车里的年轻人也一身迷彩，他们正高声议论着什么，身上散发着热气。他们朝香州方向驶去，白色的丰田车从他们眼前一闪而过。于是，迷彩三菱在驶过白色丰田之后，又掉了个头，靠近白色丰田。

警察敲敲白色丰田的车门，他们已从挡风玻璃看清车子的前排坐着一男一女。

开了门，男的问："什么事？"

警察问："你们把车停在这里干什么？"

"不行吗？"他的口气和态度让警察不舒服。

年轻的警察说："请出示你的证件。"

男人并不买账，问："有这个必要吗？"

"是的。"警察严正执法的样子。

男人说："给你们邱局长打个电话吧。"

年轻的警察不知道怎么办，回头对警车里的人报告："队长，他说要给邱局打电话。"

警车里下来一人，对男人说："你到了局里就可以见到局长了。"回头对两个年轻警察说，"走！你们两个上他的车。"自己又回到三菱迷彩上。

男人始终坐在车里，两个警察坐到后排。车子开动了，丰田走在前面，三菱跟在后面。

车开出不远就停下了，那位队长忽觉不妥，给局长打了电话，邱局长一问车号，命令他们就地停下，他马上过来。

不用说，那男的就是阿庆。在出示证件这个细节上，有几种传说，一说他做贼心虚，不敢拿出身份证给警察看，怕暴露身份。一说他想摆官架子，以为一说局长会把警察吓跑。一说他要在女人面前逞能，乖乖地拿出证件没面子。

阿庆自己说，三者兼而有之。他确实没想到会有警察来盘查，不管怎么说，自己与一个女的单独停在国道上总是令人生疑。恐慌之时难免虚张声势，处于劣势的人总爱充好汉，自己也不能免俗。他说那时他是有点失态，才会出现那种局面。但他之所以心虚、失态，全都是为了不让那女的受牵连。他说："我怎么样都没关系，不能毁了人家的名声。"

说到这里，核心的问题出来了，我感兴趣地问："她是谁？"

阿庆看着我问："真想知道？"

“可以的话。”

他想了想，把头扭开，轻轻地说：“郭喜春。”

我大概有五分钟没说话，他也一直看着别处。我心里像翻滚的火山，喷涌着要找到一个出口，我觉得这里面一定有个什么，一定是出了什么错，但心头锐利的痛让我无力和茫然，大脑是一片花白。

还是阿庆先开了口，他直视着我说：“我们没什么，我相信你能理解才跟你说的。”

尽管我想要宽宏大量一点，尽管我坚信他们不会有什么，但他说“我们”时又一次刺痛了我，我尽量克制着把话说清楚：“你把我老婆单独带到郊外去，却说我能理解？”

阿庆耐心地说：“我不是存心要带她的。”他说到“她”时，声音都变了，听得出他内心的不平静，而我更是万箭穿心。

他解释道：“我车开到政府大院门口，正好碰到郭喜春。”这回他说“郭喜春”，但还是显得不自然，“她问我去哪里，我说兜风。她开玩笑说要跟我走，我就给她开了门。”

然后他们漫无目的地瞎转，车开到了国道上。

“为什么停下来？”我神经质地问，问过就后悔了，这不是自讨没趣吗？

阿庆倒是坦然：“也不为什么，忽然发现走得太远了，该回去了。想掉头，但你老婆谈兴正浓，我只好停下来等她说完再征求意见。”

阿庆说话的时候，我头脑乱哄哄地想七想八，自己也很清楚其实没什么，但似乎又希望有什么，到头来好像是我自己在跟自己过不去。心里有一个抑制不住的念头，想问：“她怎么样？”话却堵在胸口出不来。

阿庆好像明白我的心思，又说：“你老婆跟没事一样，把话说完了才问是不是该回去了？我说是。”

“后来呢？”

“后来警察就来了。”

好像也能自圆其说，我却不能释怀，很没风度地问：“你们不觉得不自然吗？”

阿庆苦笑了一下说：“我是后来才感到不自然的，但那会儿不会。”

我们又沉默了一阵子，阿庆叹了一口气说："嗨！这种事，没有先兆，发生了，措手不及。有什么也害怕，没有什么也害怕，但出现在我身上是不应该的。"他看着我，"一念之差，在劫难逃。"

他见我脸上有疑问，又说："放心，不是对你老婆的邪念，是我自己……"他用一根食指在脑袋边上画圆圈，"突然就觉得脑袋不太好使了。嗯，拐了个弯。"

我不想研究他的脑袋，我心里还有一个疙瘩，就是他为什么到现在才告诉我，由谁来告诉，他们之间有默契吗?

阿庆说这也是他为什么到现在才告诉我的原因。那会儿，他根本没想那么多，警察来了以后他们就没再说话，因为警察把他们之间很正常的气氛给变得不正常了，两人都感到尴尬。警察放他们走后，他曾想过问郭喜春，怎么跟我解释。"但是，我开不了口，你老婆没有商量的意思。"

阿庆说到"你老婆"时，语气已很自然，我的心情似乎也平静了许多。而且我也清楚老婆的用意，只要他们没有商量对策，他们之间就不存在秘密。

阿庆说："我等了两天，以为你老婆会跟你说，看来她什么也没说。"

"是的。"我心里也奇怪，老婆怎么不跟我说呢?我回家跟她讲阿庆的事时，她还冷冰冰地说："阿庆早该有这一天了。"好像她跟此事无关似的。而那天阿庆老婆来家里宣称阿庆搞破鞋时，她居然毫无反应。

阿庆把手放进江水里，一下一下地拨着水，慢悠悠地说："不过，这事由我自己来跟你讲，感觉会好一些。"

"你对我就那么放心?"

"是呀，我们是兄弟啊。"

我们默默地看着太阳沉下去，天色暗下来。江风习习，都觉得冷了，就站起来往回走。

阿庆把事情说出来了，好像解脱了，他轻描淡写地说这些天他是内外交困，他老婆在家里闹，又到市委组织部去闹，还说要到省里去，不把他的名声搞臭誓不罢休。他说他的竞争对手正好抓住这件事大做文章，"天赐良机嘛"。

“你怎么办？”我不由得替他担心，“会不会影响你的事？”

阿庆尽量地提起肩膀，又使劲往下一放，说：“我无所谓了。”

“真想开了？”我不太相信。

“刚才不是跟你说了吗，我脑袋开窍了。”阿庆说，他从市委一号楼出来，在听到女人歌声的瞬间，在看着落日余晖的时刻，他的心上好像裂开了一个洞，有一种全新的感觉，对生活、对爱情产生了前所未有的渴望。他说：“嗨，那一刻，我觉得一切都颠覆了，生活应该从头再来。”

不可思议，一个陌生女人的歌声，一颗每天要落下的太阳，会让意志坚强的黄庆辉走火入魔？我说：“不太好理解。”

阿庆说：“其实也很好理解，生活本来就是这样的，是我们把它过坏了，我不要了！”他说“我不要了”时，使劲把路上一颗小石子踢出去，石子划了个弧线落进水里。这个动作让我回忆起当年在大学里，他在校园操场的跑道上说“一个强烈而伟大的抱负诞生了”时，狠狠地踢出脚边的一块小石子的情景。当时他是满怀政治抱负，现在是想要回头，前后也就十几年工夫。

两个月后，阿庆辞去中共山南县县委书记的职务，到上海接受一家台商的聘用。这在香州官场上又爆出一个大冷门。议论当然很多，都认为跟那次艳遇有关，但普遍认为阿庆太书生气了，为那一点小事丢官，太不值得，多少领导在这方面不检点，脸皮厚一点官照样当，现在这种事也是见怪不怪了。议论还涉及其他方面，比如腐败、人际关系、心理问题等。但这些都无关紧要，重要的是阿庆为香州官场腾出了一个令人眼热的位子，不少人都暗中为之雀跃。

阿庆没跟我说此举的原因，但那天在江边说的话，已经是他另一种生活的开始。他只跟我说：“兄弟，我们上海见。”

吴若龙为阿庆的变故感到挺内疚的，好像他参与了什么阴谋。他几次找我欲言又止，深度眼镜后面白花花的一片。我于心不忍，问他：“你的小说写得怎么样了？”他一直说，阿庆的事是个很难得的题材，他要把它写出来，“批判性的，作家是社会的良心。”

一说到小说，吴若龙又兴奋起来，贼贼地问：“呃，你知道跟阿庆在一起的女人是谁吗？”

我厌恶地说："那有什么关系？"

"当然有关系了，不然我的小说怎么结尾？"

我说："你还有没有一点想象力啊？没有想象力趁早别写小说了。"

"倒也是的。"吴若龙陷入沉思。

由于阿庆的事，我对我老婆也有了新的认识。这事本来想等她自己跟我说说，但她似无开口的意思，我又忍不住，就找了个机会问她。

她笑起来，说："你总算开了尊口。"原来她在等我问。

她讲的情况跟阿庆说的差不多，但她说她上阿庆的车纯粹是恶作剧，她以前一直看不起阿庆，为了当官，活得不像个男人。她以为说要跟阿庆一起去兜风，会把他吓死，没想到阿庆真的开了门，就只好走了。其实也没什么，坐着车兜风、聊天也挺好，可恨的是那些狗警察，把好好的事情搞坏了。凭什么车子不能停在路上？法律有规定吗？

"那你过后为什么不跟我说呢？"

老婆严肃地说："我把机会留给你们了。阿庆如果不对你解释，他就不是你的朋友。你如果不问我这事，我就瞧不起你。"

我心里暗暗吃惊，本来我是无辜的，却被放在一个危险的处境，要是我不问，我与老婆之间会怎么样呢？经过这件事，已经够狡猾的老婆，让我觉得更加难以捉摸，我甚至想到在我之前，她那段刻骨铭心的恋情，不知是何等轰轰烈烈。这样一想，与我紧贴的生活突然撕裂而去，空间骤然放大，人退到邈远的地方。以一个个体小小的眼光看去，天地真大，不免又有某种期待。

此时，阿庆已经在上海干出了一些名堂，他说要让我们大吃一惊。我想他总在让我吃惊，已经不奇怪了。吴若龙的小说也完成了，但没地方发表，人家嫌他落套。他又牢骚满腹，想请我提提意见，我坚持不看他的作品。我老婆仍过着慵懒、淡泊的生活，但我想起那头瞌睡的狮子，心里就会一阵紧张。阿庆的老婆与一个卖鲫鱼的人结婚了，每天干劲十足地在市场上杀鲫鱼，杀得又快又好。郭喜春说她找到了自己的位置，可喜可贺。

最后说明一下，吴若龙的老婆并不是像他说的那么丑，其实看起来挺顺眼的，也很文静。

有时也会想念你

手机响了，刘清江看到是家里打来的，没有马上接，办公室的另外两个人同时在打电话，房间里响成一片。到了第五声，他才拿起手机，母亲叫他下午去接侄儿。

他问：“你为什么不去接？”母亲说她人不舒服。刘清江感到奇怪，早上他要出门时，看到母亲穿了跳舞的衣服急急忙忙要出去，一副生龙活虎的样子，怎么又不舒服了？他记得母亲的腰鼓撞到了门框，发出“咚”的一声，让他颇为烦闷。母亲是早晨舞太极剑和扭秧歌，晚上跳交谊舞，几乎风雨无阻。刘清江曾在中山公园看过她们跳舞，发现母亲跳舞的时候跟在家里判若两人，或者说，跳舞的母亲跟他的母亲判若两人。他只能用“风骚”两个字来形容，母亲每天急急忙忙地跑出去，就是为了到中山公园来“风骚”！年纪那么大了还这样，他感觉像吃了苍蝇。而那些好像还在散发荷尔蒙的老头子们，一副风流倜傥的样子，又让他生出没有缘由的仇恨和厌恶，他想到了自己的父亲，也许还想到了自己。但在若明若暗的灯影里，那些老头老太们都跟着了魔一样，世界好像是他们的。刘清江只能逃走，他怕母亲看到自己。以后他再也不敢在那个时间走那条路，也没让母亲知道自己看过她跳舞。

这几天侄儿来他们家，生活有点乱，母亲的活动受到影响，她一直在唠叨，没好好跳，浑身不舒服。

刘清江看一眼窗外，烈日照在对面楼房的玻璃幕墙上，反射出森森白光。地面上的人看上去只是个小黑点。他想，等一下自己也要变成一个小黑点。

侄儿刚上小学一年级。因刘清江与母亲住的老房子位于毓秀小学的辖区，毓秀小学是市里的重点小学，弟弟从结婚起就把户口放在他们这儿，预备将来孩子读毓秀小学。他们现在住的是新区的高级楼盘，位于城市的边缘，接送小孩不方便。所以说好了，侄儿放学后先接到奶奶家，等他爸爸妈妈下班了再来接走。

弟弟是在“六一”那天把刘清江和母亲接去君悦大酒楼吃饭时说的这件事，也不是商量，就是跟他们说有这样的安排。弟弟当了领导，习惯这样说话，他们也习惯了他这样说话。再说，房子是父母的，理论上讲，弟弟也拥有这份权利。再说，学校离家只有两条街，母亲退休了，刘清江还没结婚，两个人都闲着，而弟弟夫妻俩都是大忙人，事情明摆着，没有不帮的道理。

母亲满口答应，好像接到了什么光荣任务，搂着孙子刘川说：“川川，以后奶奶带你去跳舞。”孩子挣脱她的搂抱喊：“我不要，女的才跳舞！”母亲笑哈哈地说：“男的也跳，男的跳也好看。”刘清江立即想到了那些跟母亲跳舞的老头子，怎么说呢，简直就是穿着衣服的裸体！只有老太太才会觉得好看。

弟媳妇在旁边不高兴地说：“你别教他那些乱七八糟的东西！”

“哎，跳舞是健身，跳舞的人身材好、气质好！”母亲又像反驳又像辩解，但口气弱弱的，还赔着笑。自从弟弟强势起来，母亲就要看弟媳妇的脸色。弟媳妇不接她的话，忙着叫儿子吃东西。母亲就从身材和气质说到了某某人，又从某某人说到了某某人，越说越远。直到吃完饭回家，侄儿寄住到家里来的事情都没再提起，等于是说定了。

饭桌上刘清江没怎么说话，弟弟问他要不要来杯啤酒？他说不，中午喝酒犯困。弟弟说喝一杯吧，好久没跟你喝了。他就要了一杯，与弟弟轻轻碰了杯，互相看一眼，笑笑，喝一口。杯子里的啤酒还在冒气泡。弟弟放下杯子，点了一支烟，不动声色地说，他马上要到市政府当副秘书长。

刘清江看不出弟弟的心情，问：好，还是不好？他看到弟弟吞进一大口烟，说话的时候，烟裹着字句吐出，感觉他是为了把烟吐出来才带出那些话的。刘清江想到小时候，有一次他与弟弟偷了父亲的牡丹香烟躲到床铺底下抽，结果呛得直咳嗽，被父亲发现，抓出来打。弟弟只有八九岁，懵懵懂懂的，本来已被烟呛得难受，父亲的鸡毛掸又抽得他泪流满面，他不敢哭出声，抽着鼻子一脸鼻涕和眼泪看着哥哥。刘清江非常心疼，觉得是自己害了弟弟。以后他没有学会抽烟，弟弟却学会了，弟弟抽烟的样子让刘清江感到自己还没长大。

弟弟说好。母亲问，比原来大吗？弟弟说级别一样，但管的范围大。母亲就用喜爱的眼神看着他，收回目光时，眼角扫了刘清江一下。刘清江感到被白了一眼。

兄弟俩不常坐到一起，弟弟今天请他们吃饭，说是“六一儿童节”，一家人聚聚，但主要是说侄儿接送的事，另一个就是庆贺自己当副秘书长。他问刘清江：“你呢？怎么样？他们正科还不给你吗？”刘清江的科长已经退休半年多了，他是副科长，但位置一直空着，科里的工作让他主持。弟弟说，要不要找人说一下？刘清江说：“不用，我这辈子最大也就到正科，已经实现一半了。”弟弟笑着说，“你想得开就好。”母亲在旁边不满地说：“他就这样！”

刘清江把杯里的酒喝干。弟弟又给他倒一杯，他又喝了半杯。他想接下来又要说他找对象的事了。但弟弟没问，也没问侄儿接到家里来他会不会不方便。弟弟一直在打电话，一顿饭打了十几个电话，谈工作的一个没有，都是人家来祝贺他当副秘书长的，并通风报信谁要去哪里、谁要去哪里。最近市里换届，干部调整较大，动了一个，后面跟着挪了一大片，许多人为之躁动，他们说这些事都很来劲，连饭都不吃。刘清江以为要问的事弟弟都没问，他自己慢慢把剩下的半杯酒喝光。

现在，才一个星期，母亲就叫他接侄儿了。

刘清江问：“清海呢？”清海就是他弟弟。

“他忙——你不知道他整天应酬有多少？”母亲把“忙”说得又重又长，目的是让刘清江明白后面那句的含意，应酬就是关系多。家里许多吃的用的都是从弟弟那儿拿来的，每次拿了东西，母亲都说：“看看清海，人缘多好！”

弟弟以前是财政局副局长，也是人家要巴结的对象，刘清江偶尔跟他一起出去，说话都很困难，经常被跟他打招呼的人打断。现在当了副秘书长，更忙了，许多人看好他的前程，都来联络感情，市里处级以上的干部他认识了一大半。吃饭应酬是他生活中的主要内容，他说现在最怕的是吃饭，有时一个晚上要赶两三摊，一个月有二十几天要在外面吃饭，肚子吃得比刘清江大了一倍。而刘清江一个月有二十几天回家跟母亲一起吃饭，他没地方可去，社会上没几个朋友。

弟弟曾想拉他出去认识一些人，但几次下来，刘清江就不干了，因为饭桌上人家都围着弟弟转，他被冷落不要紧，主要是人家老以为他是弟弟。倒不是弟弟的肚子比他大，或是长相比他老，而是气质上，弟弟见多识广，又有地位，人就显得干练沉稳。而刘清江长期当中学老师，后来好不容易靠写点文章调进了社科联，干的都是求人看人脸色的事，没有那种气定神闲的派头。出来混的时候本来就少，沾的又是弟弟的光，在那些人面前就显得很局促腼腆。人家自然以为他小，不太当回事，等牛皮吹够了，才想到他在一旁受冷落。当得知他是社科联的一个副科级且还没成家时，又是一个令人尴尬的场面，大家脸上的不以为然自不必说。风趣一点的会说，好啊，现在的单身男人才吃香呢！好羡慕啊！实际一点的说：怎么不叫你哥给你换个地方？他有什么事办不了啊？帮别人都在帮！这时，弟弟就会出来打圆场："算了算了，我哥是做学问的，你们别拖他下水！"他们就打哈哈说：是啊，还是做学问好。这官场不是人干的，都得高血压糖尿病，以后去报到马克思都不收。在这些人面前，刘清江不知说什么好，他知道自己跟他们不是一路的，硬混不行，自己难受，别人也有负担。弟弟也说，算了，你就别费心了，有什么事我来担待着就行了。

母亲却不这样想，老是拿他跟弟弟比。现在有本事的男人都在社会上混，没出息的才宅在家里，如果他是守着老婆孩子还有话说，可他是个光棍，三十九岁了还没成家。照说，三十九岁并不可怕，现在四五十岁被当金龟婿抢的男人多得是。可他不是那种事业有成、风光无限，被女人宠得不知收场的钻石王老五，他是清水衙门里的小干部，收入不高，长相一般，拖到三十九岁不是他挑花了眼，而是勉为其难，高不成低不就。搞久了，找对象的信心和兴趣都没了，一个人蔫蔫的，整天躲在房间里看电脑。这是让母亲最焦急和生气的地方，对他说话就不客气。

他本想问："叶蓉呢？"叶蓉是清海的老婆。他以为，孩子刚上小学，当父母的应该多操心点，弟弟来不了，弟媳妇也应该会来。但他没问，如果能来就不用叫自己了。叶蓉是一家大型国企的人力资源部主任，也是个不着家的人。连女人的应酬都比自己多，再问只能招奚落，不如不说。就问:“几点接?”母亲说五点之前，又交代要早点去，别让侄儿等了。

其实刘清江在办公室里已经坐不住了。到了星期五的下午，单位里的人都没心思上班，呼朋唤友的，都是约吃饭或到哪里 High。办公室的另外两个从三点多就不停地打电话，约人或应约晚上出去吃饭，时间、地点、人头不断在变，不是人家打进来，就是他们打出去，电话一遍又一遍地说。办公室本来就小，又是格子间，隔板以上是开放的，声音共享。他们经常提到的那些名字，刘清江听得像熟人一样，以至于有一次其中的一个来他们办公室，刘清江听到名字就站起来跟人家打招呼。弄得那人莫名其妙，他的同事也很吃惊，问刘清江："你们怎么会认识?"刘清江恨不得钻到桌子底下去。他的难堪又惹他们笑话，说现在还有人脸皮这么薄的?

那个小吴，她叫吴倩倩，是个刚毕业半年的研究生，有个男朋友，周末总有饭局，有时候也不是谁请谁，大家 AA 制，她很高兴，只要有朋友聚会就值得高兴，说什么周末没人叫吃饭做人很失败。刘清江笑着说:“我就是。”吴倩倩做了个鬼脸，抱歉地说:“我不是说你。”刘清江大小是她的领导，她怕得罪了他。刘清江说:“你说的没错。”吴倩倩不知道他什么意思，就不敢再说话。

另外一个是男的，科员，叫王志强。工作了几年，已成家，有个三岁的女儿，对工作不满意，对老婆尤其不满意。如果工作和老婆能换的话，他想一并换了。“改变现状”是他的口头禅，也是他的生活目标。刘清江问他，你想变成什么样子?王志强不耐烦地说:“就是不是现在的样子!”现在的人都不想做自己。为了“改变现状”，他认为应该广交朋友、寻找机会。所以除了上班，他的大部分时间是拉关系，下班后到处找人活动联络感情，哪天没出去就受不了。他说晚上十点以前回家他很难受，有时回去了还要再跑出来，哪怕到附近的小酒馆自己一个人喝两瓶啤酒。周末更是放开手脚的时候，经常要喝到下半夜。有一次，他一个人醉倒在公共厕所门口，过路人报了 110，警察在他的手机里翻到刘清江的电话，还是刘清江去把他送回家的。但他仍乐此不疲，“有时会钓到大鱼。”他神秘地说。有一次，他果然在别人的酒桌上碰到了刘清江的弟弟，却没机会跟他攀上关系。第二天上班大惊小怪地对刘清江说：“财政局的刘副局长是你哥哥呀？真是想不到！”刘清江纠正道：“是我弟弟。”“啊，你们长得太像了！真是想不到！”兄弟长得像，怎么会想不到呢？刘清江觉得他想不到的是这些年的酒都白喝了，他并没有改变现状。王志强热情地说：“哪天我请你喝酒，把你弟弟也叫来。”这么多年来，王志强从来没想过要与刘清江一起吃饭，现在要请喝酒，让刘清江也“真是想不到”！不过，他至今都没有请，“哪天”是个不确定的概念，你很难把握的。

刘清江知道单位里的人有点儿疏远自己，年纪大了没结婚，让大家感到怪怪的。他们这座楼是党群口，楼里的人都知道，社科联有个“还没结婚的”。他算是个“小名人”了，经常听到背后有人小声说：“就是他呀？”如果回头，肯定有人立即转过脸去。在领导和同志们的眼里，娶不上老婆也是个缺点，至少是性格有问题。

有一次吴倩倩对王志强嘀咕：“他的朋友怎么那么少啊？”王志强说：“他妈现在还管着他呢！”“那谁愿意嫁给他呀？”“不是还光着嘛！”

乍一听，刘清江也觉得这个人可怜，等意识到他们说的就是自己时，整个人就像被按到水里，只有挣扎的份了。所以，他不喜欢周末，不喜欢他们炫耀似的呼朋唤友。他关了电脑，站起来往外走，大声说：“我先走了。”

两个人都很意外，男的问：“有约会啊？今天。”

他笑笑，未置可否，继续往外走。女的在后面喊：“周末愉快！”他们一定想不到，他是去接小孩。

刘清江是第一次接孩子，又没当过爸爸，有种既陌生又不得已的感觉，慌慌的。他担心侄儿不愿意跟自己走，甚至在学校门口哭闹，引来人们的围观。那怎么办呢？他没有跟小孩打交道的经验，不知从什么时候起，他身边就很少出现小孩子。有一次，王志强带女儿到办公室来，那时小孩才一岁多，刚学说话，他抱着女儿介绍道：“这是刘伯伯，说伯伯好。”小女孩把脸埋到父亲的脖子上，留一只眼睛偷看他。刘清江觉得不逗一下小孩显得自己太孤僻了，就用食指轻轻刮了下女孩的脸颊说：“你好啊！”没想到孩子“哇”的一声，哭得惊天动地，刘清江慌得不知如何是好。王志强嘴里说：“不怕不怕。”赶紧抱了孩子跑到门外。其他办公室的人都出来问怎么啦？刘清江听着外面的同事在小声说着什么，感到很羞愧，他想可能是自己单身太久了，身上有种生硬的东西，小孩子像小动物一样，能感觉得到。知道人家怕，就不去讨人嫌，以后刘清江见了小孩都自觉地保持一定的距离。

他跟侄儿也不亲密，倒不是他也保持了距离，而是不知不觉就生分了。侄儿出生时，他已三十二岁，正接二连三地相亲找对象。弟弟生儿子他也很高兴，毕竟刘家后继有人。母亲更是神气得不得了，有亲友来道喜时，她居然说：“我的儿子不含糊！”好像儿子生儿子是她的功劳。害得刘清江无地自容，他想母亲说这话时可能忘了自己，自己可是连屁都放不出来。母亲还说：“你爸要是没死，现在也会高兴死的。”而母亲怪他到现在还娶不到老婆时，也是用这种口气说：“你爸要是没死，也会被你气死的！”说来说去，父亲就是死。父亲的死成了他们家说事的比照，是个时间概念和价值判断，因为父亲久病不起，不知什么时候死成了家里人安排自己生活的核心问题，时间长了，就习惯了。母亲说这话的时候，一点都没有父亲已不在人世的哀伤和思念，刘清江却想到了父亲高兴和不高兴的样子。

侄儿生出来时长什么样子他都没见过，只听母亲说：“跟你弟弟一个模子印出来的一样。”还在医院时，他不好意思去妇产科看，只是让母亲带去了一个红包。出院后弟媳妇直接回娘家坐月子，他也不好意思去看。“满月”后回到弟弟的家，其实已经是三个月后了。据说现在坐月子都要做四十天至两个月的，弟媳妇在娘家住满三个月才回自己的家。他跟母亲去看了，但拖到这个时候，家里添丁的喜悦已经所剩无几了，他纯粹是礼节性的看望。

孩子已有十来斤重，会笑，看人目不转睛。第一眼看到侄儿时，他的心被撞了一下，有种说不出来的柔情，大概是血脉的关系吧，那个嘴形是他们家特有的，人中较长，嘴角钝圆，自己也长这样的嘴巴，说实在的，并不好看。他甚至想到了父亲躺在病床上的模样，父亲长期卧床，吃饭经常是刘清江喂的，他看得最多的是父亲的嘴，现在突然在侄儿脸上看到这样的嘴，瞬间有一种惊惧和恍惚，以为看到父亲。

婴儿清澈的眼睛盯着他看，一会儿要哭，一会儿又笑，让他不知所措。母亲把侄儿塞到他手里，用孩子的口吻说："伯伯抱抱，叫伯伯早点娶老婆，也生个弟弟。"刘清江手忙脚乱地接过孩子，两手僵硬地托着，像捧着一块豆腐，生怕不小心弄坏了他。但婴儿粉粉的肉，香香的乳味却从手心传到他的心坎，他晕晕乎乎的，头脑中却出现一个图景：他也有一个自己的儿子，儿子正在跟他下象棋。

后来他就很少与侄儿接触，弟媳妇不愿意到他与母亲住的家里来，房子小，老房子，又有一个没成家的大伯，让人感到压抑。他们周末都回弟媳妇的娘家，偶尔来一次，孩子都认生，躲在母亲身后不肯叫"伯伯"，坐没一会儿就吵着要回家。孩子再大一点就不好玩了，调皮捣蛋的，有一次把刘清江精心照料的兰花剪得光秃秃的，刘清江不好发作，心里却很难受。弟弟无所谓地说："啊，过两天我叫人给你送几盆来。"那是他对侄儿印象较深的一次，第一次抱他时的感觉已经找不到了。那几年他快马加鞭找对象，想尽快成家，但没有如愿，孩子却在他的白忙中长大。他对孩子客客气气的，与孩子的关系甚至比弟弟的朋友还不如，只有每年春节弟弟带侄儿来拜年时，他给他红包，算是一种亲属关系的确认，从200元到1000元。孩子对红包也不感兴趣，顺手就丢给他妈妈。他有时想，就是给一万元，也很难建立亲情的。

这几天孩子来家里，虽然时间很短，但他不适应，不愿意，总是哭丧着脸。刘清江看了也不喜欢，他故意推迟回家，懒得看孩子在家里搞得天翻地覆的样子。有两次他回去时侄儿已被接走，当他发现孩子已经走了时，竟松了一口气。这才发现，孩子的到来，成了自己心上的一块石头。有一次侄儿正焦急地站在门口张望，不停地问："妈妈怎么还不来？"看到刘清江上楼，第一次主动叫他："伯伯，你看到我妈了吗？"刘清江受宠若惊，自告奋勇地说："我下去看看。"真的又跑下楼，再上来后说："快了，你进来看一会儿电视你妈就来了。"他妈妈来了，连楼都没上，在楼下喊一声，孩子背了书包就跑下去。母亲不高兴地说："没良心的，辛辛苦苦接他回来，侍候他吃侍候他喝，却跟逃监狱似的。”母亲大概是从那一天起，发现接孙子并不是孙子喜欢的事情，跟孙子相处也不是想当然的美妙。她的热情开始下降，这不，今天就不想接了。

刘清江赶到毓秀小学时，已经满头大汗。九月的天气还很热，正常他是坐班车下班，因为提前走，先挤公交车，再走过来，又怕错过了放学时间，走得急，一会儿就感到T恤贴着后背的紧巴。

学校门口已站满了接小孩的家长，现在的小学生都要大人接送，除了怕被骗被拐外，交通事故、校园暴力、心理变态、兜售有毒食品等都是常有的事，大人要像看宠物一样看着孩子。刘清江站到人群里发现，别人手里都拿了什么跟孩子有关的东西，一瓶酸奶、一盒小蛋糕；有的端着保温杯，里面可能是炖的汤；母亲来接侄儿时，也会带一根香蕉或一个苹果，而自己却拿个手提包。不知怎么的，他不愿意人家知道他不是孩子的父亲，倒希望接的真是自己的儿子，心里有一种莫名的紧张。

学校的门开了，刘清江在一大群穿着蓝白校服的小朋友里面，看到侄儿跟一个同学两只胳膊像油条一样绞在一起搭在对方的肩上，边说边走出来。这样缠在一起并不好走，两个人看起来很吃力的样子。刘清江差点笑出来，忘了刚才的紧张，隔好远就冲侄儿叫：“川川。”

侄儿看到他，立即丢下那位同学跑过来，大声问：“奶奶呢？”那位同学漠然地看一眼刘清江，自己走了。

刘清江发现小孩子的关系很简单，他突然不想说母亲人不舒服那样的话，只说：“奶奶有事。”

“她又去跳舞了吗？”

侄儿对自己的出现那么坦然，刘清江刚才的慌乱已经消除了一大半，他自然地从侄儿背上卸下书包，背到自己的左肩上。他看到别的家长都接过孩子的书包，也学着做。嘴里说：“现在不是跳舞的时间。”

侄儿突然“咯咯咯”笑起来，是小孩子自己的笑法。刘清江不知有什么好笑的，但看他那样笑，觉得好笑就跟着笑，笑了以后就真笑了，也发出“咯咯”声。

这样一笑，两人已很默契，雄赳赳一起往外走。学校门口行人、摩托车、汽车乱成一团。刘清江搂着侄儿的肩，护着他，他发现侄儿已长到他腰部的高度。但孩子甩开他的胳膊说："你牵着我的手就可以了。"然后主动伸过手来拉刘清江的手。

刘清江的拇指被孩子抓在手心，他又用四根手指包住孩子的手掌。他从未与孩子这样手握着手走路，孩子的手这么细嫩柔软，他小心握住，就像抓住一条小鱼，生怕它跑了。

孩子在前面灵活地在人群中穿梭，实际上是侄儿牵着他走的。刘清江让孩子带着，大拇指的牵拉感产生一种反作用力，他身体微微后倾保持着这种张力。走了一段，他发现自己在享受和渴望这样的牵引，其实是一种撒娇的需要。刘清江突然一阵悲哀，想到自己余生的凄凉。

孩子感觉到了，停下来问："你走不动了？"

孩子脸上的关切像细细的雨丝滋润着刘清江干涸的心田，他身上舒张着柔情，有点不好意思，看到路边有一家食杂店，就说："我买冰淇淋给你吃。"

侄儿松开他的手，跑向食杂店，扒着冰柜说："我要火炬的。"

"那就火炬的。"

从冰柜里拿出一根和路雪草莓味大火炬时，侄儿说："你也吃一个！"

他没想到孩子会邀他吃冰淇淋，他都几年没吃过冰淇淋了，也没想过要吃，好像吃冰淇淋是很久很久以前的事了。为什么不吃一根呢？"好！"他大声说，同时张开手掌在侄儿圆圆的脑壳抓了一把，以示赞赏。他的手掌正好有侄儿的脑壳大。

一大一小举着火炬冰淇淋边吃边走，旁若无人。刘清江想起小时候与弟弟吃雪糕，那时候钱不多，两人只能买一根，有时还搭了小妹妹。妹妹是多生的，比他们小很多，平时是母亲带得多。他们只能你一口我一口轮流吃，大家都不敢吃太大口，刘清江基本是舔两口就退出，留给弟弟吃。弟弟总是雪糕吃完了，还啃着那根竹签，吸着竹签上的甜水，有时嘴巴都啃出血来。

冰淇淋还没吃完就到家了。在楼梯口碰到住对门的胖阿姨。阿姨是刘清江父母原来的工友，跟自己人一样，见到伯侄俩吃着冰淇淋回来，立即扯着山东老太的大嗓门叫道："哈哈哈，笑死我了，阿江你什么时候变得跟小孩子一样啦！”

刘清江对侄儿喊：“快跑！”两人一口气跑上四楼。

那天晚上弟媳妇到八点多才来接侄儿，母亲等不了，《新闻联播》一结束就到中山公园跳舞去了，把侄儿交给刘清江。

侄儿给他父母各打了一次电话，不高兴地说：“他们总是这样！”刘清江问他要不要先做作业。他说作业要回家做，明天、后天都可以做。

“不然，我们来下象棋？”刘清江想不出做什么来陪孩子玩。

“你会下象棋？”孩子一下子来了兴趣，“你教我下！”

刘清江神气地说：“我太会下了！但我得找找棋在哪里。”他到自己的房间找象棋。

无聊的时候，刘清江靠自己玩残局消磨时间。后来有电脑，他就在电脑上玩，有时跟程序下，有时在网上找人下。有一个叫“雪山飞狐”的人经常跟他杀得难解难分。他已经很久没有摆弄棋盘和棋子了。

他找象棋的时候，孩子跟着折进他的房间。平时孩子不进他的房间。孩子惊讶地发现，他们一家的照片挂在刘清江的房间里。他问：“我的照片怎么会在你家？”其实他只是照片中的一个。

原来，侄儿办入学手续时，有一道严格的关，就是核实是否确系辖区的生源。因为寄户的人太多了，即使查房产证，像他们这种亲属关系的，也很难分辨真假，只有入户核实是跑不掉的。毓秀小学片外生的扩容费每个收 4 万元，还供不应求。如果从辖区里挑出一个假冒的，就可招进一个 4 万元，都是真金白银，关系到全校教职员工的福利。所以核查的老师是恨不得火眼金睛，把可疑对象全部抓出来，检查的手段演变成有点整人的味道。

这样，应对核查就跟搞地下活动一样。老师一进门就直扑卧室、卫生间、阳台，看你卧室的摆设，像不像真住这儿，看阳台有没有挂小孩子穿的衣服，卫生间有没有小孩的牙刷毛巾，然后再杀出来，看鞋柜里有几双童鞋。要命的是你不知道老师什么时候会入户，会来几次，他们有时早上来过，中午又来，突然杀个回马枪，让你措手不及。

弟弟把他们的结婚照和全家福拿来挂在刘清江卧室的墙上，又拿一张折叠床放在他卧室，上面放些小孩子用的被褥衣服，又拿些童书、玩具布置在几个地方，卫生间、鞋柜也都应对好了。然后高兴地对刘清江说："很好，只要你在，他们就会相信，我们俩分不出谁是谁。他们来查，你就说你老婆出差，孩子出去玩了。"刘清江怕自己底气不足，露了马脚，没结婚的男人就是没有那种有家有小的神韵。弟弟说："不怕，真有事再叫人去摆平。做到这一步就很给面子了。"后来老师来检查，果然没说什么，只有一个多嘴："户口本上不是还有一个单身男子吗？"刘清江立即脸红耳赤，倒是母亲老练，说："是我大儿子，他住在单位里。"刘清江连忙附和说："是是，我住在单位。"幸好心虚，说话几近耳语，她们的注意力转到阳台上，没有听到他的话，或者是有人打了招呼，她们只是来走过场的，核查就过关了。

但冒充弟弟，在别人面前当了一回有老婆孩子的男主人，刘清江的感觉不一样了。就像借人家一件漂亮的衣服穿上，就不想脱下来一样。虽然知道那不是自己的，但对那衣服的觊觎却再也抑制不住。所以他没有摘下墙上的照片，折叠床是收起来了，但还放在阳台上。弟弟也忘了这些东西，事情办成了，这些东西就不重要了。再说刚开学，不知哪天学校还会再来检查，据说三个月内还可能清退。刘清江留着照片就有理由。

这一切，怎么跟小孩说呢？他父母是有把情况跟他说了，还教他，有人来问，就说他是住在这里的，伯伯就是他的爸爸。但孩子半懂不懂的，对于要住在这里和伯伯变成他的爸爸是一百个不情愿，叫道："我不住在这里！他不是我爸爸！"大人好说歹说才把他哄住，勉强答应照着大人教的说。那是几个月前的事情了，而且没人来问他，他可能已经忘了。

现在，刘清江怎么跟他说？他忽然有跟侄儿说说心里话的冲动，想说说自己冒充他爸爸时的心情。又怕他不理解，就说："人可以变来变去的，你不知道吗？"那天稽查人员走后，刘清江一屁股坐到床上，颓丧而哀伤地对着墙上的照片看，照片上的那个男人越看越像自己。

"怎么变？"孩子好奇地问，他的问题已经被换了概念，但刘清江的回答很有吸引力，他以为照片上的自己就是被变出来的。

"嗯，就是有时候你会发现自己不是自己，而是另一个人。"

“哪一个？”

“你想哪个就哪个。”

“我想变成我们陈老师可以吗？”

“你们陈老师是男的女的？”

“女的，她好凶啊！”

“你为什么要变成她呢？”

“我也要像她那样骂她！”

“哦，这可有点难，因为她是女的，你是男的，不太好变。”

孩子泄气了，他看到刘清江拿出了象棋，又兴奋地说：“找到了！我们来下棋吧。”

然后刘清江教侄儿下象棋，“车走直，马走日，炮翻山，象走田”。直到弟媳妇来接他，侄儿还不想回去。

那个周末，刘清江有做点事的心情。他想把一些该做又没做的事情完成了，比如电脑里堆积的照片要整理一下，房间的窗户关不紧需要修理，还要上街买几件内衣裤。他的心情愉快，好心情让他有唱歌的愿望，还躺在床上就不知不觉地哼了一首歌，比较老的歌：“你总是心太软，心太软，把所有问题都自己扛……”。他很久没唱歌了，只会唱这种老歌。

母亲站在他的房门口问：你今天怎么回事？他说没什么。母亲又说小家伙不来，忙了一星期，这个周末要放松放松。等下去扭完秧歌就不回来吃饭了，一伙老太太要去东桥亭吃素菜。她让刘清江自己打发自己。

刘清江乐得清静，他没按母亲的提议到楼下的小吃店吃卤面或锅边糊，而是决定上菜市场买几样喜欢的菜回来自己做，然后边听音乐边整理照片。他决定中午不吃饭，而是吃菜配啤酒，去菜市场时要记得买啤酒。

离他家不远就有一个大型的生鲜市场。他穿了在家穿的休闲服和大头沙滩鞋，只带了不多的钱和门钥匙，就晃晃悠悠地出门去。

在菜市场里他碰到了老王，至今他不知道老王叫什么，只知道他姓王。这个老王住在刘清江对面的一座楼里，他家的阳台对着刘清江卧室的窗户，中间隔着一条小区的绿化带。两人长期打照面，有时笑笑，就算认识。他们没有说过话，老王每天早晨在阳台上打太极拳，他有咳嗽的毛病，刘清江最常听的是他的咳嗽声。两人虽然离得很近，却很长时间没有真正见过面，他们出入不在同一条街上。老王住的是个新建不久的商品房，楼盘比较大，小区的大门开在另一条街上，与刘清江走的是相反的方向。刘清江住的是糖厂的宿舍楼，快二十年的老房子，没有小区，楼梯口就开在马路边。当时建老王那个小区时，房地产商曾想把刘清江他们这边的四座楼也一起开发了，后来不知什么原因放弃了。弄得他们的宿舍楼在这一带居民区里像小瘪三一样，成了贫民窟，成为一个标志。人家说他们这个地方会说，“糖果厂的”。而什么时候拆迁，也成了悬在他们头上的达摩克利斯剑，大凡老旧的楼房，都面临拆迁的命运。经常听人说，“糖果厂”要拆了，很多人等着买这里新建的房子，因为可以读毓秀小学。

其实他们不是糖果厂的，他们是糖厂的。香州糖厂曾是香州市的财政支柱，八万人的大厂，像个小城镇一样，在香州市的东南角占了好大一块地盘。厂区里学校、医院、商店、电影院、澡堂、理发店什么都有，工人、家属就像城镇居民一样住在厂里。工厂辉煌的时候，糖厂人穿着胸口上印有“香糖”二字的工装走在香州城里，都会引来羡慕的眼光。

改革开放以后，位于香州老市区的国营香州糖果厂首先倒闭，百来个工人和不大的厂房由香州糖厂接收。但好景不长，糖厂很快也不行了，厂领导抢在企业倒闭之前建了最后一批宿舍，分给厂里中层以上的领导，是他们给自己捞的最后好处。因为是最后的机会了，领导们知道糖厂将风光不再，他们没有像以往那样在郊区的厂里建宿舍，而是建在位于老市区的原糖果厂厂址，从郊区杀回市中心。大家都知道，地段是房子的价值所在。

刘清江的父亲原是糖厂机修车间主任，母亲是包装车间工会小组长，父亲工伤致残。照说市区的房子轮不到他们，但母亲靠每天吃饭时间到厂长家哭闹，并威胁要把丈夫抬到厂长家里去，才争到了这套两居室。他们认为这是夫妻俩为工厂奉献一生换来的唯一有价值的东西，比起下岗后每月领取一二百元生活费的工友们，他们是很幸运的。八万人的大厂，说散就散了，大家也没有什么办法。但两万元的集资建房款，却让他们辛苦了好几年，父母只有六千元的积蓄，刘清江拿出自己的五千元，不够部分找他开大排档的同学老七借。后来他与母亲花了三年多的时间才把钱还清。

刘清江因照顾瘫痪的父亲，一直与父母同住。早年他所在的单位福利分房时，因为他没结婚，没资格申请。等到实行经济适用房政策时，他因负担着父母的集资款，也无力申请。到最后住房完全商品化了，他更没办法买房了。心想等到要结婚时，再考虑买房，到时弟弟妹妹当助自己一臂之力。但因为无房，找对象时成了人家看不上的主要原因，就结不了婚，也就买不了房。是先有鸡还是先有蛋，对他成了现实问题，他不好意思跟弟妹说，先买房，有房才有条件找对象。他想弟妹应该懂的，但他们不说，自己当大哥的来开这个口很没面子，就一直跟母亲住在一起。

他跟老王的第一次正式见面，就是在菜市场里。那天弟弟一家要来吃饭，母亲要包饺子，发现买的饺子皮不够，让刘清江再来买一点。刘清江不常到菜市场，他转着找卖饺子皮的摊点时，听到了熟悉的咳嗽声，定睛一看，果然是对面的老头。老头也认出他，两人像久别重逢的故友，很高兴，却不知怎么称呼对方。

互相“嗯啊”了两声，老头说：“我姓王，叫我老王。”

“我姓刘。”

“小刘。”

他们看着对方笑，心有灵犀。老王如释重负地说：“见了面，就好了。”好像已经等了很久了。刘清江有同感，至于好什么，他也不知道。

后来他又在菜市场里见过老王几次，断断续续知道他已退休，前几年一直在照顾卧床不起的老婆，老婆去年死了。“八年了！”他用手指作了个“八路”那种造型。刘清江连忙说自己也照顾了父亲九年，于是两人就有患难与共的感觉。

老王问：“你没有兄弟姐妹？”

刘清江说有，但他们一个当官一个出国，都帮不上忙。

老王说那是没良心！跟他的孩子一样。他有三个子女，都在美国，没一个愿意回来照顾母亲。他说老婆子有福气，他给她送终，将来自己死了都没人知道。他说他正在犹豫是养一只“蝴蝶”还是养一只“贵宾”来做伴的好。刘清江觉得他还不老，又有房子，为什么不再找一个？就问，你不想再娶吗？他一下子想到了自己的母亲，脸就红了。老王连连摇头，说受够了，不干了。他反问刘清江为什么没结婚？刘清江一时说不出话，他忽然有一肚子的心事想跟老王说。就说，哪天，我们好好聊。

“好！”老王指了菜市场外的一个方向，“怡情花苑，12 号楼 403。你想来就来。”

刘清江才知道，老王那一套是 12 号楼 403。小区叫“怡情花苑”他是知道的，但他从来没有进去过。

刘清江曾有一次初恋，两人同是香州糖厂的子弟，小学中学都是同班。高考后，女的考上复旦大学，刘清江报的志愿是同济大学建筑系。本是囊中物，但他父亲在那个夏天被厂里天车上掉下的一捆甘蔗砸中，从此躺在床上。那时弟弟才读初三，妹妹小学还没毕业，如果他到上海读书，家里的一切难以应付。他在母亲的眼泪中，也在自己和女友的眼泪中，到高招办改了志愿，只报香州师专，这是香州市的最高学府了，大专学历，两年毕业。这两年他可以兼顾家庭，减少开支，两年后就有收入可以支持弟妹的学业。他向女友保证，等家里渡过了难关，就去追赶她。至少等弟弟高考后，自己就可以脱身了。

但弟弟考了个北大。填报志愿时，一家人围坐在父亲的床前，良久无语，只有妹妹不懂事地问：“你们怎么都不说话？”

父亲全身都不能动，只有嘴巴还可以，他说：“我早点死就好了。”

这时刘清江已从师专毕业，回到糖厂子弟中学当数学老师。这时糖厂已经不行了，父母的收入骤减，父亲的医疗费报销都成问题，家里的经济来源主要靠刘清江。幸好糖厂子弟中学划归香州市教育局，不受企业效益的影响，否则他的收入也成问题。他原本指望弟弟像自己一样，报个就近的学校，接自己的班，他好去追赶秋霞。对了，他的女友叫秋霞，时间太久了，名字差不多忘了。秋霞等了他三年，刘清江不敢想象她还能等多久。

但弟弟考了好成绩，老师说可以上北大。刘清江是又喜又忧，一方面为弟弟高兴，一方面为自己难过。想到三年前自己放弃同济大学的委屈和痛苦，至今仍难以平静，他不忍心让弟弟重蹈覆辙。但如果成全了弟弟，自己就走不成了，今后的人生可想而知。他很矛盾，希望父母和弟弟能替自己想想。

但是，弟弟不表态，父母也不说话，相持得越久，他的心越凉。他知道，这三年自己把父亲照顾得不错，父母都依赖他，又怕弟弟没孝心。实际上，弟弟有时来帮父亲翻翻身，倒倒便壶，就显得很不耐烦，父亲看他这样是又恨又怕，就赌气不叫他。刘清江再忙再累，父亲也要叫他。母亲的想法更现实些，除了刘清江做得好外，她还需要刘清江的工资，好歹他已有一份稳定的收入，要是他去考研究生或到上海谋什么差事，家里的经济就更困难了。她认为，两个儿子，一个有出息一个有孝心就行了，如果颠倒了，恐怕两样都没有。也许他们觉得刘清江也懂这个道理，在等他说话。

最后还是刘清江自己认命，他对弟弟说："你报吧。"喉咙突然梗住，话说不下去。

弟弟哭出来："哥，我将来一定报答你！"

刘清江已不能考虑将来了，他一个人走出去。

那时他们还住在糖厂20世纪50年代建的连排宿舍里，一排一排的，像兵营。他们家只有两间，父母和妹妹住一间，他和弟弟住一间，厨房和厕所公用。他甚至找不到一个安静的角落独自痛哭一场。

刘清江清楚地记得当时的心情和画面。宿舍群里，家家户户门窗洞开，从外面可以看到各种灯光下，有的人家在边吃饭边看电视，有的在喝茶聊天，有的在打扑克，有的在喝酒，有的在读书，有的在举哑铃，总之生活在进行，而他已被排挤在生活之外。如果有人从他家的窗户看进去，不是他在给父亲喂饭喂水，就是在给父亲翻身擦背，端屎端尿是看不到的，那好歹得拉上窗帘。他的手上永远有一股久病不愈的沤腐味。

他茫然地走到秋霞的家，看到秋霞正与几个中学女同学在说什么，兴高采烈的样子。秋霞放暑假回来只来看过他一次，以后就不肯再进来，只在窗外对他招手，说进他家感到很压抑。他也不愿意进她家，进她家他也感到很压抑，那是自卑的压抑。虽然她的父母没对他表示什么，他们跟他的父母都是工友，那时候的工友情同手足，互相怜惜。他们只是问他父亲情况怎样，然后叹息道：“这样下去可如何是好啊？”这样，刘清江就坐不住了。

秋霞穿着上海买的连衣裙，显得那么时髦漂亮。刘清江躲在暗处看她，就像看着别人，心里没有欢喜也没有悲哀，只是麻木。他知道，这一切将与自己无关了，即使秋霞愿意他也不愿意了，一个男人与女友差距太大，很难找到幸福的。

那一夜，他在厂里的游泳池旁坐到下半夜，成群结队的蚊子扑到他身上尽情地吸食，他都没感觉。直到被弟弟找到，哭着拉回去。

弟弟本科毕业后又读了两个硕士才回到香州，算是履约。对于弟弟又读硕士，刘清江已无话可说，秋霞已为人妻，自己前途渺茫，他没有理由拖弟弟的后腿。还好他在糖厂子弟中学解散前考入香州市社科联，给自己找了个安身之处。弟弟回来也没轮到他服侍父亲，他回来那年父亲终于撒手人寰。弟弟说，早知道这样，不如留在北京。

刘清江刚从父亲的阴影中解脱出来，还没来得及找对象，弟弟就要结婚，他的对象是现成的，已做过两次人工流产，不能再等了。刘清江就把自己的积蓄让给弟弟结婚用，刚毕业的人，没多少钱。然后他七找八找，还没搞定，妹妹又要出国。妹妹从小受宠，想做的事非做不可，刘清江和母亲又把所有的积蓄给了妹妹，一个女孩子，在异国他乡，没有钱是万万不行的。现在，弟弟妹妹都很好，母亲也越活越年轻，他反而成了家里的拖累。家里人都把他当困难户，母亲不时会流露出鄙夷，说他给刘家丢脸。

现在，“糖果厂”拆迁的风声日盛，因为这里有读毓秀小学的含金量，他们的老房子变得很值钱。母亲说，家里如果没有要读小学的孩子（川川已经入学了，不需要了。你什么时候才能结婚有孩子啊？我这辈子都不敢指望了！），这个价值对她们来讲就等于零。有人给她估过了，如果要拆迁，这套房子至少值五十万。五十万啊！让母亲的心都野了，她这辈子做梦都没想过自己会有五十万元。所以，她动起了卖房变现的念头。她说，跳舞的老人们都说，子女是靠不住的，将来手脚不能动了，只有自己有钱才行。

刘清江幽幽地说："我爸呢，我不是照顾他了吗？"

母亲冷笑一声："哼！他要是多活几年，你也受不了！"

两句话，就把刘清江九年的艰辛，爱情、前程的牺牲一笔勾销。他感到像掉到了冰窟窿里一样，母亲凭什么怀疑自己？因为怀疑就否认他所做的一切？就可以把他踢出门外？他不知道母亲说的是真是假，就问："房子卖了，你要住哪里呀？"他只差没问，我怎么办？他不相信母亲真的不考虑自己的问题。

"住清海那里啊！他那么大一片，留个床位给我总是有的。"在母亲想来，你刘清江也四十岁了，该去自立门户了。

母亲近来常提这套房子是"她"的，说她当年去厂长家闹的不容易，房子是以父母双职工的名誉分到的。刘清江现在才清醒，从法律上讲，房子是母亲的，将来母亲没了，房子是他和弟弟妹妹的。如果他们也想卖房子，自己是没有权利阻止的，他随时都有无家可归的结局。这时他才知道自己一无所有，在利益面前，亲情都靠不住。虽然母亲曾暗示，若卖了房子，可以分一半钱给他，他去按揭买一套房。但他觉得不是钱的问题，而是家里人不需要他了，他被需要的时候才有价值。

刘清江想把这一切跟老王说说，他觉得老王每天从那边看过来，应该心知肚明。

老王见刘清江买了不少好菜，问："有客人啊？买这么多东西。"

"不，今天一个人，想犒劳自己一下。"他请老王一起来喝酒。

老王说："我正想找你呢。"

"有事？"刘清江有点意外，他们除了在菜市场偶然碰到外，不会想去找对方。他有一天发现老王没在阳台上打太极拳，感到很不对劲。那天过得心神不宁的，下班后故意往怡情花苑出口的那条街走，也没碰到。他想，明天老王要是再不出现，他就要进小区去看看。当第二天老王又如期出现时，刘清江发现自己是多么满足和愉快，人要快乐其实是很容易的。现在老王要找自己，意味着他们默守的规则要打破。

老王说，他前一阵子心脏出了点问题，他想给刘清江一套他家的钥匙，"你要是三天看不到我在阳台上打太极拳，你就来开我家的门。

如果我死在里面，你就报警，然后帮我把尸体烧了。房子和家里的东西归你……”

刘清江连忙打断他的话：“别别，你好好的，干吗讲这种话？有事我可以帮你，但房子和东西不能要。”他这么说，等于承认了老王死了的事实。

“我就是要给你，那些没良心的我一个子儿也不给！遗嘱我都写好了。”

刘清江觉得他是在说气话，就不跟他认真，换了个话题说：“三天，要是你出门了呢？你不会出去旅游、走亲戚什么的吗？”

“这样吧，”老王也觉得要考虑这些因素，“如果我出门了，就在阳台上挂一个红灯笼。要是没有红灯笼，三天，不是病了就是死了，你尽管进来。”

刘清江的心跳突然加速，他觉得有件严重的事情摆在自己面前，对他是个巨大的机会。他紧张得说不出话。

老王拉了刘清江：“走走，去我家喝，我把钥匙给你。”见刘清江不动，又打气道：“走吧，怕什么，我没那么快死的。”

刘清江觉得这仿佛是一场游戏。

老王家是三室两厅，装修一般，家里很零乱，还有一股老男人的油垢味。客厅很大，起居室和餐厅合在一起，落地窗出去就是与刘清江相对的阳台。刘清江的第一个动作就是到阳台上去看自己的家。

从这个角度看过去，自己的房子是那么丑陋！他感到有点心酸，自己就住在一个低矮破旧的“火柴盒”里，水泥灰的墙皮已斑驳脱落，露出里面的砖块。有的地方长了大片的青苔，部分青苔都已枯死，就像得了顽固皮肤病的人。隔壁胖阿姨家的窗户旁边，有一条两米多长的裂缝，感觉哪一天阿姨家的床铺或桌子会随裂缝一起落下。而自己房间的窗户则是倾斜的，怪不得窗户关不紧。从窗户看进去，里面黑乎乎的，自己就在黑暗中生活。他奇怪，老王怎会有兴趣每天对着这样的景致打太极拳。

老王跟出来，站着一起看，说：“昨天看到你跟一个小孩子在下象棋。”

“是我侄儿。”

“真好。我儿子小的时候我也教他下，呵呵，好像是上辈子的事情。”

刘清江想到侄儿说的“爸爸什么都不教我”，就说：“现在没人跟儿子下象棋了，都请老师。”

“请老师跟父子下哪里一样啊！”老王说，他儿子输棋时，会气得号啕大哭。老王说得哈哈大笑，“那么小的人也输不起，真是好笑。”

刘清江也觉得好笑，但一会儿就笑不动了。两人沉默了片刻，老王说：“走，准备喝酒吧。”

老王下厨房去煮刘清江买的菜。刘清江把餐桌上的杂物扫进一只塑料桶里，都是些药瓶子、吃剩发硬的煎饼、空的长霉的酸奶盒、泡过的茶叶，玻璃桌面污渍斑斑。他把桌子擦干净，摆上买回来的卤料，拿出两个一次性的杯子。

看到还有时间，他征得老王的同意，又把客厅、卧室、卫生间整理清洁了一番，只是粗粗地做，没用的东西扔掉，有用的摆整齐，家里看上去整洁和明亮了许多。老王很高兴，说本来是可以请清洁工的，但他不想家里来外人，从老婆病倒以后，家里几乎没有来过客。刘清江说，以后需要的话，他可以过来帮忙，“这么近。”他看一眼对面，突然有一种神秘感。

老王把一串钥匙拍到他的手心，说：“就这么定了，不管我死没死，只要你愿意，随时可以躲到这里来，没人知道的。”

刘清江的心“咯噔”跳了一下，老王好像为他开了一条缝，里面有个藏身的地方。他不再推辞，收下钥匙，心脏又一阵乱跳。

第二个礼拜，刘清江等着母亲叫自己去接侄儿，但母亲没再叫。到了星期五早上，他上班前对母亲说：“下午我去接川川吧。”

母亲有点意外：“你要接当然好喽，川川还问了你几次呢。”

这几天他不知怎么跟侄儿相处，觉得小孩子喜怒无常，怕像惊动小动物一样吓到了孩子，把他们好不容易建立起来的友情破坏了。他没有准时回家，每次回去孩子都走了，但他发现孩子进过他的房间，动过象棋和他桌上的书，还在书上写了“刘川”。他感到很欣慰。

办公室的人看他精神焕发地提前下班，为他高兴。小吴说：“他要是结婚了，咱们就不会老被人家说了。”王志强说：“得抓紧啦，要不生不出孩子了。”

这次侄儿自己一个人东张西望地走出来，看到刘清江，他的眼睛一亮，喊了声：“伯伯！”

刘清江接过他的书包问：“今天怎么没跟你那个同学一起走？”

“今天不想跟他一起走。”

“为什么？”

“看他讨厌！”

刘清江小心翼翼地提醒：“不会看错吗？”

孩子歪着脑袋看着他问：“看错什么？”

刘清江被孩子看得心动，在他额头亲了一下，他从来没有这样亲过孩子，感到不是很自然。顺手替孩子擦擦额上的汗和自己碰过的地方，说：“也许他是你的好朋友。”

“你有好朋友吗？”

“有啊。”他们拉着手往外走。

“妈妈说你没朋友。”

刘清江生气了：“她乱讲！”他突然掉转方向，“走，我带你去找我的好朋友。”

“你的朋友在哪里？”

刘清江决定带侄儿去看老七。除了老七外，他还有两个很要好的朋友，一个在外地，一个开了一家小公司，都比较忙。平时没事不常联系，有事说一声都能帮忙。他们是中学同学，学生时代留下的友情不受时间和社会地位的影响。比如刘清江要帮父母买房时，老七二话没说就拿出钱。

老七的大排档开在香江边，是用一只捞沙船改装的水上餐厅，打扮得像只“花船”。以前香州人说的花船是指色情场所，现在人们对色情的理解不一样了，越是暧昧的地方越想去，老七的生意不错。

时间还早，船上没有客人，人们一般要天黑以后，暑气消散尽了才来江边休闲。这会儿江面还反射着阳光，如金蛇舞动，很耀眼，江风热烘烘的。老七赤膊坐在船头的一只塑料靠背椅上，眯着眼看工人往餐桌上摆“消毒”餐具。他看到刘清江牵着一个小男孩从岸上的斜坡走下来，就迎到船舷架着的铁跳板前，大声喊："臭江，你去哪里弄来的小孩？"

侄儿看到船就很兴奋，挣脱刘清江的手跑到跳板上，虚张声势地走过来。其实跳板有吊桥那么宽，有护栏，没有危险的。老七拉过孩子问："你是谁家的孩子？"

侄儿看一眼刘清江说："你问他。"

刘清江对侄儿的回答很满意，说："怎么样？像我吧？"

老七再认真看了看，笑道："像！像！什么时候偷生的？"

老七的话像火花一样点燃了刘清江沉郁的心，怎么没想到偷生一个呢？他在无数次为自己渐渐老去而心慌的时候，曾想过也许在秋霞的肚子里有过自己的孩子，可惜没留下来。可就是没想过，为什么不能偷生一个？

但侄儿抗议了："我是我爸爸的儿子，不是他偷生的。"

刘清江只好说："是清海的儿子。"

"噢，清海的儿子都这么大了？"然后老七亲自炒了一盘面，煮了一碗鱼头豆腐汤给他们吃。又对孩子说："以后想吃我的炒面，就叫伯伯带你来。"

回来的路上，侄儿由衷地感叹：你的朋友真好！

刘清江说："我们是'两肋插刀'的朋友。"

"什么叫'两肋插刀'？"

刘清江跟他解释了半天，孩子总算明白了，又问："他插的是什么刀？菜刀吗？"他对刚才老七切完菜后，把手里的刀往整块原木锯成的砧台上一剁，刀刃的一角扎在砧木上，菜刀威风凛凛地立着佩服得不得了。

刘清江说："不是菜刀，又不是要煮饭。"

孩子爆发出开怀的笑声，他能体会到话中的幽默，让刘清江很神气。他想象中的"两肋插刀"应该是"七星宝刀""紫金刀"等，他也想到"青龙偃月刀"，但知道那没办法插在两肋。他又想到了"手起刀落""削铁如泥"的男儿气概，就对侄儿说，以后伯伯给你讲《七侠五义》《杨家将》。侄儿又问什么是《七侠五义》？什么是《杨家将》？刘清江觉得有太多的东西可以跟孩子讲了，孩子也听得如痴如醉。

后来，弟弟和弟媳妇忙，太晚了就不来接孩子回去，省得第二天早早送过来上学太辛苦。刘清江就把折叠床从阳台搬进来，架在自己的房间里，侄儿没回去就睡在他的房间里。后来，侄儿改成周五晚上才回去。有时，他的父母周末有事，他就都不回去。刘清江的母亲要去跳舞，孩子就交给他。他与孩子下棋、说书、玩“魔兽”，有时去游泳、踢足球，碰到突然暴雨来临时，就穿着短衣短裤冲到雨中乱跑乱叫，淋成落汤鸡才笑哈哈地回来。有时到老七那儿吃炒面，但他没带孩子到老王那儿，老王的钥匙仍是他的秘密。

有一天，侄儿拿着一个变形的机器人玩具，对刘清江说：“你帮我弄一下。”

“怎么弄？”

“我要让它变成一个球。”

刘清江看到张牙舞爪的机器人，觉得要变成一个球是不可能的。孩子说可以，看别人变过。

他拿过来翻来覆去地看，承认自己不行。

侄儿却盯着他问：“你为什么不生个小孩？”

他从机器人上收回目光，看着发问的孩子，感到难为情。他把机器人还给侄儿，说：“你作业做完了没有？”

但侄儿仍盯着他看，等他回答。他没有办法，只好说：“我没结婚，一个人生不了。”

“你为什么不结婚？”这可能也是孩子最想知道的事情。

“我没有找到合适的人。”

“什么叫合适的人？”

“嗯，就是跟我要好的人。”

“你叫她跟你好不就行了？”

“可女人不听我的话。”

“你真笨！”孩子咯咯笑。

他也跟着笑，觉得自己真的很笨，但感觉很舒服。

侄儿突然用机器人敲了一下他的腿，说：“你骗我！”

他一愣，不知孩子知道了什么，便不敢再随意说话，生怕孩子不信任。

“我知道你为什么不生小孩！”孩子像抓到他把柄的老师一样，得意地点着头。

“为什么？”

“因为小孩是让大人骂的，你不骂小孩，生了也没用！”

“哈哈哈！”刘清江忍俊不禁，没想到孩子发现了这样的真理，他搂住侄儿连连说：“对对对，你说得对，你太棒了！”

侄儿扭着挣脱他的手：“你不要抱我，我不喜欢人家抱我！”

“对不起，”他连忙说，“那你喜欢大人骂你吗？”

“我才不喜欢呢！可是已经被生出来了，我也没办法。”侄儿像大人一样说话。

“我也是，我到现在还经常被你奶奶骂。”刘清江本是逗着孩子玩的，可话说出来，想到了这一事实，心里一阵悲怆，眼泪忍不住要流出来。

侄儿安慰他：“不要紧啦，你闭上眼睛就行了。”

他闭上眼睛。侄儿的小手在擦他的眼泪，他就任泪水流出，孩子认真地擦着。

转眼到了期末，学校通知开家长会。弟弟和弟媳妇都没空，他们最近心事重重的样子，都顾不上孩子，侄儿全扔给刘清江。母亲让刘清江去开，她怕老师说的什么自己记不住。刘清江问侄儿可不可以？侄儿说，可以，但你要说你是我爸爸。

“这？”刘清江看一眼母亲，觉得真要冒充爸爸去开家长会是有难度的，“不说可以吗？老师不会问的。”

“同学都说你是我爸爸。”

“你怎么说？”

“我不告诉他们！”

圣诞节的时候，刘清江照例收到妹妹寄来的贺卡，她是每年圣诞节寄一份她们全家合影做成的明信片，上面写着“亲爱的妈妈”“亲爱的大哥”“亲爱的二哥二嫂”一家一张，三张合在一起寄到刘清江这儿。今年寄的是他们全家在瑞士滑雪胜地度假的照片，全家人穿着鲜红的滑雪服，笑得很灿烂。

母亲看一眼明信片就还给刘清江，嘴里说："她能满世界去玩，就不知道回来看看。"妹妹几年也不回来一趟，基本不寄钱给母亲，更不要说资助大哥买房了。她打电话时总是大惊小怪地说："你们国内的人好有钱啊！比我们美国人富多了。"（她已加入美国籍，经常跟家里人说"我们美国人"）这么一说，刘清江就断了妹妹赞助自己买房的念头。

只是今年的明信片他发现妹妹的大儿子跟侄儿有点像，特别是那个嘴形。他多看了两眼，心想，美国人怎么也长这种嘴巴？就把明信片夹到往年的贺卡堆里。

春节还没过，弟弟就出事了，被"两规"。社会上的传说很多，都是刘清江没听说过的。办公室的王志强说："你弟弟至少有上千万。"他不相信，有上千万，怎不见他在母亲和自己面前大方过？问弟媳妇，她说她也不知道。只说目前这种情况，为了不影响孩子，川川只好先放在他们这儿，她要去找人想办法。母亲愁眉苦脸，她是想哭来着，但情况不明，哭不出来。侄儿倒是跟没事一样，期末考考得不错。

后来有检查人员来家里翻找了两次，没发现有价值的东西，他们对刘清江母子的生活状况甚为不解。刘清江从检查人员的嘴里得知，弟弟在市里除了自己住的一套房子外，还有三套150平方米以上的房产，从他家里搜出人民币、美元、黄金、玉器等财物约值500万元。王志强说的没有错，弟媳妇说不知道是假的，她也被叫去协助调查了。

母亲叹息了一声："夭寿啊！有那么多房子却不舍得分一套给你。"又说，"我肚子里生出来的，却跟你隔着肚皮。"最后好像是自言自语："钱和东西统统没收了，也没给孩子留一点，以后川川怎么办呢？"

刘清江茫然地对着电脑，他很想说句什么，却怎么也说不出来。电脑屏幕上不时有滚动的信息和广告，一个纷繁的世界在屏幕后面生生不息。他产生一个错觉，似乎钻进电脑里，就可以从那儿回到过去，回到在糖厂生活区里跑来跑去的日子。那时，弟弟妹妹都是他忠实的追随者，他是父母的骄傲，他有爱情。

侄儿好像也知道他的爸爸妈妈出事了，以后不管他了。这几天都很乖，总是用惊惧的眼神看奶奶和伯伯，看得刘清江心疼。这会儿他守在刘清江身边，小心地问："'你'是谁？"

刘清江才发现，自己无意间在键盘上打下了好几个——“有时也会想念你”。

“你”是谁？是弟弟吗？不是。是秋霞吗？也不是。好像是死去的父亲，又像是曾经的自己。刘清江的内心翻江倒海，无数个“你”在他心中跳跃。“你”是自己曾有过的理想，是一口气做一百个俯卧撑的少年，是两小无猜的初恋，是看蚂蚁搬家一看一个小时的时光，是病榻上父亲难得的笑容，是好吃的食物，是难忘的一句话，是胸前的一阵芬芳，是随便什么让人怦然心动的美好事物……他说不出来，只觉得“你”是对生活的渴望所形成的巨大的旋涡，又觉得是近在眼前的温柔，他想抬起头迎着“你”的目光，把心里的一切和盘托出。

“你”是谁？

刘清江说：“是所有我爱的人。”

“也有我吗？”侄儿不放心地问。

“当然啦！”刘清江想抱住他，但想到他不喜欢人家抱，就摸摸他的头。

侄儿陌生地看着墙上的照片，自己把身体往刘清江身上靠了靠，期期艾艾地说：“你要一直爱我一直爱我一直爱我！”说到后面，已哽咽得说不出话。

刘清江抱紧侄儿，喃喃地说：“我会一直爱你一直爱你一直爱你！”他也心酸落泪。

仿佛硬汉

上篇

“欧亚物流”在维纳斯酒店庆祝集团成立十周年活动，来自官方、商界、媒体等各路人马济济一堂。这是个比较松散和自由的酒会，场面有点混乱，叶大明应付了一会儿就想走了，走之前要去一下洗手间。

这是一家五星级酒店，有些地方的设计别出心裁，在叶大明看来，这个洗手间的设计就是坑人的。先是一条暧昧的通道，人走在上面一下子就把外界的纷扰抛开，心思都集中到排泄工具上，而排泄工具又是生殖器，似乎这里不仅仅是排泄的场所，还是生殖器的舞台，方便成了重新认识自己的过程。平时谁会注意自己的生殖器呢？在这个宁静、狭小、昏暗、迷乱的空间里，他忽然那么在意自己的阳具，一种莫名的冲动使他呼吸急促，身子发热，他赶紧快步往前走，也不知道想进去干什么。

这个洗手间的阴险就在于，它是一步步诱你落入陷阱的。在用走廊把你的心绪搞乱以后，一个分隔男女去处的门厅，又小得使经过的人都不得不打照面。你想想，在这样逼仄的地方，如果两个对生殖器突然很在意的男女，差不多脸贴脸对视，会是什么情形？叶大明的不幸就在于此，与他迎面而过的是一个经常跟他打交道的商报要闻版的女记者。要说他对女记者并无特殊的感觉，女记者对他有什么想法就不得而知了。可这会儿，两人在这样的地方，这样贴身面对，突然别有意味。叶大明从女记者的脸上已读出某种信息，那是动物才能传递出来的东西。他们本想打个招呼，但嗫嚅的唇只是发出信号，两人不约而同地抱在一起。

这是夏天，女人薄如蝉翼的背心短裙，让叶大明直捣黄龙，他不假思索就把女人抱进了男洗手间。

在这里，吴德强提出一个疑问：“你就不怕男厕所里有人？”

吴德强是叶大明的上司兼朋友，叶大明因这次厕所事件被组织处分，从一个主管部门的领导下放到一个下属企业去当副手。他已经三次因作风问题被组织处理，活到快五十岁的人了，本是个大家公认的有能力有魄力、前途无量的人，可他的劳动成果，总有三分之二左右用来为“作风问题”买单，使他走到一个高度就要掉下来，再走上去，再掉下来，经过三次，他都感到没有信心了。组织和亲友也为他感到痛心。

吴德强是来跟叶大明透露这次的处理意见的。

叶大明理直气壮地说：“如果有人，我就请他先出去一下。”

只有不到十分钟的时间，等他们开门出来时，女人的丈夫一脸铁青地站在门外。他是已撒好尿，在出口处等妻子的，他也是个记者，两人准备先回去写稿。他见妻子久没出来，叶大明进去了也没出来，里面的情况他是清楚的，叶大明的名声让他顿时警惕起来。他赶快又溜进来，里面果然有情况，他敲了男卫生间的门，大叫：“许虹！”想让他们赶快收兵。没想到叶大明却喊：“等一下！”当老公的知道没办法了，这时，他比他们更心急，生怕有人进来，这可是个大新闻啊！只好站在门外，等于替他们望风，远处有人要进来时，看到他站在这里排队，便退回去了。

叶大明受到处分后，唯一不服气的是维纳斯酒店，说要去投诉。据说在那里发生这种意外的已不止他一个。大家劝他算了，这种事闹大了惹人笑话，说到底还是怪他管不住自己的裤裆。他老婆说，多少男人去那里撒尿，有几个出事的？只有你能！

叶大明对组织上的处分无话可说，就像他老婆说的，是罪有应得。但他不明白的是，自己并不想干那种事啊！他是个以事业为重的人，从年轻的时候起，就下决心这辈子要混出个人模狗样来，可怎么会老栽在这上面呢？平时他的头脑里只有工作，连家庭和孩子都很少管，对女人并不是很上心的。否则他身边的女人多得要命，大部分是很乐意投怀送抱的，如果他是那种人家骂的“猪高”，整天就忙这些好了，哪还能工作？有时候，碰到那些赤裸裸来骚扰自己的女人，他还厌恶得只想揍她们一顿。就是有的女人让他看了舒服，也只是一种赏心悦目的感觉，并没想跟她怎么样的。他都很看不起那种见了女人就跟苍蝇闻到腥味一样的男人，觉得很下流龌龊。要是有一种神力，让他在女人和仕途上任选其一，他会毫不犹豫地选仕途。

吴德强曾不解地问他：“你的脑子挺好使的，做事又精明，怎么就管不好自己的拉链呢？”这会儿，全世界都在热谈克林顿的拉链门事件。

叶大明冤枉地叫道：“我真的没想干呀！”

“你都被人家老公抓了现场，还说没想干？”

“咳，怎么说呢？”叶大明也很委屈，“有一种东西，它是按照自己的意志来的，我们管不了。”他拍拍自己的头，振振有词地说：“这里，我保证，没问题！可它，”他非常不爱惜地往裤裆一捞，“好像是我的冤家，专跟我过不去。”

说这话时，他一阵悲怆，那个他捉摸不透又活生生的东西，好像又从两腿根部挂那物件的某个点上，飘飘忽忽地游荡出来，从下腹部到胸腔直至鼻孔、眉心，充盈着他的身体，在呵呵笑着。他早有这种感觉，自己的躯壳只是被利用着，有个该死的东西占有了它。人在它面前，有时只能束手就擒。

叶大明下放的企业是个汽车配件厂，因为技术和设备跟不上形势，这些年来一直不景气，工人面临着下岗的威胁。他刚到的时候，也是抱着混日子的想法，心想自己是戴罪之身，又是个副职，折腾不到哪去了。而且人还没到，名声已经被说臭，也让他有点生气。

但是，到工厂不久，他就发现，其实该厂的工艺水平是挺高的，汽车又是个朝阳企业，只要有资金和技术注入，企业是大有可为的。出路就是合资，找到投资方，把现有的资源盘活。他以为，凭工厂所拥有的黄金地段和工人的技术水平，以及东南沿海汽车工业的空白，完全可以找到一家有实力的投资方。他还自告奋勇要利用自己的关系去找合作伙伴。

他的思路和精神得到厂领导和工人的热烈拥护，工人们更是满怀期望，他们现在最怕的是下岗，叶大明原来在主管局的能力和表现是大家有目共睹的，工人们把希望寄托在他身上。而且，厂里还有一个大家不好明说的迹象，就是叶大明来了以后，全厂女人的精神面貌都焕然一新了，特别是那些有资格在厂办、党办走动的女白领，好像都被一个希望支撑着，人也变得活泼可爱了，女人带动了男人，厂里无形中涌动着生机。这样，叶大明的毛病就被人们用另一种方式理解和欣赏着，大家私下里说，他这人啊，要是那根鸟不闹事，不知有多棒！马上有人说，他那根鸟也很棒啊！是啊是啊，大家都笑嘻嘻地附和。人家克林顿的拉链门事件，还让他赢得了女选民的喜爱，连男选民都觉得是个榜样，总统照当呢！叶大明可没有勉强过谁，也没有利用职权搞交易，应该重用人家才是。

这话传到叶大明的耳里，他有点得意，也有点无奈，好像人家一说到他，总要与那事儿联系在一起，这让他感到挺没面子的。但是，不管有意无意，他发现自己的勤奋努力，难免也与那事儿有关，就像孔雀，展现自己最美丽的东西，就是为了赢得女孔雀的芳心。

他曾涎着脸对吴德强说："到了那个烂厂子，被女人色眯眯地围着，我发现自己又如虎添翼了。"

吴德强警告他，不能再犯错误了，没地方降了。

"放心。"叶大明做一个引体向上的动作，"我是说工作，不是说女人。"

在叶大明的努力下，一家日本著名的汽车企业有意跟他们合作，日本人正想在中国的东南沿海抢占地盘，很快派了七个人来考察叶大明的企业及当地的投资环境。

叶大明在陪同日本客人考察期间，安排了一个休闲活动，他知道日本人喜欢泡温泉，他们这里正好有优质的温泉，并建有一个星级温泉浴场。他带日本客人去洗温泉浴。

这个叫"天地人"的温泉浴场，占地 2 万多平方米，一进门就有气势磅礴之感，郁郁葱葱的林木和东南亚风情的建筑，一下子把人带到了风光旖旎的忘我境界，几十个不同造型和香气的露天泡池，冒着淡淡的烟气，让人仿佛回到了胚胎时期的温暖怀抱。

那些在更衣室里还一本正经的日本人，进门时做出一副很不屑的样子，甚至板着脸准备挑剔中国人的温泉洗浴。可泡过几个池子以后，就开始"啊啊"怪叫着，然后像小孩一样到处乱跑，做鸭子状，扇着两个胳膊扑通扑通地跳进水里又跑出来。不知由哪一个开始，七个大男人只穿着小裤衩互相追逐着，追到了就把别人摔进水里，哈哈大笑。

日本人玩够了，穿好衣服，又是一本正经、长次分明的样子。

叶大明悄悄估摸了一下，觉得自己在日本人之上，心里想的是，这次合作一定要赢！

日本人果然很快同意投资办厂，他们准备投入资金改造厂房和设备，今后工厂以生产家用汽车为主。这一投资意向也符合当地经济发展的要求，双方一拍即合，合作很快进入实质性阶段。日方只提了一个额外要求，要求在温泉地带建一个日方高级雇员的住宅区。叶大明立即想到了他们的游戏，忍不住呵呵笑起来。

这期间，他努力工作，废寝忘食，没发生什么花花事。老婆和上级都对他的表现感到满意。

吴德强不时要跟他敲敲警钟，他总要表白一番："不容易啊！这年头，你想洁身自好比要流氓还难哪！现在是女人变成了苍蝇，见了有利可图的男人就上，你不要她们还有意见呢。"

"哈！形势变了。"吴德强听出话中有话，兴致勃勃地说，"嘿，我不做记录，你说来听听。"

叶大明沉思了一下说，那些抛媚眼啦，装嫩发嗲啦，甚至用身子来蹭的啦，就不说了，我说过了，我恶心这种女人。突然，他想到了什么，叫道："他妈的吴德强，我真的是个正人君子啊！面对这些女人，它一点动静都没有！"

吴德强说："这才像个正人君子！"

"糟了！"叶大明觉得问题严重了，很长时间了，自己只跟老婆做过三次，是不是家伙坏了？他记得很清楚的，因为老婆不干了，每次做了都在小台历上画一个圆圈，好像做了一件了不起的事情。老婆只比他小两岁，现在已到了更年期，但这不是主要问题，老婆怪他把这辈子要做的数，都提前做掉了，现在不行了。他听了不痛快地问："那我怎么还行？"老婆说："你是你，你要是这个不行了，你就完了。"现在想来，老婆的话让他脊背发凉，"这个老巫婆！"他有点闷闷不乐的。

吴德强劝他别瞎想，需要的时候能用就行了。他忍不住说："你还有三次，我连一次都没有！”他只比叶大明大三岁，在这方面已提前退休。

“哈哈！真的？”叶大明幸灾乐祸，“那你得跟我学学。”

“放屁！”吴德强只能干笑着。

半年后，厂房改造和设备安装顺利完成，工人技术培训工作也顺利完成。在叶大明的力争下，原汽车配件厂的工人，除了已届退休年龄的提前内退外，其余大部分留用，工资从原来的平均每月一千多元上涨到三千多元，少数高级技工达到了六七千元，全厂是皆大欢喜。老厂长主动提出让贤，让叶大明来主持工作。上级也顺水推舟，叶大明在降级一年后，又升了上来。

“美丰汽车制造有限公司”成立暨开工典礼那天，公司举行了盛大的剪彩仪式，宾客如云，叶大明像新郎一样喜气洋洋，他是公司的董事长兼总经理，中方占51%的股权。

剪彩及参观活动中，他总感到哪里有一双幽幽的眼睛在盯着自己，他假装对客人指点公司规划，突然回头，看到的是商报的那位女记者。

她还在商报要闻版当记者，但自从那天以后，他们就没再见面。她怎么还会来呢？叶大明想到他们那天的情形，身上好像又滚过一阵涟漪，他对她是留恋的，刚到工厂时的不快，常常是靠着对她的回味来打发时间。现在人就在眼前，他的身子又痒痒地骚动起来。他不知道她来干什么。这一年多，采访都是别人来的。

这是秋天，秋高气爽，让人心旷神怡，叶大明的心情像流泻的阳光，特别舒畅，贼胆也大，虽然吴德强已经发现了他们的情况，一直在暗中给他使眼色，他还是逮了个机会，过去拍拍女记者的肩膀问：“同志，要不要做个专访？”然后肆无忌惮地盯着她看。

女记者被他看得抬不起头，低声说：“别这样啊。”

“你怎么来了？”他也柔声问。

女记者说：“我一直等着这一天。”

“为什么？”

女记者抬起头，眼睛有点湿润，说：“是我害你掉下来的……”

叶大明打断她的话说：“是我们！你没害我，我喜欢！”

女人的头又低下去，但感觉得到她的激动，她好像很欣慰：“你就是不一样！”

叶大明点点头，他看着空中挂着的几十个大气球，飘动的红旗彩带，满地的花篮，欢乐的人群，得意地笑了。对她悄悄说：“我们晚上见面。”

“好。”

他跟她握手告别，在她的手心狠狠地捏了一把。走开时，看到吴德强在不远处目瞪口呆地看着自己。他不理他。

那晚，叶大明特意安排在维纳斯酒店，女记者一进门，他就把她像一捆稻草一样抱起来，心想，咱也学日本人磨炼磨炼。

女人的脸贴在他胸前，她就近吻了他的脖子，却吃惊地抬起头，盯着他的脖子看，眼神都变了。

他拨拨她的脸颊问：“喂，你怎么啦？”

女记者战战兢兢地把手伸到他的锁骨上窝，摸到两个像汤圆一样的包块，硬硬的。她下意识地惊叫了一声：“不！”人就坐起来。她们报社有一个同事就是这样，被诊断为“恶性淋巴瘤”，已经去世了。

“怎么啦？”叶大明沉浸在欢愉之中，女记者这一叫，他也跳起来。

女记者指着那两个包，问：“怎么会有这个？”

叶大明自己伸手来摸，说：“以前没有，最近才有的。”

“去看了没有？”

“哪有空啊！”

“不对啊！”女记的声音都发抖了。

“怎么不对？”叶大明也紧张地坐起来，看女记不敢说，一把抱紧她，夹在自己的颈窝里，“说呀，哪里不对？”

女记者就说了同事的事，赶快又解释，也不一定，各人不一样的，要医生说的才准。

叶大明的身子僵住了，两人都不出声，房间里静得让他们头脑嗡嗡作响。好一会儿，他们都感到身体不适，才发现太久不换姿势了。他们茫然地松开抱在一起的身体，什么也没说就拿起各自的衣服穿起来。叶大明觉得全身一点力气都没有，只听到心脏有力地“砰砰砰”跳着，好像要跳出来。他苦笑一下说：“对不起啊，我不行了。”

“不要紧的，不要紧的。”女记慌慌地说，不知道是说那两个包不要紧，还是说他们没做成不要紧。

两人默默穿着衣服。叶大明还算沉得住气，闲聊似的问：“你老公对你怎么样？”

“我们离了。”

“噢，那是我害的？”

“不是。没有你，我们也会离。”女记者穿好最后一件衣服，从背后抱住他，抱得紧紧的，好像怕他消失了。

叶大明感觉得到女人的爱，心里很感慨也很无奈。他把女人从背后拉过来，抱到怀里，问：“你喜欢我？”

“嗯，很久了。”

“可我不能娶你。”

“我知道。”

“你看，连这都不能给你。”他鼻子一酸，眼泪夺眶而出。想到自己刚想施展一下，却突然不行了，又有什么“恶性淋巴瘤”在等着，他都有点六神无主了，他还从来没在别人面前掉过眼泪。

那一夜，叶大明失眠了。他没跟老婆说“恶性淋巴瘤”的事，老婆在他身边睡得直打呼，他实在被吵得太烦的时候，就在心里骂道：这个不会相 × 的老巫婆！突然，他想到了老婆的咒语：“你要是这个不行了，你就完了！”吓得一骨碌坐起来。是的，自己的性欲，是被“恶性淋巴瘤”在瞬间取代的，就是“恶性淋巴瘤”一出现，自己就不行了。原来女记说的话，只是让他对肿块感到不安，现在联系上老婆的咒语，就好像是命运对自己做出的判决。真的吗？真的是这样吗？想到自己的生命就要结束，他好像一下子掉到了一个冰窟窿，人在往下滑，下面就是他不知道的世界，去了就回不来了，可他连挣扎的力气都没有，身子只是发冷发虚。

他的头脑一阵阵地发白，觉得有个什么事情要想一下，可就是不愿意想，心里其实是明白的，就是：死是什么？我就要死了！我不信！他在心里叫道，我一定行！他胆战心惊地把手伸向两腿之间，想检查一下自己还行不行。

小家伙好像睡着了，他小心地把它捧到手上，心里念道：我的小祖宗，你争争气。可任他想方设法抚弄，小东西就是不肯醒过来，他好像拿了烫手的山芋。他强作镇静，努力想能让自己兴奋起来的女人，一个不行，赶快换另一个。可是，竟然没有一个能让他兴奋的！越是这样，他越紧张，越紧张，越不行。最后自己都害怕了，好像这么干会得罪了身上的淋巴细胞，它们正在全身各个部位虎视眈眈、伺机进攻呢！

他的手指在两腿间忙碌的时候，掌心是触到腹股沟的地方，摸索了一阵，小家伙没唤醒，却摸到腹股沟也有汤圆样的包块。等他想到这些跟颈部的包块是一伙的时候，就像摸到炭火一样，吓得抽出两手，恨不得赶快甩甩手，假装自己没摸到。可是，他骗不了自己。

完了！这里也有，全身一定到处都有。他不知道什么时候，在不知不觉中，身体已经被恶性淋巴细胞占领了。他又一次像以前对无法控制的性欲感到悲愤和委屈一样，对身体这样背叛自己感到痛苦和愤怒。以前性欲利用了自己的躯壳，现在，躯壳被恶性淋巴细胞吞噬了，性欲也抛弃了自己。我到底是谁？它们又是我的谁？我跟它们是什么关系？为什么它们总是为所欲为，我却无能为力？难道不是我养活了它们吗？没有我，它们还能嚣张到哪里去？

他也感到很冤屈，以前性是他职业生涯的大敌，他是宁可不要的。现在，怎么又杀出个“恶性淋巴瘤”？难道他上半生要与性欲斗争，下半生要与肿瘤斗争吗？而这两样东西，都是长在自己身上的，自己却拿它们没办法！怎么会这样啊？

一整夜，他都被愤怒和恐惧折磨着，他无法抑制自己把手伸到锁骨上方或腹股沟去摸一摸的欲望，又像怕惊动谁一样，碰一下就赶快逃走。每次一摸，他都心惊肉跳，好像身上潜伏着敌人。恼人的是，睡不着，尿就特别多，他要不停地起来小便，都要动到排泄工具，一拿起软塌塌的小东西，他就要面对自己眼前的危险，人就会发虚，往下坠。还好，几次以后，这种发虚的感觉慢慢减弱了，他反而清醒了一些。他对它是不抱希望了，也无所谓了，比起看得到、摸得着的肿块，它还行不行已经不重要了。他嘴里喃喃地说：“不要就不要了，别让我长癌就好。”

第二天早上，老婆醒来，看到他两眼圆睁地盯着天花板看，却是无神的，人像发过的面团，苍白虚浮。她吓了一跳，摇摇他问："你怎么啦？病了？"

他合上眼，声音像是从肠子里发来的："我要去医院。"

老婆当即"哇"地哭起来。叶大明竟有一丝欣慰：她哭了。又有一丝恼怒：我还没死呢！

下篇

经过那个不眠之夜，叶大明好像与死神打了个照面，他从来没有如此真切地听到死神的脚步声。他是摸着身上的包块、和着心跳的"咚咚"声听它靠近的。现在，死神就在门外，门随时会被它推开。叶大明整夜睡不着，就像是守在门边，既想偷看死神是什么模样，又怕一不小心被它溜进来。

天亮以后，他已经筋疲力尽了，折腾他一晚上的问题，在明媚的阳光下，突然变得简单而清晰，就是到医院去，让医生给鉴定一下：是不是恶性淋巴瘤。是和不是，自己都要面对，人总要遇到这样的事情，不会那么快就死的。此时，他已清醒和冷静许多。

院长是认识的，已经在院长室里等他。听了他的主诉，摸了摸他的脖子，也不多问，拿起电话说，我叫一个专科医生给你检查。

院长打电话的时候，叶大明的注意力都集中在他光秃秃的头顶上，觉得在哪里见过，心里是很想听他怎么跟医生说的，脑子里却想：到底在哪里见过，到底在哪里，这么眼熟的东西？等院长放下电话时，他猛然想起是在南非见到的一种贝壳，如释重负，竟然开心地笑了。院长跟医生说了什么，他都没听到。

院长看他在笑，赶快也笑，说："走吧，我带你去。"

他对院长的笑很反感，但也说不出什么，就闷闷不乐地说："不管好坏，你们都不要对我隐瞒，你知道我这个人。"

"知道知道。"院长不知道叶大明的心思，仍乐呵呵地说，"英雄叶大明！"

叶大明看着他的头，心想，一个人的头皮怎会光成那样？他曾在报上看到一条消息，说秃顶的男子有四大益处，其中一条是性欲旺盛。不知院长怎样？但他不太相信，他的一个同事可以算是秃顶的男人，可他才四十五岁，就说已经“力不从心”了，忍耐了一段时间，正好他们到欧洲考察汽车工业，他偷偷买了几粒“伟哥”，说是在国内怕买到假药。叶大明看他喜滋滋地捏着药丸子按捺不住的样子，心想，吃出来的本事跟真功夫不知有没有不同？回来后悄悄问他：怎么样？好用吗？那同事的脸立即变了色，紫红的，连咒带骂道：妈的！这辈子就是当太监，也不干这丢人现眼的事了。原来吃了“伟哥”后，倒真是好用，可用过后却收不起来。两人吓出一身冷汗，这样的话，明天怎么出门？长时间下不来，会不会硬化死掉？说明书又看不懂，只好挺着到医院去求救，打了点滴才消掉的。折腾了整整一夜，医生护士一直在口罩后面笑得合不拢嘴，夫妻俩头都抬不起来，别提有多丢人！那一点点快乐，早被惊吓和羞愧一笔勾销了。那位同事发自肺腑地对叶大明说：“兄弟，我是牺牲自己才跟你说的，希望你别干这种蠢事。”叶大明一挥手，神气地说：“我还用不着‘伟哥’！”

但是，现在自己也不行了，连用“伟哥”的心情也没有了。他想到了秃头的另一条好处：秃顶的男人不易得癌症。是真的吗？那多好！他看着院长的头，不知怎么的，对此深信不疑。

院长把他交给一个肿瘤科的医生，交代该做什么检查先做，结果出来后再跟他说。然后他忙去了，派了个护士来陪同，领叶大明做各种检查。院长的光头从叶大明的眼前消失时，他又回到了自己的现实中来，情绪又低落下来。他发现，其实自己是在抵抗“癌症”这个现实，脑子里乱七八糟地想这想那，什么贝壳、“伟哥”，都是为了逃避“恶性淋巴瘤”。但是，来到了肿瘤科，他已经无处可逃了。

医生问了他的病史，让他躺下来，把他全身摸了个遍。摸到某些地方，比如腋下、腹股沟时，摸得特别仔细和来劲。叶大明感到痒，奇怪的是，此时的痒不像以往，身体会自动发出“咯咯”或“嘻嘻”的笑声来缓解，现在却不会，那痒就像跟肿块粘在一起了，憋在心上，让人难受。更可气的是，嘴巴会自己大口大口地吐气，吐得上下唇直打颤。

他可没想这样！而吐气也不能解痒，结果，那痒就像排不出去的污物，沉淀在皮下，变成一种既不是痛，也不是羞的感觉。说不出是什么，反正就是厌恶，厌恶局部的触摸，也厌恶自己的身体。

医生对他的反应熟视无睹，仍继续摸着，每摸到了一个什么，就像捡到了金元宝，脸上露出得意和满足之色。他盯着医生的脸看，想从他的表情看出一点端倪，自己却一惊一乍的。有几次医生让他放松一点，他很希望医生说："没事！只是普通的炎症，很多人都有的。治疗一下就消了。"可是，医生面无表情，摸过后什么也不说，转身到水池洗手。"哗哗"的水声，洗的好像是叶大明的神经，他有几次觉得自己要跳起来，从医生嘴里挖出病情的真相。

医生开了一叠检查单，交给护士，回头对叶大明说："您跟她去做检查。"

叶大明问："是不是……"

医生不等他说完就说："先检查吧。"

他只好走了，发现自己的腿很重，走着有点困难。老婆过来想扶他，他把她的手甩开，自己挺直腰杆走好了。

他去抽了血，拍了胸片，又到B超室做彩超。每到一个地方，护士都要对检查的医生耳语一番，医生就抬头看他。医生这样看他的时候，叶大明仿佛被当场抓住的小偷："就是他！"每次都感到脊背"嘶啦"一凉，脚下的土地像裂开了一个大洞，人往下坠，身子虚空。医生请他过来检查，或叫他做什么动作时，他都稀里糊涂的。他不知道护士对医生说了什么，是说：这人是"美丰"的董事长，院长交代要优先检查。还是说：这人完了，先给他做吧。他生气地想，护士用不着这样，大声说好了，我没那么怕死的。女人就是爱咬耳朵！他想到以前曾有几个想来跟他咬耳朵的女人，都被他轰走的情形，真想把这护士也轰走。

在B超室门口，看到有个中年男人用报告单捂住脸在哽咽，泪水把报告单上的字都化了。他不由分说，走过去把人家捂住脸的手拿开，在他手里塞了一包面巾纸。那人茫然地看着他，泪水仍在往外流。叶大明不敢看他，赶快走进去。那种若隐若现的感觉又袭上心头，他感到头晕，心脏像被鞭打了一样，跳得痛了起来，他有点站不住，躺到检查床上时，眼前已经发黑。医生把一个冰凉的东西放到他的肚子上，推来推去，他感到恶心，人似乎就被轻轻地推到一个黑暗的地方，飘了起来。这样飘起来的时候，他反而轻松了，感觉是宁静和欣快的，周围的一切都渐渐远去了。等他清醒过来时，看到仪器上的一盏小红灯，心想：也许我的生命已经亮起了红灯，如果就这样永远地睡着了，也可以的。他看到了死的另一面，好像是很久以前就见过的，好像是期待已久的事情。

所以，当院长跟他讲，从病史和检查的结果看，他患恶性淋巴瘤的可能性极大时，他就像在听别人的事情。以前单位里什么人得了不治之症，都要来跟他报告，他除了在心里骂一声："他妈的，又一个！"就是例行公事去看望病人，解决一些困难。心里并没有一个活生生的人就要从这个世界上消失的悲切。现在，听院长说自己，心头已经麻木，也是例行公事问："还能撑多久？"

院长高高兴兴的，说："不错不错，虽然浅表和纵膈、腹腔的淋巴结都有这么大了。"他几个指头朝上竖起来，做了个手势，但叶大明看不出是多大，好像枣子或鸡蛋那么大。院长说，"还好，你来得算早，其他器官还没发现转移病灶。"

叶大明脖子上有一阵酥痒感，想到了那位女记者，她用手摸着自己锁骨上窝淋巴结的感觉似乎还在，一种异样的感觉让他热潮涌动。他对她心存感激，如果没有她，他现在是不会到医院来的，因为公司里有太多的事情等他做，他也没想到自己会被肿瘤盯上。刚才还在做检查的时候，他收到了女记给他发来的一条短信："没事吧？"估计她怕妨碍他，不敢打电话，但她一定在焦急地等待他的检查结果。可他只会看短信，不会发短信，那会儿他也没有心情和机会给她打电话，现在要跟她说什么呢？想到自己的处境和女人对自己的牵挂，他突然伤心得难以自制。他呼呼喘着粗气，很想能抱住谁哭一哭。

院长以为他害怕，安慰道："你别太紧张，最后的诊断要等做病理检查。"他用一根手指在叶大明颈部的包块上画了一下，说："摘一个下来，做切片检查。"院长说，只要不是太晚期，五年的生存率也在80%以上。"你的情况只会是更好。"

"就是说，我至少还可以活五年。"叶大明自言自语。这时，生命在他眼前呈现出了清晰可见的长度，五年，他像一个挥霍无度的人，突然发现手头所剩无几了，他恐慌地抓住这不多的生命，一时不知怎么办。因为不管他捏得多紧，它都会一刻不停地往前走，一眨眼就会从他的指间溜光。可他没有办法，他的身体背叛了他，在他一无所知的情况下，长了很多枣子或鸡蛋大的东西，它们此刻还在不停地增长，在跟他争夺这不多的五年时间。叶大明又急又怕，所谓生命的珍贵，现在就是屈指可数的、与恶性淋巴瘤争夺的五年。而一个人，在可以预期的生命里程中，死神总在身前影后磕磕绊绊的，你将如何面对这短暂的五年？

“不止不止。”院长心不在焉地说，他小心翼翼地理着自己头上的几根毛，“治疗得当，是完全可以控制的。”

叶大明并没有把院长的话听进去，他觉得自己的生命像院长头上的几根毛，稀疏、脆弱，必须小心呵护，才能勉强附在发亮的头皮上，看起来是很靠不住的。他茫然地从窗户看出去，看到楼下绿地的长椅上，坐着一个穿条纹住院服的人，形容枯槁，两只深陷的眼睛无神地望着苍天，模样与一具僵尸差不多。叶大明赶快扭开头，又是一阵烦躁，感觉是死神在对自己挤眉弄眼。

第一次化疗以后，叶大明的身体像被蚁蛀的沙堤，再被汹涌的潮水冲过，一下子垮了。

他躺在病床上，倾听着自己体内的呼啸与呻吟，那些从静脉打进去的药物，仿佛千军万马，轰隆隆地在他血管里扫荡了一圈，所到之处，摧枯拉朽。叶大明想象着它们与恶性淋巴细胞短兵相接的情形，围攻、肉搏，残肢断臂，尸横遍野，自己的身体也被撕裂着，啃咬着，伤痕累累，躲也无处躲。都说化疗是玉石俱焚的手段，有的人往往过不了这一关而死于治疗中。叶大明已经看到了死亡的狰狞，那些连名字都阴森古怪的化疗药物，一副杀气腾腾的样子，它们敌我不分，见什么毁什么，在消灭癌细胞的同时，也把正常细胞一并杀死。

叶大明觉得全身哪哪都痛，似乎连没有血肉的头发、指甲都疼，却又找不到确切的地方，好像这痛是会游走的，你想逮它，它马上就跑到其他地方去了。如果找得到的话，叶大明会用一根又粗又长的铁钉打进去，把它钉住，或用一把杀猪的尖刀扎进去，把它刺中，因为他觉得这样才能止痛，也想看看它还能不能逞凶。可他做不到，他没有办法，他只能让刮骨剜肉般的疼，像无人管得住的野马四处乱跑。他感到骨头酥了，肌肉化了，精气、体力都像气泡一样散了，人只能像一摊烂泥一样，任那些药物和恶性淋巴细胞肆意糟蹋，他不知道在这场看不见的战争中，自己在哪里，还有没有叶大明这个人存在！此时他才彻底明白：生命的本质是肉体，叶大明其实只是一堆肉。肉体是物质的，它不受精神支配，它有自己的形态和要求，是不听人指挥的，甚至人要跟着它的感觉走。他从来没有像现在这样，对自己的肉体如此无能为力。

他吃不下东西，心里明明知道要吃，才能恢复体力，长出好的细胞，可就是看到什么都恶心。这种恶心也是前所未有的，好像早就躲在胃壁里，现在跳出来让叶大明领教一下：人活着，有时比死了还难受。叶大明想不到，活人会有这样的痛苦！以前的性高潮曾让他惊叹不已：人会有这样的快乐！现在，这痛苦让他愿意以一生所有的快乐来抵消。他无奈地抚摸自己松弛、瘦削的身子，伤心地问：“你到底是什么呀？”

虽然全身无力，连站起来都困难，但呕吐时却是惊天动地的，不知哪来的力气，好像要把整块的胃连同食道给撕拽出来，好像他的胃肠造反了，挤呀冲的，想逃离他的身体。病房里、走廊上响彻着他呕吐的轰鸣声，听到的人都感到惊惧而悲哀。有时，他觉得自己快要死了，心想，就死了算了。

每天用药后的反应都按部就班，呕吐过后是头痛。头痛起来时，就像那些药物与恶性细胞从胃肠跑到了大脑，比赛似的拿着锤子、凿子在他的脑壳上敲打，硬要从他的骨头里挖出什么东西来。他痛得泪水涟涟，忍着不让自己喊出声来，心里却求饶地叫着：“别打了！别打了！”实在不行时，他也用拳头敲打自己的脑袋，想把那些小东西打回去，或者，干脆把自己打烂。这时，他就在心里发狠地叫着：“让我死了吧，让我死了吧！”

痛苦的折磨每天周而复始，叶大明像等待提审的犯人一样，战战兢兢地等待药物反应的到来。药物反应到来时，好像有一个旗手，先无声地站在他胃的顶部，靠近心窝的地方，使劲跺一下脚，叶大明的心“咯噔”一跳：“来了？”果然，旗手一招旗帜，那些埋伏在他身上的药物、癌细胞便一哄而上，厮杀开始了。叶大明的反应开始了。

渐渐地，他对呕吐、头痛、全身酸痛的到来、高潮、减弱等程序熟悉了，麻木了，虽然痛苦，但知道那是每天都要重复的，心里也就接受了。等到药物反应像潮水一样慢慢退去，身体没那么难受了，他就像溺水者吸到了新鲜空气，心头又升起希望：也许癌细胞已经少一些了，我能挺得过来。痛苦变成是一种证明，一种希望，当它们如期而至的时候，他就像面对一个每天都要见的，他不太喜欢的同事一样，有点不耐烦，但也能容忍。

叶大明现在基本上能平静地对待自己的病。他跟医生和家人谈恶性淋巴瘤的时候，就像谈一个令人讨厌的家伙，虽然讨厌，但不得不承认它的存在，现在就是如何对付它的问题了。这时，他住在上海医学院肿瘤医院的单人病房里，自从他在当地医院做淋巴结病理检查，确诊为：霍奇金恶性淋巴瘤Ⅱ－Ⅲ期后，院长就建议他到上海治疗。主管他的医生是个留英回来的女博士，三十多岁，漂亮、文雅、开朗。化疗期间，身体不那么难受，女博士又正好有时间和兴趣跟他聊天时，他从她那儿学习了人体淋巴系统及恶性淋巴瘤的常识。

女博士对叶大明有一种天然的好感，她直言道：“嘿，叶总，你身上有一种吸引女人的气息哪！”

叶大明青灰色的脸上露出了难得的笑容，还有点红晕。虽然恶心已经开始，嘴里的涎液像地下水一样涌出，他咽下口水后自豪地说：“这我知道。”想起那天与女记的挫折，从那以后，他再也没有勃起过。所以又说：“现在被它废了。”他摸摸颈部的淋巴结，发现淋巴结比第一次摸时小了很多，心里暗暗惊喜。

女博士从医学的角度说：“这种病不会影响性功能的。”

叶大明敲敲自己的脑壳说：“可我这里不行了。”

女博士说：“这是心理问题，要自己调理。”

“哦。”叶大明想，“怎么调理？”奇怪的是，从那时到现在，几个月了，他一次都没想要干这事。现在被女博士这么一说，或者是，摸到的淋巴结小了很多，心里升起一线希望，底下竟然有了小小的反应。他一阵兴奋，僵着身子怕惊动它。可一凝神，它就不行了，叶大明有点沮丧。

女博士告诉他，人的淋巴组织像网一样分布于全身，总重量大概有1．5公斤。她的手做掂分量的动作，说差不多一个肝脏那么大吧。人的肝脏有多大，叶大明并不知道，他想到了菜市场里案板上的猪肝，好像自己的内脏被掏了一样，感觉并不是很愉快。女博士讲人体就像讲机器，不动感情：人出生后，全身有500—600个淋巴结，正常情况下，淋巴结像黄豆那么大。

叶大明赶快说："我的有肉丸子那么大了。"他用手指圈成了个圆形。他所见的淋巴结，确实像灰白色、坚韧的肉丸子。那是他在当地医院看到的，医生把摘下来的淋巴结放在一个白色的托盘里，端给他看，盘里还有点血迹，淋巴结也带点血丝和筋模样的东西。当时他只是想不明白：自己身上怎会结出肉丸子呢？

女博士笑笑说："肉丸子还算好，有的人长成马铃薯。"

"狗东西！"叶大明骂了一声。如果一个人身上有五六百个马铃薯那么大的东西，那成什么样子了？他真是想不通，人怎有那么大的能耐结出一大串那玩意儿，怪不得病人都瘦得皮包骨，养分被那些东西吸走了嘛。他问医生，自己会不会长成马铃薯那么大？医生说，不治疗也许会，但现在正在缩小。

他想起刚才摸颈部淋巴结的感觉，确实如此，感到很欣慰。又问，能不能把这些淋巴结像马铃薯一样拔掉？医生说不行，淋巴结是成人免疫系统的主要器官，好的淋巴细胞就是免疫细胞，它们是在淋巴结里增殖和贮存的。而健康的淋巴细胞像战士一样出征，它们消灭的侵入人体的病原性微生物和其他异物，也是通过淋巴管循环，运输到淋巴结里过滤，进而清除的。淋巴结相当于人体免疫系统的兵站或军事基地，是不可以没有的。

女博士说："你当过解放军，淋巴细胞相当于解放军战士。对肌体而言，淋巴系统就是人的钢铁长城。"

说到解放军，好像是很久远的事情。叶大明回忆起自己当兵的过去，想到的是在敌岛上所见的一幕，觉得真是不可思议，不禁咧嘴笑了。

博士问："懂了？"

他连忙说："懂了。它们怎么会叛变呢？"叶大明觉得，自己对淋巴结和淋巴细胞简直爱也不是，恨也不是。

"咳，你问它们怎么会叛变，不如问这世界怎么会有坏人。我们对自己的身体其实是很不了解的，只能像朋友一样，与它和平共处。但朋友有时也会翻脸，是不是？"

听起来，好像人对自己的身体是没什么办法的。叶大明觉得确实如此，自己身上就有一个喜怒无常的家伙，以前让自己栽在女人身上，现在让自己长肉丸子，可以让你快乐得销魂，也可以让你痛苦得不想活。你摸不透它的脾气，不知道它在哪里，哪一天要弃你而去。他不知道医学能不能治治这家伙，就天真地问医生："你们自己也没有办法吗？"

"没有！"医生肯定地说。

一天早晨醒来，发现窗外下着小雨，水珠挂在窗玻璃上，一会儿，凝成一大滴流下来。水珠蜿蜒而下，带走一路的小雨点。叶大明看着，忽然想到久违的生活，在他的生命中，曾有过阳光、清风、雨水、女人，什么时候，美好的一切被痛苦、药物、沮丧和无望取代了，跟他不相干了。怎么可以！他感到生气，我不是还活着吗？一个大活人，难道就这样被那些小小的癌细胞打败了吗？没有！不会！他站起来，走到窗玻璃前，从窗户看下去，外面是上海繁华热闹的街景，色彩斑斓的花伞，汇成了流动的彩带，他知道，彩带下，就是一张张生动的脸，一个个鲜活的生命。活着多好啊！叶大明此刻多么希望自己能撑一把伞，在雨中与人摩肩接踵。

已经三个多月，治疗了六疗程，他都住在这间病房里。当白细胞、红细胞和血小板降到特别低的时候，还要住到隔离室去，空气和一切用具都严格消毒过，医生和护士进来要换隔离衣，戴口罩帽子，家人只能在玻璃外用电话跟他通话。他像异类一样与人隔绝。博士说，他这时的免疫力等于零，一感染就是致命的。

免疫力他看不见，他不知道免疫力等于零是什么状况，但身体的变化让他惊恐万状：皮肤变成了一张黄草纸，粗糙、肮脏，还会结出像鱼鳞样的东西，不时脱落下来。随便一按，就是一个血印子，不小心抓破了，就会烂出一个坑，然后像地图一样蔓延扩大。这还是人吗？他觉得已经不认识自己了，自己已经变成了一个烂萝卜。他像等待定时炸弹爆炸一样，等待着身体再出现什么怪事。

一天，他无意间抚了一下自己的头，却看到指间挂满了成团的头发。他大气不敢出地看着那些头发，却不敢再碰一下头皮。回想起来，最近头上好像清爽了许多，也凉爽了许多，莫非头发已经掉光？自从住院后，他就没照过镜子，他没有面对自己生命枯萎的勇气。他叫老婆拿一个信封过来，把手上的头发装进信封里，说："收好。"又装作没事一样问："我的头发都掉光了吗？"

老婆默默点了头，眼里噙着泪，小声说："还会再长出来的。"

他回头看一眼，枕巾上也一大把一大把的头发，他知道已经无可挽回了。索性两手从前额到后脑勺一顺，把残留在头上的已经死亡的头发全撸下，头上竟是寸草不生。他明白了院长为什么那么珍惜那几根毛，这也是生命的意义啊！

医生说，化疗中脱发是常见的副作用，以后还会长出来。可他面对着自己的光头，好像看着一个陌生人，他觉得以前那个叶大明已经不存在了，现在这个人让他讨厌。

"恶性淋巴瘤，恶性淋巴瘤"，叶大明一遍遍念这个名字，像念叨一个仇人的名字一样。在一次次的搏斗中，他与癌细胞和化疗药物抗争着，拉锯着，支撑着他坚持下去的力量是：我怎能让这小东西打败！我怎能输给它！他忍受着人体所能忍受的极限，在痛苦和死亡的边缘上挣扎。到后来，他慢慢占了上风，肿瘤和药物没那么嚣张了，力量减弱了。后面的两个疗程，药打进去后，他的胃肠和脑壳好像累了，不太恶心也不太痛了。他曾恨恨地想：怎不再挤了？怎不再敲了？混蛋！有种你再来呀！

这时，他开始大口吃东西，在可以走动的地方走动，体力在一点一点地恢复，他对自己的信心也越来越大。他笑嘻嘻地对女医生说："我是不是变好看了。"

女医生说："你本来就好看。"

"那个，你说的气息，怎么样了？"

医生半真半假地说："哪天，我给你检查检查。"

叶大明反而不敢再耍贫嘴，他不知道医生要怎样检查自己。

最后一个疗程结束后，医生又让他做了一次全面的检查，胸片、B超、CT、血液等，说不错，纵膈和腹腔肿大的淋巴结都消了，肝脾没肿大，红细胞、白细胞和血小板的数量也可以。她让叶大明躺下，她要摸一摸他的浅表淋巴结。刚住院时，她是摸过的，那时叶大明跟她不熟，心情也不好，让自己像死猪一样让她摸。现在要再摸，他心里就有点发毛，下面怎么办？以前她连睾丸、阴茎都检查过的。

医生说："快点啊，你还害羞什么。"

叶大明只好躺下，扭扭捏捏地解开衣服和裤子，仍嘴硬地说："欢迎检查。"见医生忍不住在笑，又问："什么部位都看吗？"

"当然！"

从头颅开始，医生往下摸的时候，眼睛一直盯着他看，叶大明迎着她的目光，两人离得这么近面对面地看着，不由得有点走神。叶大明不知道医生为什么会喜欢自己，难道是她说的"气息"？而他对她是感激，她治好了自己的病，又是这么漂亮、文雅、耐心的女医生，要是可以的话，他真想抱住她亲一亲，以表达自己的感激和喜爱。可他不敢动。

医生俯下身，似无意地用唇在他的鼻头碰了一下，轻轻说："很好。"

他没有动，也没说话。继续往下，颈部、腋下、胸前、肝脾、腹腔，很快就到了腹股沟。裤子往下一拉，他的私处暴露无遗。叶大明不知不觉地闭上了眼睛。医生在两侧的腹股沟摸索，酥痒的感觉传到离腹股沟很近的器官。叶大明重重地吐了一口气，一种感觉被触动了，那个不听话的小东西老实了很久，这会儿好像醒过来了，正在探头探脑、蠢蠢欲动。他既想看看它到底能闹到什么程度，又怕露了原形，惹女医生不高兴。他看着女医生，女医生全神贯注在地检查，对他的身体反应没有任何表情。叶大明的注意力又集中在自己身上。

女医生把他的两腿分开一点。这个不经意的动作让叶大明找到一种熟悉的感觉，一下子控制不住，底下的小东西已神气活现地竖起来了。他赶快要用手来捂。

医生把他的手挡开，又说："很好。"她一只手握住他的阴茎，一只手捧住他的阴囊，轻轻摩挲，不知做的是什么检查。

叶大明闭着眼睛感受她的按摩，一会儿，大叫着："不行不行！"

医生不理他，继续摩挲。叶大明身子突然一挺，"啊"地叫了一声，一股热流汹涌而出。

医生停了动作，对他说："好了。"然后到卫生间洗手。

医生出来时，叶大明已经穿好衣服站起来，他难为情地对医生说："对不起。"

"没什么，我是医生。"

叶大明下意识地想碰碰她，嘴里说："怎么谢你啊？"

医生躲开他，微笑着说："不用谢，我喜欢你。"

"你是我的恩人。"叶大明心里有一个莫名其妙的愿望，想喊她"妈妈"。

医生一副公事公办的样子，说："为你高兴，好好生活。"又像妈妈一样交代，"回去以后，有空给我打电话。"

"好。"叶大明低下头，眼泪流了下来。他发现生病以后，自己特别爱哭。

治疗期间，叶大明关了手机，切断了与外界的所有联系。如果治疗上、费用上有什么问题需要与上级和公司联系，由儿子负责。那时，他万念俱灰，心想，如果我好不了了，跟这个世界就没什么关系了。如果能好，我也要重新活过，不再管那些鸟事了。

叶大明被确诊为恶性淋巴瘤，在美丰汽车制造有限公司和上级部门引起了不小的震动。日本人首先表态，他们说希望继续跟叶大明合作，如果换人，他们也准备撤资。又说，恶性淋巴瘤是可以治疗的，中国不行的话，可以由公司出资，送叶大明到日本去治疗。叶大明说："我去日本治病，做鬼都丢脸。不干！"

工人们听说后，也忧心忡忡，他们怕公司干不下去，又要面临下岗的危险。

吴德强亲自送叶大明到上海来，临回去时，他握住叶大明的手动情地说："兄弟，你一定要挺住。为了你自己，也为了那两千多个工人。"

叶大明没好气地说："我都要死了，还管那么多干吗！"

吴德强说不出话来，眼圈却红了。叶大明硬着心肠不看他，也不松口。

现在，他开始怀念上班的时光，半夜里，听到浦江口传来的汽笛声，他都有一股工作的冲动。想到离开公司那天，二百多个工人自动来到办公楼下，远远地目送着他，却不敢过来，眼里流露出关切和忧虑。

叶大明有点感动，他从已经跨上的汽车里出来，挥着手对工人们喊："我不会死的！我还会回来的！"

工人们拼命地鼓掌，许多人的脸上挂着泪珠，人群里推出一个年轻漂亮的姑娘。姑娘跑过来，抱住叶大明，在他脸上亲了一口，郑重地说："我们爱你。"

所有的人都鼓起掌来。这回叶大明也哭了，嘴里喃喃道："我也爱你们。"

现在他想，医生说，身上的癌细胞杀得差不多了，我至少还可以活几年。回去以后，在家等死也是死，出来工作也是死，还不如出来工作，为工人们做点事，自己的日子也好过。经过这次化疗，他对生命和生活有了新的理解，看人看物的眼光不同了，有了一种怜惜和挚爱。特别是女医生额外治好了他的性功能，让他感到人与人之间的美好和温情。他知道自己会想念她，世上多了一个让自己思念的人，那是一种纯洁的感情。

他心里最牵挂和愧疚的是那位女记者，那天他没有回她的短信，等从医院出来后，已经一点心情都没有了。接下来的事情也全乱了套，他就把她给忘了。在上海治疗期间，身体不那么难受，天气又好的时候，听到窗外有鸟叫，他会想起过去的生活，想到女人，想到她。但这时给她打电话已经没有意义了，他想，自己都是判"死缓"的人了，还去骚扰人家干吗？但，时不时地，他会想：她现在怎么样了？

叶大明出院后，又到杭州休养了三个月，回到家就开始上班。

美丰汽车制造有限公司成立一年后，生产出第一辆整车，公司上下和经发局都欢欣鼓舞。这款新车的名字叫"美达"，庆祝仪式结束后，叶大明悄悄对吴德强说："嗯，我想给这车取个名字。"

“取什么名字？”

叶大明笑嘻嘻地说：“叫‘肉丸子’。”

“太土了！你怎么会想叫这种名字？”

“呵，我那时候身上长了多少肉丸子啊！都有感情了。”

吴德强明白了他的意思，赶快说：“已经过去了，不再提它了。”

可是，在叶大明的生活中，每当他遇到什么重大挫折或烦心的事，他的眼前就会出现灰白色的、坚韧的肉丸子，情绪就会平静下来。他知道，自己的身上随时都会再长出肉丸子。

美丰汽车制造有限公司从第一年年生产1000辆汽车，到第三年年生产10000辆，以后产量和市场占有率直线上升，公司出现欣欣向荣的局面，叶大明也忙得不可开交。

他半年左右到上海检查一次，最后一次去找不到女博士了，医院的人说，她又到英国去了，不会回来了。叶大明很失落，她要去英国，不回来了，也不告诉自己，以后怎么找她？这个地球上，自己喜爱的女人在哪里？

他觉得，自己的生活中，已经丢失了好几个女人了。那个令他心疼牵挂的女记者，他回来后曾给她打过电话，但手机停机了，问商报的人，说她已经辞职，去哪里不知道。现在又多了个女博士。这个世界上，有几个与自己生命相关的女人，她们存在着，成了他的寄托和温暖。

有一天，叶大明送客人回维纳斯酒店，他现在的活动几乎都安排在维纳斯，对这里，总怀着某种希望，或叫旧情难忘。他从酒店的大堂出来时，突然感到哪里有个什么。他站定，又转身回去。在大堂右侧夹层的咖啡座里，他看到了刚才眼角余光扫到的身影。是她，女记者！她一个人坐在靠近大堂的座位上，低头看着什么。

叶大明走过去，在她对面坐下。女记者在看一本书，书旁摆着一杯红茶。

女记抬起头，看着他，身子连动都没有动。两人对视了片刻，女记者问：“你来了？”好像他们昨天还在这里坐过。

叶大明“嗯”了一声。他看到女记者的眼里有一种难以掩饰的忧伤，虽然她想做出无所谓的样子。他问她怎么会在这里。

女记者说，我没事就来这里坐坐。

“在等我吗？”

女记者垂下眼帘，淡淡地说：“不知道。”

叶大明把两手放在桌上，从桌面平推过去，在女记者放在书上的手边停下，几个指头像小虫一样爬到女记者手背，双手把她的手握住。嘴里轻轻叫着：“宝贝，宝贝。”

女记者不说话，头发掩盖的脸上掉下一颗颗的泪水，滴在叶大明的手上。

叶大明挪过身子，也不管咖啡座里或大堂上有没有自己的熟人，抱住女记者说：“委屈你了，原谅我。”

原来，女记者等不到叶大明的电话，后来听说他到上海治病了，给他打电话，打了几个月，都打不通。她辞职到上海，在那边找了一份工作，没事时就到肿瘤医院附近转转，终究没看到她想见的人。以后她一直留在上海，不想再回这个伤心地了。最近看了一本书，就是她放在桌上的书，又勾起了她的回忆，她觉得，人的一生，有时只为做一件事。就回来了。回来后听说他的身体健康，工作很出色，她也没想打扰他，只是经常到这里来坐坐。

叶大明听她说这些的时候，是在他们开的房间里。这一次叶大明理解了什么是本能的、工具的、情感的性爱，都用在了女记者身上，体验到了与自己心爱的女人在一起有多好！事成之后，叶大明快乐而又得意地说：“从哪里跌倒，就从哪里爬起来。”

从维纳斯酒店出来时，他迫不及待地给吴德强打电话。

吴德强正在开会，问他什么事，他说他的老枪又可以使了。吴德强沉默了片刻，压低嗓子说：“我在开会，不跟你胡扯。”

这时，一辆他们公司生产的汽车从酒店门口开过，叶大明拥着女记者说：“我们生产这种车。”

女记者说：“我知道。”

“你知道我给它取了什么名字吗？”

他看着女记者疑惑的脸，一字一句地说：“肉——丸——子！”

兄弟劫

1.捡来的女人

一场风暴，把水旺和火旺兄弟俩的命运打翻了个个。

那天，火旺照例到白龙湾讨小海。这天他来得特别早，因为夜里他做了个噩梦，梦见一条恶龙翻滚着巨浪把哥哥的渔船打翻了，哥哥像死鱼一样漂在海里，恶龙甩打着尾巴在后面追。哥哥却不知道危险，仍笑眯眯地看着火旺，像平常睡觉前两人躺在床上面对面说话时那样。火旺又急又怕，想去救哥哥，却跑不动，只能悲惨地大叫着“兄啊！——兄啊！”嘴巴一张一张的，喉咙却像被扼住了，发不出声音，只能眼睁睁地看着哥哥被巨浪卷走。恐惧和悲伤像从天而降的利刃，顿时把他切成了碎片，他感到自己化成了一摊泪水，就哭醒了，流到右耳郭里的泪水凉凉的，耳朵还听到了自己的哭声，仿佛噩梦的大门还没完全合上。

幸好只是个梦！但这个梦让他心里七上八下的，觉得不是个好兆头，村里出海的渔船遇到了大风暴，哥哥就在渔船上，至今没有音信。这几天海面上漂来不少破碎的船板、桅杆、帆布片、木箱、箩筐、衣被等，让人看了心里发毛。邻村已传来有人遭难的消息，大家都为在海上的亲人担忧，这个梦是不是在暗示他什么？

他再也睡不着，急忙起床提了鱼叉鱼篓就往海边走，饭都不吃，只拿了装水的葫芦和一个生地瓜，好像哥哥在等他，刻不容缓。

村子静悄悄的，公鸡已经叫过，村子仍无精打采的，风暴过后的渔村总是打不起精神。有几个早起的女人在切猪菜和磨豆浆，发出单调的刀斩猪菜的“喳喳”声和磨盘转动时的“叽嘎”声，偶尔夹杂着女人的叹息。有一只老鼠从谁家的猪圈跑出，钻进另一家被风刮倒的柴堆里，跟在火旺身后的黑狗“梭子”追了上去。风暴天，小动物们也要重建家园。火旺喊了声“梭子”，自己更加快脚步往白龙湾走。

白龙湾在村子的西边，离村子有两三里地，岸崖上有座石头山，叫龟仔山，外形像一只海龟，是村里人安葬亲人的地方。依风水地理说，龟仔山命脉长寿，先人安葬在这里，佑后辈长安久居。实际上，渔村人苦命短命，龟仔山的风水作用有限，这样的说法只是一种寄托罢了。因为除了这座山，村里人实在没地方好埋亲人了，东陵村在海岸线的一个弯区里，正对着台湾海峡，方圆数十里，都是低洼的沙丘，长年海浪、风沙，不是被海水淹没，就是被风沙填平，只有这座石头山能把先人的骨骸留住。也是这座山，作为屏障，挡住了从西南角入侵的风浪。后来，这座山也成了东山战役的主战场。

因为离村子远，又有一座坟山，来白龙湾的人少。火旺常到这里来，不知什么原因，他来这里就像回家。在他五六岁的时候，有一次，哥哥带他来这里，指着两个并在一起的石头堆对他说：“这是咱阿爸阿姆。”他从小没见过爸妈，他以为小孩子都像礁石上的蛤蛎，长出来以后，有的被爸爸妈妈挖走，有的被哥哥挖走。他属于后者，哥哥是挖蚬、挖蛤蛎的好手。但那天以后，他才知道自己也是有爸爸妈妈的，也就喜欢上了这里。因为哥哥要出海谋生，一去就是好多天。哥哥不在时，家里没人了，他一个人孤单单的，来这里好像在父母身边，有依靠。他没见过母亲，也不知道父亲是什么样子，但他喜欢把自己遇到的事情和心里想的，跟他们说说，有时说着说着，就像在爸爸妈妈的怀里睡着了，暖暖的太阳照在身上，感觉很舒服。醒来他就对着坟堆一边一个大叫：“阿爸！”“阿姆！”如果捡到自己中意的果子或空酒瓶子，他就郑重地放到爸妈的坟前。当然，他喜欢来这里，是因为来这里的人少，他可以捡到更多的东西。

风暴过后，海面比平时更加安静，好像刚做错事的小孩，乖乖的不敢再闹了。太阳刚刚从水面浮出，海水像煮沸的金汤，翻滚着灿灿的光，把天地照得金碧辉煌，就像玉皇大帝的天宫！连天的金色波浪，让火旺忘了心头的忧虑，恍若来到仙界。他盯着海面看花了眼，心也花了，屏住气想等浪花间出现海龙王的三女儿。这是世代相传于渔村的故事，美丽善良、变幻莫测的龙王三女儿，好像专门带着金银财宝来嫁给勤劳善良的穷汉子的，这给娶不上老婆的渔民们无尽的梦想。

火旺看着看着，果然在金光中出现了一个小黑点。他揉揉眼睛，定睛再看，小黑点正一沉一浮地顺流漂来。他全身一阵激灵，摔下身上的水葫芦和小鱼篓，跳进水里，向黑点游去。无所事事地在沙滩上刨坑的梭子，扔掉一只被它按住的小沙蟹，也兴冲冲地跳进水里。等他靠近时，发现是一个抱着破船板的女孩儿，年纪跟自己差不多，人已神志不清，想必是在海里漂了多日。他赶紧推着船板向岸边游去，到了浅滩拖上女孩儿，梭子想帮忙，但女孩身上已衣不蔽体，它无从下嘴，火旺喊道："拿水！"梭子就去叼火旺扔在地上的葫芦。火旺往她嘴里灌淡水，又到不远处的草丛里摘来芭蕉叶给她扇风，又学村里的老人给她抠人中打脚心，只差没往她嘴里灌童子尿了。当然他不敢拿自己的尿喂她，他对她的出现怀有某种敬畏，谁知她是人是鬼？再说自己的尿已算不得童子尿了，因为他曾经在某个夜里又羞又急地拿着自己的什物不知所措，它不由分说地流出一坨黏糊的东西，而那喷涌的一瞬，好像抽走了他的魂，让他骨酥筋软，过后却怎么也想不起是什么滋味。他拿着它，想不到平时用来撒尿的家什，突然变得这般古怪，里面好像装了什么机关，控制了他的心思，让他又喜又怕。他看着它慢慢变回去，隐隐知道以后自己不再是小孩子了，它拉出来的尿也不干净了。所以，不能当童子尿来做救急。

他把女孩儿抱到阴凉处，不停地给她灌水扇风、赶走围着她嗡嗡叫的苍蝇，梭子热情洋溢地跑前跑后，叼来它认为有用的树枝、小石蟹。当太阳升到宝龙塔的腰身里，金光变成热气时，女孩睁开了眼睛，茫然地看着火旺。他问她："你是谁？"女孩一脸茫然，他又问："你从哪里来？"女孩仍一脸茫然，嘴里断断续续发出一串火旺听不懂的声音，不知是说她从哪里来，还是在问："这是什么地方？"他也摇摇头，他们的话互相听不懂。但他断定，这是海龙王送给自己的礼物，可惜女孩儿除了一身被海水泡烂的破衣裳外，身上什么也没有了，他本以为会有个螺壳或蚌叶什么的，它们会源源不断地流出雪白的米粒，或隔三岔五就"当啷"一声掉下一块金子或一颗珍珠。

按照当地的习俗，谁在海边捡到了什么，什么就归谁所有，渔民与海有这种默契和相守。比如女孩儿吧，就是她的家人找来了，想把她领回去，也得火旺同意才行。当然，如果捡到了死人，他也要负起责任，找个瓮，把尸体装起来，埋到公冢里去。即使只是一只胳膊一条腿，也要认真掩埋。打鱼人命苦，落到海里就变成了一块死肉，被礁石撞碎或被鱼虾啃咬都是常有的事，看到别人就如同看到自己，对待别人就如同对待自己，哪怕捡到一根手指头，他们也会给它找个安息之所。所以，在他们这一带，每个渔村都有一个用石头砌成的小小的屋形庙宇，专门安置这些飘零在咸水里的孤魂苦主。这石头小屋叫“公冢”，逢年过节时，村民们都会来给这些陌生的兄弟上一炷香、供一碗饭。

火旺背了女孩儿回家，他把鱼篓和葫芦挂在梭子身上，鱼叉当拐杖自己拿着。心里喜滋滋的，他没想到，昨夜的梦，是指引他来接女孩子的，是大海的恩赐。回村之前，他先爬到龟仔山上，来到父母的墓地，转过身子，让背上的女孩对准父母的坟墓，让父母看清楚，大声说：“阿爸阿姆，这是我捡的，要给兄做某。”“某”在闽南话里是老婆的意思。当他发现捡到的是个女人又是活的时，自然就想到要给哥哥当老婆。然后，他又转过身子，自己面对父母说：“你们保佑阿兄快快回来！”说完了，抖了一下身子，把女孩儿背紧，高高兴兴地回家。他希望村里所有的人都看到自己背了个女孩子回家，他要叫大家知道哥哥有老婆了！

因为家里穷，哥哥水旺二十六岁了还娶不上媳妇。在他们这一带，除了有钱人家可以花钱娶亲，或是互订娃娃亲外，一般的人家都在儿子还小的时候，花一担咸带鱼的钱买来别人家的女儿养着，也就两三岁大的，若要买五六岁的，则需一担鲜“黄花鱼”的价钱。他们这里的孩子养过三岁不容易，三岁是一个坎。大部分幼儿是病死或死于风沙、海浪。这是东南边陲上的一个小岛，岛上缺淡水，没有树木，风沙很大，风沙和海潮常把人们辛辛苦苦打下的房屋、田地吞噬了，让人们过一段时间就会一无所有。有时一夜之间，房屋就被风沙埋掉了半截，人都无处可躲，年幼的孩子抗不过风沙，他们急促地想吸进空气的鼻孔和嘴巴，正好让细沙长驱直入，是海风把细沙强行灌进去的，大人束手无策。等风停了，大人把他们倒提起来，拍拍后背，可以从鼻子和嘴巴里倒出一小碗的细沙。

童养媳若能养大，就成了儿子的老婆，有的养半大就死了，赶紧再去买一个来续。也有童养媳养大了，儿子却死了，就招入赘女婿，当儿子款待。但招女婿不容易，当地人宁肯打一辈子光棍也不当上门女婿，有的童养媳就老死在家中，她们一般不外嫁，从买进来的那日起，她就等于嫁过了。家家户户如此，自己的女儿卖给别人当童养媳，别人的女儿买来当自己的童养媳，等于是女儿换成儿媳养，成本差不多，却解决了儿子娶亲的难题。

因为水旺火旺没爹没娘，没人替他们操心老婆的事，等他们长大成人后，娶亲就很难了。水旺在一阵期待和沮丧之后，认清了现实，他打定主意，自己想娶老婆是难了，但自己出力打拼，让弟弟娶上老婆还是有希望的，大不了也给他买个女孩儿，养上几年而已。那是他十七八岁时的想法，那时他开始跟渔船出海，别人家的后生，都在这个岁数上与童养媳合床了。这是促使他想给弟弟买童养媳的原因。但那时弟弟还不到十岁，如果再买个两三岁的，自己出海后，两个孩子怎么办？他又担心，万一自己哪天像父亲一样回不来了，岂不苦了弟弟？几经犹豫，买童养媳的机会就越来越少了，因为两三岁的好买，自己也出得起，但弟弟已十几岁，让他等一个两三岁的老婆太没准数，人家也会笑话。可大一点的卖的人少，自己也买不起。到了七八岁就没人卖了，也没人愿意买，因为女孩儿已经懂事，整天哭哭啼啼的，还偷跑回去，与夫家不贴心，大家不愿花这种窝心钱。这样，他断了买童养媳的念头，决心自己挣钱，给弟弟正经娶个老婆。

火旺也在动这个心思，他是为哥哥着想。长到十四五岁后，知道了事理，他为哥哥二十几岁了还是光棍感到焦急和痛心，光棍汉在他们这儿是被人瞧不起的。他想，我要是个女的就好了，可以替阿兄换回一个某。但他终究不是女的，他便有点讨厌自己。

他能做的就是整天泡在海边，讨些小海，捡些被海浪打上来的渔网破布木板，修修补补后拿去换钱。他还满怀希望地养了一窝鸡鸭和两头小猪，想靠它们挣钱给哥哥娶老婆。他想好了，就是刮骨剜肉，也要为哥哥挣来娶老婆的钱。没想到，今天却捡了个女人，这一定是上天的安排，才会让他做一个吓人的梦，再早早到白龙湾去，金光灿烂的海面给他送来了女人！现在就是把女人背回家，养好，祈祷哥哥快快回来。

男人们出海后，渔村冷冷清清的，村里只剩老人、女人和孩子。渔村的特点是狂欢与孤寂交替，渔船出海时，村里的老人、女人和孩子就孤寂等待；渔船平安回来，带来鱼虾满仓，全村就狂欢庆贺。女人是渔村的主心骨，男人出海后，她们在房前屋后默默劳作，有的还要下地干农活，但她们的心牵挂着天色和海面，不知出海的男人是凶是吉，要等到男人们平安回来，她们的脸上才有笑容，说话才有力气。老人们多半积劳成疾，病怏怏地躺在床上，要不就是坐在门前、树下帮忙做点杂事，劈蚵、剥蚬、修帆、补网、打绳、编筐等，不停地咳嗽吐痰是他们还活着的证明。孩子们多半到海边和地里去了，穷人家的孩子，五六岁就开始为家里分忧，不是下地干农活，就是到海边讨小海，被海浪卷走也是常有的事。

火旺背着一堆像海苔一样发绿、发黏的东西从村里走过，并没有引起谁的注意。只有几个在沙滩上拾蟹贝的半大小孩，站直腰看了一会儿，没看懂火旺捡到的是什么，又继续他们的寻找。

回到家，火旺把女孩儿放到自己与哥哥睡的西屋床上，拿了自己的衣裳给她换上。她身上几乎没有衣服，火旺小心撕下粘在她身上的烂糊糊的破布和吸在她身上的水母、螺贝，再用清水擦净身子。青苔和泥沙洗净后，他看到了她的裸体，女孩像出水的沙虾，惊惶而无助地蜷曲着身子，用手脚护着自己的私处。火旺除了有点吃惊和不好意思外，他不敢有别的想法，在他心中，这已经是自己的阿嫂了。他是在为哥哥照顾阿嫂，让她早日恢复健康，等哥哥回来就交给哥哥。他的心中充满了庄严和喜悦，女人的身体也让他着迷，他擦拭的时候，不自觉地避开了胸部和下腹部的三角地带，虽然他很想在那儿多停留一会儿。

女孩吃饭喝水都是火旺喂的，喂了两天后，她要起来小便了。他们家没有女人用的便盆，女孩就在屋外的墙角解决。当天夜里，女孩又在西屋放了一个很响的屁，把睡在东屋的火旺吵醒了。火旺很高兴，能吃喝会放屁，说明她不是水妖。他之所以煮地瓜粥给她吃，就是想试试女孩会不会放屁，地瓜是生屁的。据说鬼怪是不会放屁的，因为它们吃的是人的灵魂，当然放不出屁来。村里的老人说，鬼怪的肠子是直的，从嘴巴通到屁股眼。因为它们的肠子不是用来消化食物的，而是用来测量人对它们好不好，肠子弯弯曲曲反而会测不准。比如你给它们吃蛤蛎壳，它们就会让你七窍出血。你给它们吃煎得金黄的赤翅鱼，你家的水缸里或是床铺底下，说不定就能捡到一块狗头金。水妖对人好坏，全凭它们高兴，大家对水妖又爱又怕，但多数人还是希望碰到的，因为不做亏心事，不怕鬼敲门，如果碰到了，以礼相待，说不定有好报。

这几天守着女孩的时候，火旺有隐隐的担忧，不知这女孩到底是人是妖。村里人都说白龙湾有水猴，也叫水鬼，就是妖怪。传说水猴会吃人，它不是真的把人吃了，而是勾人的魂，化成美女把人诱到水里去，被淹死了还喜滋滋的。它们像抽鼻烟一样把人的灵魂从鼻子吸进去，尸体又送回岸边来。白龙湾常漂来死人，都是外乡人或过往的渔民。这也是村里人不敢到白龙湾的原因之一。但哥哥说，死人之所以会漂到白龙湾，是因为海流的原因，这个湾和龟仔山突到海里的岬角，会让海水回流，海面的漂浮物就停留在湾里。哥哥叫火旺不要怕，说幸好有个白龙湾，给葬身大海的可怜人留条回家的路，才不至于成为孤魂野鬼。他让火旺看到了可怜人，要想办法帮他们收尸安葬。火旺想，哥哥一定是想到了自己，讨海人的命真是比落叶还薄。所以，那天夜里做的梦，他以为是哥哥遇难了，胆战心惊地跑向白龙湾。

女孩子渐渐恢复了健康，但她对火旺的问话一概以低头微笑作答，也没有要回家的样子。火旺看到她偷偷从草席上抽出一根咸草，先打了四个结，以后每天打一个结，大概在计算时日。待她能起床后，就勤快地收拾屋子，把家里的破衣烂裳补好，还帮火旺烧火煮饭。晚上睡觉的时间到了，自己掌了油灯回到她睡的床上。看这样子，是要在他家过日子的，就像传说中的龙王三女儿的故事那样。火旺心里暗暗欢喜，却焦急地等待哥哥回来，他守着女孩儿，就像捧着一块晶莹剔透的冰凌，生怕时间久了，来之不易的东西就会在手心里化了。

邻家的海树婶看到了女孩儿，并不奇怪，拎着个猪食桶走过来，冷冷地问：“捡的？”

火旺点点头。

海树婶说：“白龙湾的你也敢捡？”

火旺说：“换了你，你也捡！”

“那是。”海树婶表示同意。她放下猪食桶，拉过女孩儿细看一番，用沾着猪食的手捏捏她的屁股，摸摸她的胸，女孩儿瞪大眼睛看海树婶，任她摸摸捏捏。海树婶撇着嘴说：“没屁股，没用！”又当着她的面大声说：“有个爱哭痣，不好！”她像挑自己的儿媳一样挑剔女孩儿。幸好女孩儿听不懂，海树婶说什么她都瞪大眼睛。

火旺早在那天在海滩上等她醒来时，就看到女孩的右侧鼻沟处有一颗小黑痣，这颗小黑痣使女孩的脸看上去很生动，他忍不住伸出一根指头摸了摸，看看是不上粘上去的东西。他想起自己身上哪里也有一颗痣，便在自己身上找起来，还没找到，女孩就醒了。他过后也忘了再找，但他对女孩那颗黑痣挺喜欢的，一看女孩总是先看那颗痣。现在海树婶这么一说，让他心里不痛快，便问：“爱哭痣怎么样？”

海树婶说：生“爱哭痣”的女人歹命，整日以泪洗面，要哭一辈子。男人沾了这种女人就衰。

火旺更不高兴了，海树婶家的童养媳早几年死了，她儿子龙辉怕也娶不上老婆了，她就对人家捡到的女人下毒咒。但他不敢对海树婶发火，就小声说：“有就好了，女人都爱哭，你也整天哭！”海树婶虽然没长“爱哭痣”，但她的男人在她很年轻的时候就死在了海里，她还好意思说这种话！

海树婶没听到火旺后面的两句，也跟着说：“是啊，有就好了，有就好了。”拎了猪食桶，只顾自己摇着头，唠唠叨叨地走了。一会儿，听到她在隔壁大声骂死猪仔贪吃。

2.兄弟

第七天，出海的渔船终于回来了！那是下午日头偏西的时候，站在东山礁上观望多日的人终于看到了渔船的桅杆，从东陵村的西面背对着太阳而来，一道海流隔出的不同波纹，熟悉的海路，这是东陵渔船常走的航线！

消息传来，全村欢天喜地，大家都涌到码头上去迎候亲人。火旺比谁都激动，他急着给哥哥一个惊喜。但他不敢让女孩儿出来，自己临出门时还用一把黄铜锁把门锁住。平时是不锁门的，渔村基本是家家门户洞开，邻里之间需要借个斧头、锯子什么的，或一时缺根葱、少把盐，都可以直接进门来拿。他之所以要锁门，是怕女孩儿跑了，又怕万一女孩的家人得到音信找来了，还怕渔船上一下子回来那么多的男人，对女孩儿有威胁，总之是怕哥哥失去这个女人。

哥哥还在船上帮忙卸货，火旺不管三七二十一，从跳板上挤上船去，拉了哥哥就要他回家。

船老大说："阿火想吃奶啊？这么急拉你兄回去干嘛！"

村里人都知道，他们家就兄弟俩，两人差了快十岁，是哥哥养大了火旺。虽说是兄弟，不如说是父子或母子，水旺是又当爹又当娘。

水旺看到弟弟就有一股怜爱，嘴巴笑个不停。他怕船老大的话惹弟弟不高兴，替火旺打圆场："这次出海遇险了，阿火想我了，是不是？"

火旺却说："不是！"

"啊？不想兄啦？"水旺都笑起来。

其他人跟着笑，说："你疼他没用啦，人家不想你！"有的还说："现在懂得想老婆了！"

火旺急得满脸通红，大叫着："你们不知道啦！兄你快回家，回家就知道了！"

船老大逗他："是不是给你兄找到老婆了？家里藏着女人？"

火旺吓了一跳，他不知道船老大怎么知道消息的，怕他把女人抢走。他不敢吭声。

站在船下两条腿没在海水里的海树婶却冲着船上大声喊："他在白龙湾捡了个女人，要给他兄做某！"破锣嗓子喊得几条船的人都听到了。她是在船下等着捡人家担鱼时，不小心从竹筐里掉下去的小鱼，就像收割后的麦田，老人小孩可以捡遗留的麦穗一样。有时，担鱼的人会顺手丢几条鱼给她，乡里乡亲的，她也是打鱼人的遗孀。

“哇！”船上的人大叫，“真有女人了呀！”推着水旺说：“快去快去！白龙湾的女人要好生侍候！”渔民们对白龙湾并不忌讳，似乎男人更喜欢水妖。

水旺不知是真是假，他怕火旺被说急了，就顺水推舟地下船，船老大不忘把分给他的一筐海鲜和他舍不得吃的一只大虎蟹让他拿着，叫他多吃点，晚上才有力气。那只虎蟹是他想留给弟弟吃的，平时不容易逮到，只有台风天虎蟹才会从很深的洞穴里出来。所以，勇敢的渔民，有时更喜欢有风浪的日子，可以发现大海的珍藏和秘密。

回家路上，火旺絮絮叨叨地把捡到女孩的经过讲了个大概，他担心地问：“兄，你说，她是人还是仙？”他不敢说妖。

水旺想，女孩可能是在这次风暴中落水的邻近地区的人，近点的有云霄、诏安、南澳，远点的有汕头、潮州、澎湖，再远就是海南和台湾本岛了。这次的风向是从东南向西北刮，他们的渔船就被刮到了澎湖。他觉得，女孩应该是在诏安或南澳一带落水的，才可能活着漂到白龙湾。这样，她很快就会回家的。他不相信女孩儿会留下来跟他们过日子，也不相信有什么水妖的事，就开玩笑说：“母的就行！”

回到家，看到家里变得整洁亮堂，有一股甜甜的气息氤氲在屋子里。一个穿着黑色对襟裳的女孩子坐在西屋的门槛上，头斜靠着门框，头上插着一朵长在墙缝里的牵牛花，嘴里衔着一根芒草秆，正怡然自得地吹出一种好听的声音，是一种他们不熟悉的调调。

水旺觉得那声音在哪里听过，他一走神，手里的鱼筐掉到地上。女孩听到响声，笛声停了，她看一眼水旺，不像第一次看到火旺时那样茫然地瞪着眼，而是红了脸，收回一只伸长的光脚，羞羞答答地低下头，长长的头发像瀑布一样从头顶落下，遮住了她的脸。

水旺像丢了魂，站在原地不动。火旺上前推推女孩，示意她起来跟哥哥认识。她抬起头，斜眼看水旺，半羞半怯，但仍不肯站起来。

水旺看到她黑黑的、瘦瘦的，眼睛很大，鼻梁高高的，嘴巴有点阔，眉目间有一种天真和娇媚。她还是个孩子，大概十六七岁的样子。

水旺又喜欢又紧张，他也有点不好意思，不敢靠近女孩儿，只是搓着手没话找话对弟弟说:“阿火阿火你咋这样好运?”

火旺赶紧讨好地说:“给兄做某。”

虽然这是火旺一再说的,水旺也相信是这样的,但真的看到眼前的女孩,想到她就会是自己的女人,还是感到难以置信,他喃喃道:“怎么好,是你捡的啊!”

弟弟急忙说:“我捡给阿兄的!”

水旺已听不到弟弟在说什么了,他的眼里他的心里只有这个像天外来物的女孩子。他小心地走到她面前,蹲下,郑重地问:“你要在我家住下?”他做了个睡觉和吃饭的动作。女孩儿懵懵懂懂地看着他,似笑非笑,也不回答。

火旺说:“她是哑狗!”又说:“她听不懂!”女孩儿来家里七八天了,没有说过一句话。有一次,天上突然一声炸雷,女孩吓得跳了起来,火旺才确信她耳朵没坏。又有一次,她帮火旺煮饭的时候,一个火星弹到她手上,她叫了一声什么,火旺才确信她是会说话的,是一种他们听不懂的话。但是,火旺、海树婶、村里的其他女人问她话,她都愣愣地看着人家,没反应。至今他们不知道她从哪里来,出了什么事,她家还有什么人。海树婶给她下了个结论:“废物!”

不管是不是废物,只要是女人就好。水旺好像捞到了大鱼,脸色一亮,不再多说,一边叫火旺到海树婶家借一坛米酒,一边抓了火旺养的小母鸡就宰。火旺不愿意借海树婶的酒,他借了别家的,他也没跟哥哥说海树婶的毒咒。兄弟俩围着女孩儿吃了一顿有鸡有鱼有米饭的晚餐,水旺把鸡腿分了一根给女孩,一根给弟弟,自己只是大口喝酒。那只虎蟹给了弟弟,火旺又给了女孩。但火旺想到海树婶说的话,心里还是隐隐不安。

吃饱了饭,女孩洗了碗,就端了油灯走进她已睡了几天的西屋。这间房原是兄弟俩睡的,女孩来了以后,火旺让给她睡,自己睡到原来父母住的东屋。今晚,水旺无疑是要睡在西屋的。

此时,天色已黑。渔村的夜是与海风结伴而来的,夜幕像潮水一样漫漫笼上来的时候,海风也像海盗一样扬起沙子抽打在石屋土墙上,把村子团团裹住,用它那千年不变的嗓音一声又一声地嘶吼着。远处的大海像幕后的指使者，甩打着海浪在助威呐喊。渔村的夜，因男人们的归来变得结实而骚动，空气中传递着有力的脚步声和开心的笑声，还有孩子的啼哭和狗的低吟。

兄弟俩呆呆地看着女孩进屋，好像她把一件紧要的事留给了他们，气氛突然凝重起来。两人的身子都僵硬了，喘气声也变得粗重，他们不由自主地对看一眼，眼神像绝望的猛兽。仿佛一个信号，水旺不由分说地站起来，搓着两只蒲扇一样的大手掌，这是他要干事的前兆。

看到哥哥叉着两条腿像一只“翘尾公”折进西屋，火旺的心情突然变得跟酱缸一样分不出味道。他恼怒地蹬了一下腿，不想把脚边的一只木凳踢倒了。“砰”的一声在绷紧的气氛中，先把自己吓着了，他怕干扰哥哥，但水旺只是回头看他一眼，幽暗中他看到哥哥眼里闪亮的光，还有咧嘴一笑露出的白牙。那一道白像刀光一样劈在火旺的脑门前，他第一次发现哥哥的陌生。

火旺怔在原地，不知道自己要做什么，大气不敢出地等着里面发出声响。他知道哥哥很容易把像沙虾一样的女孩儿打开，露出柔嫩的胸腹部，这是火旺向往已久的地方。想到这里，火旺就像被火燎到一样全身又烫又痛，不知不觉间，胯下已多出一物，两眼含着泪。

突然，西屋传来女孩凄厉的叫声，他整颗心提起来，想再听听下文，但屋子归于沉寂。他再也坐不住了，三步并作两步奔回自己的屋子，扑在床上不敢动。想象着西屋的情形，自己的什物也忙活起来，结果他也没闲着。

一整夜，西屋里的声响让他睡不着。他偷偷跑到西屋门边，所谓门，就是一个门框，没有门扇，也没有门帘，里面的情况一览无余。他看到哥哥像个醉汉，脸上挂着说不清是笑还是恼火的面容，一次又一次地扑到女孩身上。有时又像漏气了一样从女孩身上瘫软下来，但一会儿又爬上去，好像那里有什么他总也搞不清楚的东西。女孩刚开始还想抵抗，还想把自己的身子蜷起来，但哥哥两手一抹就把她打开，他好像要把她吃了一样在她打开的柔软部位乱拱乱咬。女孩无力抵抗，然后就像一团面，软绵绵地任哥哥摆弄。在哥哥着魔似的在她身上发起一次又一次的攻击时，她从惊惧、痛苦到麻木、疲惫，最后像死了一样睡过去，任他怎么折腾都不知道了。火旺也惊呆了。

等到半夜被哥哥叫醒，一屋的月色铺排得到处都是银光，月光下的哥哥像醉汉一样，他傻傻地笑着，似乎魂还在女孩身上。

哥哥小声问火旺："你要不要？"

"要什么？"

哥哥用嘴努努西屋："她。"

"啊？"他不明白什么意思。

"你去睡她。"

他一骨碌坐起来，叫着："她是阿嫂了。"

哥哥说："嗯，我总算做了男人，很爽的，你也去试试。"

他吓得捂住自己的裤裆，带着哭腔喊："我不敢！"

哥哥鼓励道："她是你捡的。"

"我不敢！"

哥哥想了想说："也好，那她以后就是你阿嫂了，你的女人兄给你买！"

不知怎么的，他心里一沉，觉得自己再也不能跟女孩亲近了，她是阿嫂了，虽然他一开始就没想要碰她，可被哥哥这么一说，心里却痒痒的，这些天跟她相处的愉快一股脑儿涌上心头，他很想去看看她。但他知道，自己已不能随便进西屋了，以后西屋就是哥嫂的房了。他突然觉得，哥哥不但占有了女人，还跟自己生分了，以后自己不是哥哥最疼爱的人了！这是火旺没想到的，他感到怅然若失。

哥哥的样子让火旺产生莫名的陌生和厌恶。他低着头，不敢看哥哥，而哥哥的心思也不在他这儿，他无心跟火旺浪费时间，拍拍弟弟的头说："那，你睡吧，我过去了。"他像火星一样，一闪就不见了。

他知道哥哥又去干那事了，他都干了一夜了！火旺的心上像被刷了一层厚厚的桐油，又黏又紧又憋闷，他想：在等哥哥回来的那些天，自己把女孩照顾得那么好，给她换衣服的时候，他也没想要干什么，他都是想着哥哥呀！他气得把被子枕头摔到地板上，却不知道自己刚才的决定对不对。

这是一对患难兄弟。据说他们的母亲曾生了好几个，至于多少个，谁也记不清，最后只剩他们这头尾两个。有的一出娘胎就回去了，有的哼哈了一阵子也走了，没一个活到出牙的。都说他们是命大。

就因为这个命大，让他们感到冥冥之中有某种支撑，便有了点自大，两人之间在兄弟以外还有既像难友又像战友的情意，是一种绵软而坚韧的东西。他们就这样麻花似的缠绕在一起，离开了谁，哪里都不对劲，好像那支撑要塌了一样。

小时候，他们常常在嬉耍到昏头时，或有意外收获时，比如在退潮的海滩上捡到大鱼，两人会不约而同地相视一笑，接着又哈哈大笑，然后抱成一团在地上打滚。地上是蚵壳是猪屎都挡不住他们。总是哥哥抱住弟弟，他比弟弟大九岁，皮包骨头的弟弟在他怀里扭着蹬着的时候，他分明感到是一条活蹦乱跳的小生命，像退潮时来不及逃回海里的鱼，心里有一种惊喜和爱恋。

以前水旺见过父亲把一个久不作声的弟弟扔进一个草袋子里，像扔一只死蟹一样，父亲提了弟弟的两只光脚，弟弟是头朝下装进草袋里的。父亲拎起草袋，背着手，走出门去，草袋就在他的屁股后面晃。母亲顺手把弟弟睡过的木盆拿到院子里，倒磕一下把里面的布单、棉絮、衣物倒在石板地上，用脚踢开，翻过木盆与那些东西一起放在太阳底下晒，自己径直到猪圈喂猪去了。猪仔发出一片抢食的“叽喳”声。

父亲低头走到村西头的崖边。路上碰到几个村里人，都点点头，没说话。只有阿头伯含着烟嘴问：“又去了？”父亲“嗯”了一声，继续走路。阿头伯也走，却突然拔出烟嘴扯开嗓门吼起来：“抓鱼的啊——是真艰苦，少年是——娶无某，生囝是——装草蒲，吃老是——无人顾……”阿头伯沙哑的声音，被海风吹得到处都是。父亲站在崖上，宽大的折裤被风吹得鼓胀起来，使他远远地看去像一个鸡笼。阿头伯的声音散了，父亲把草袋举到齐眉高的地方，像是在掂分量，然后收回手臂一甩，“呼”地把草袋抛进海里。水旺吓得把四根手指塞进嘴里，生怕哪天父亲不高兴了，也把自己装进草袋抛入大海。

他依稀记得父亲的举动跟母亲的肚子有关，母亲的肚子总是大着，走路很难看，像是在水塘里吃饱了田螺的鸭母，走路一摇一晃的，好像要把肚子里的东西晃下去。等她的肚子晃下去了，家里就有了小孩的哭声，母亲说那是弟弟或妹妹，但没多久，哭声就没了，弟弟或妹妹也不见了。他就是搞不清楚弟弟妹妹怎么来的，也搞不清楚他们到哪去了，只有那次看到父亲把一个弟弟装进草袋子里，他才明白弟弟妹妹们到哪去了。他突然有一种恐慌，知道这是一件不好的事。他想躲起来，慌慌地在家里转了一圈，又感到无事可做，家里没其他人，父亲又出海去了，母亲下地干活，以前弟弟睡觉的木盆竖起来靠在墙角。家里静得像白龙湾的乱坟堆，只有母鸡带着一群小鸡在已经翻了无数遍的蚵壳堆里继续翻找着，刨得嘴上都是血。他闷闷不乐地端起弟弟睡过的木盆，踱到屋后，坐在一块石板上，抱着木盆看着刺眼的太阳，慢慢啜泣起来，越哭越想哭，最后倒在石板上睡着了，木盆倒扣在他脚边的地上。醒来后他忘了自己曾经哭过，但心里空荡荡的，从那以后，他的心就老是空的，很没有着落的时候，他就要去抱抱木盆，直到这个弟弟睡上了木盆。

后来他知道那个弟弟是死了，他不懂得死是什么，只知道父亲把弟弟抛到海里，他想如果自己也这样被扔出去，就跟那个弟弟一样死了，再也不会吃饭了。结果他分不清死和被抛入海里的因果关系，只感到自己也有这种危险。但看到眼前这个弟弟活蹦乱跳的，他就感到很欣慰，似乎这个弟弟活着，自己就没有被抛入大海的危险。所以，他对这个弟弟很看重。

他喜欢用力抱紧弟弟，弟弟也喜欢在他抱紧时使劲挣，这种力与力之间的对抗，让他们感到彼此的存在。直到弄疼了，才停下手来，莫名其妙地看一眼，然后又笑。一天的心头就很安稳。从小没有人抱、没有人亲的弟弟喜欢哥哥这样弄他，他总是想方设法引诱哥哥弄他，有时干脆央求道："兄，咱再来滚，哈？"他叫哥哥"兄"或"阿兄"哥哥叫他"阿火"。往往哥哥还没动手，阿火已笑得全身打战。弟弟笑得全身打战的模样让他充满了自豪，童年的记忆就是这种自豪和抱着弟弟时，胳膊、胸部那种骨与骨碰撞的温柔的痛感。村里人也都记得，这两个没爹没娘的孩子常像狗一样咬成一团，满村子打滚。

母亲是在生完这个弟弟后，由父亲用一张草席卷起来，扛到龟仔山的坟地里埋的。人们以为弟弟也会被装进草袋扔到海里，父亲等了两天，但等不及，就出海去了。弟弟交给了他，父亲还指指墙角的草袋子说："等他手脚硬了，就跟以前一样。"他做了个投掷动作。草袋是用来装咸鱼的，家家户户都有。人死了鱼死了，都会变僵硬。

他不敢看父亲，装作快睡着的样子，等父亲一走，他立即喊来家里刚下崽的黑狗，让它躺下，把狗崽扔到一边，把软绵绵的弟弟放到黑狗的怀里，弟弟闻到奶香，拱着拱着，小嘴就拱到了黑狗的奶头，发狠地吸起来，吸了几口，奶水又从嘴巴和鼻孔溢出来，呕了黑狗一身。黑狗舒服得狺狺哼着，自己的孩子在旁边爬来爬去，它眯眼看着，无动于衷。弟弟活了下来，他是靠黑狗的奶水和村里女人们的好心养大的。父亲在一次出海后没有回来，他像弟弟妹妹们一样，葬身大海。对于打鱼人来说，这是命中的归宿。村里有许多孩子跟他们一样没有父亲，而他们连母亲也没了，女人们对他们有一份怜惜。

兄弟俩不知不觉就长大了，水旺十六七岁就跟着大人们出海去了，他得养家，他还想要挣钱娶老婆。现在火旺也十七岁了，因为先天不足，加上营养不良，看起来只有十四五岁的样子。水旺不让弟弟出海，他心疼弟弟，每次出海，那辛苦劳累就像剥了一层皮。如果遇到大风暴，在海里，是跟过鬼门关一样。所有的辛苦、所有的劳累只能自己扛，不能让弟弟去！

火旺知道哥哥疼自己，自己也一心要为哥哥好。但是，昨天，在看到哥哥干那事的时候，却发现自己也会讨厌哥哥，也会冒出来那些见不得人的念头！他感到羞愧，连自己都讨厌了。

天还没亮，他起床煮好了稀饭、煎了鱼，心想他们劳累了一夜，醒来一定饿了。再到西屋听听动静，哥哥嫂嫂睡得正香呢！他一颗心踏实下来，看看家里，因为有个女人与哥哥睡在床上，这个家才像个家。觉得自己做了一件了不起的事情！哥哥欢喜，自己就欢喜。但他不知道等他们醒来后，是一种什么模样，他不敢看，便背了鱼篓出门。做贼似的，只想躲着哥哥和女孩儿。

3.顶替

水旺还在温柔乡里。保长财叔的锣声像个大耳光把他敲醒了，他一个激灵坐起来，以为还在海上，刚刚过去的惊涛骇浪扑面而来，他伸手就要抓缆绳，却摸到了女人光滑的身子。就像摸到了电鳗，全身一阵酥麻，他定神看清女人，想起昨夜的经过，突然对女人产生了说不出的爱恋，恨不得把她吃进肚子里去。他又搂紧女人。

“三甲一丁！谢家派一丁！”保长的喊声刚落，海树婶的破锣嗓子就叫得他脸红耳赤：“水旺快出来，睡了一夜还不够啊？不怕睡死啊！”海树婶年轻守寡，最看不得男女之事。

跟着一阵哄笑声，有人学着海树婶的话喊：“水旺快出来！”“会睡死人的！”保长的身后一定跟了一群看热闹的小后生，这些人可能整夜都在他家附近游荡，把他干的好事都看到了。

水旺下意识地拉过粗布被单盖在女人身上，再一次确认自己是个有女人的男人了！他突然感到责任重大，很想要做点什么。还没明白怎么回事，却听好友龙辉的声音“要出丁了，再不睡就没了！”龙辉在替他呛声。

“出丁？”这下水旺全醒了，他看到女人也醒了，正定定地看着自己。厮磨了一夜，他们的身体打通了，但人还不认识，这么近地互相对视，想不明白对方跟自己是什么关系。女人今天看他的眼神不太一样，专注中带着微微的嗔睨，好像在怪他不疼惜自己。水旺想：“老婆，你是我老婆了！”可是,“出丁”却像横刀一样劈断了他与女人之间的交融，让他感到又痛又恼。

按村规民约，这次轮到他家出丁。弟弟还没成年，只能自己去。水旺倒不怕死，打鱼人，每次出海就跟打仗一样把命挂在裤腰上，生死是由天的。他早做了出丁的准备，甚至想去外面闯一闯，长到这么大，除了海上，他还没出过东山岛呢！但今天叫出丁却让他很扫兴，怎么早不派晚不派，自己刚刚有了女人就要出丁！“还没爽够呢！”

保长好像摸清了他的心思，又喊：“爽够了就到乡公所画押！”

现在，全村的人都知道水旺爽了！都拿这事来开心，保长说的也是这个意思。他现在来敲锣是有道理的，渔船没回来，青壮都在海上，他吆喝给谁听呀？村里有什么事，都是等男人们出海回来才说的。他们这一趟出海遇到了大风暴，船到澎湖避难，已经晚回了几天，幸好人没事，要不都交不了差了。他没有在昨天渔船一回来就敲锣，就是想让他们睡个安稳觉。渔船回港是渔村的喜事，水旺更是喜上加喜。保长今天等到日头升到半空中才出来吆喝，就是要让出海的男人们睡个够，爽个够！你看那些女人们早上出来精神抖擞的样子，就知道他们昨夜使的力气。

海树婶不怀好意地喊："不要爽死喽了！"海树婶是个寡妇，渔村寡妇多，女人也刻薄。

龙辉又替水旺出气："死了也要爽！"他是海树婶的儿子，与水旺是出生入死的好兄弟。

"水旺爽死喽！"一群后生跟着起哄。

水旺被屋外的人喊得坐不住，赶紧穿了大裤头出去。但是，门外人群已散，保长的锣声和嬉闹的人群已到远处，他对着他们的背影大声喊："死了也要爽！"海树婶在她家门口晾衣服，把刚洗好的衣服甩得叭叭响，说了声："爽不死的。"

这时，太阳挂在树梢，房前屋后、路边的石埕上晒满了渔网和渔具，一股咸腥味扑面而来。这熟悉的气息让水旺生出一种说不清的眷念，想到自己在这个地方已经是个有女人的人了，他甚至对刻薄的海树婶都充满爱意。但是，这熟悉的一切让他感到哪里不对劲，好像缺了什么，阿火呢？阿火在哪里？只要水旺回到村里，阿火就像影子一样跟在他身旁，今天怎么不见了？

火旺漫无目的地在村里闲逛。因为渔船回港，今天村里很热闹和繁忙，女人们忙着补渔网、晒鱼干、腌咸鱼，给男人们准备好酒好菜。她们的心情很好，干起活来大呼小叫，看到火旺都跟他逗趣："阿火啊，你给你兄捡到某了，怎不留给自己？"火旺扭头就走。有男人起床了，插了一句："他的鸟还没长大呢，不会用。"男人女人们都笑。又有人说："如果他会用了，阿水就没份了。"这话戳到火旺的痛处，他恨恨地说："我就是要捡给阿兄的，关你们什么鸟事！"心里却委屈得想哭。

火旺转来转去，不觉间又来到白龙湾。他已经多日没来白龙湾了，现在对白龙湾有说不出的感激，他像投入母亲的怀抱一样跑向白龙湾，听到自己脚踩细沙的唰唰声，一种紧迫又真实的景象就在前头，女人会像洞花蟹一样，相约着一只又一只地出现在白龙湾。既然能捡到一个给哥哥，说不定还能再捡一个给自己，他被这个想法陶醉了。他先来到父母坟前，把昨天的事跟阿爸阿姆一一报告，但他不好意思说哥哥见了女人就如“翘尾公”。说到后来，胆子就大了，一脸严肃地说：“阿爸阿姆，你们保佑我再捡到一个。”然后急急跑到海边那个发现女孩的地方，他盯着海面，幻想奇迹再次出现。不知什么时候，梭子也来了，蹲在他身旁无聊地刨沙坑，刨出的沙坑积了一汪水。

日头升到中天，火旺一无所获。海面蒸腾的热气熏得他头晕，肚子也饿了，他才想到早上都没吃饭，又想到哥哥起床后发现自己不在，一定要焦急的。火旺准备回家，这时，他发现回家却是件为难的事，因为家里变成了三角关系，他害怕看到哥哥对自己心不在焉的样子。现在哥哥的注意力都在女人身上，这让他感到伤心和委屈，但又知道这是不对的，他高兴哥哥喜欢女人，对女人好，像别人家那样，把日子过成有女人的样子。

他磨磨蹭蹭往家走，路上又捡了些沙虾、石蟹、花螺和柴火，他让梭子把东西先送回家，也好让哥哥知道自己回来了。他担心哥哥还在床上跟女人做那事。

拐到自家的厝角时碰到海树婶，他刚想躲开，海树婶就冲他喊：“跟你说爱哭痣不好吧？你哥昨天才上她的身，今天保长就来派丁了，多衰！”

“派丁？”火旺一时没明白。

“你哥要被抓去打仗了！会死人的！”

火旺才知道，保长早上在村里敲着锣派丁了，他们家得出一个，他还不满十八岁，理当哥哥去。他吓坏了，哥哥要是去出丁，家里怎么办？他真的以为是自己捡了个爱哭痣的女孩回家造成的，这是害了哥哥呀！

海树婶又在后面喊：“扫帚星，一来就派丁！”

火旺顾不上理会海树婶，也忘了路上的顾虑，冲进家门大叫着：“兄！兄！”

水旺正在灶台忙着做午餐，他放了锅铲迎上前问：“出什么事了？你跑哪去了？”

火旺见哥哥穿着大裤头，赤着上身，手里还粘着鱼鳞，屋里有一股米饭香。他松了一口气，瞄一眼西屋，女人还躺在床上。

他撒娇似的拽着哥哥的胳膊问：“海树婶说咱家要派丁，真的吗？”

水旺又回灶台炒菜，无所谓地说：“轮到咱家了。”

“我去！”

水旺笑起来：“轮不到你呢！”

火旺不依，围着灶台说：“兄你不要去，让我去。”

“你还不到年纪，不能去。”

“我可以多报一点啊。”火旺笑嘻嘻的，他好像在玩什么游戏。

水旺厉声道：“你不要瞎想！这送命的差事怎能让你去？你连枪都扛不动呢！要逃命也没我有力气。让你去，全村人都要说死我的。”

火旺说：“我命大，我不会死的，你有阿嫂了，你要在家陪阿嫂！”

哥哥一把搂过弟弟，像小时候那样抱他，压低嗓音在他耳边说：“我已经尝过女人的滋味了，死了也甘愿，你还没尝过呢，你不能去。”

弟弟很幸福地让哥哥抱着，也小声说：“你有女人了，要生孩子，做个有某有团的人，你留在家。我一个人，死了不要紧。”

哥哥不跟他争，说等保长来催了就去画押，但这几天还要爽个够，看能不能留下个种。他交代弟弟：“要是我真的留下个种，你要替兄照顾好，这是咱家的根，谢家的香火不能断。”火旺庄严地点点头。

接下来的日子，水旺快马加鞭，想赶在出丁前种出个果实。火旺也推波助澜，吃过晚饭，他就抢过女人要洗的锅碗，嘴里说：“我来我来，快去快去。”水旺则半推半抱把女人往西屋里赶。自从有了女人，凄惶的夜对兄弟俩变成了欢乐的开始，长夜不再难熬。哥哥享受着女人的盛宴，弟弟因哥哥的快乐而快乐。这个孤寂的家庭因为有了女人而变得温润和活泼。

女人好像对这一切都了然于心，又好像什么都不懂，她不说话，也不反抗。头两天她下不了床，下身淌着血，她眉头也不皱一下。端到床前的饭菜吃得干干净净，等到能下地了，她就叉着腿在家里走来走去，帮忙做家务，有村里人来看热闹，她就躲到里屋；晚上叫她上床就上床，水旺怎么折腾她都逆来顺受。兄弟俩和村里人渐渐习惯了她的存在。

等了几天，保长却没来，听说壮丁们第二天就要开拔了，水旺以为躲过了一劫，高兴地说："保长把咱们家漏了，算我有福气。"

火旺却从口袋里摸出两枚银圆，说："我到乡公所画押了，明天就走。"

原来他在当天就偷偷去找保长画了押。保长说他："你找死啊？"火旺说我有嫂了，阿兄要留在家里。保长点点头，感叹道："有情有义，你兄没白养你。"说得火旺豪情万丈，恨不得马上上战场。

每个出丁的人在画押时都能分到两块大洋。报年庚时，火旺虚报了一岁，反正也没人在乎，只要有人愿意出丁就行。

水旺把银圆狠狠砸在地上，跳起来骂了声："你疯啦！"拔腿就往外跑，他要去换回弟弟。

跑到保长家，保长不在。又跑到乡公所，乡公所没人。村里冷冷清清的，路上碰到阿头伯提着个马灯要去拽鱿鱼。阿头伯问："不在家抱老婆，跑出来做甚？"水旺说了火旺的事。阿头伯劝他别没事找事，弄不好两个都被抓走，国军正缺人呢，带兵的人早等在镇子里。

水旺没想到会这样，遂不敢再找，垂头丧气回家。天黑加上心乱，他的脚踩到了一个破蚌壳，割开了一个大口子，流了一路的血，也流了一路的泪。

火旺看着血泪模糊的哥哥，哑狗一样的女孩儿却知道找了破布给哥哥扎脚，她先用鲨鱼油抹在伤口上，再包起来。女孩边扎边流泪，火旺的眼泪也一颗颗往下掉。他安慰道："兄，我这条命是你给的，我这样做是欢喜甘愿的啊！"

哥哥不说话，他把火旺搂过来，沙哑着嗓子说："火，这次是我欠你的。"

水旺让弟弟把银圆带在身上，出门在外的，用得着。弟弟临走时，留下一块带走一块。他不像其他壮丁一样哭丧着脸，而是雄赳赳的，好像负了什么使命。他想，我这是为兄好。想到哥哥每天早晨从西屋里出来时，一副心满意足的样子，他就感到自己做了一件应该做的事情。

4.脚踏脚

火旺当了兵一路北上，每次打仗前他都在心里说:“阿兄，我要去打仗了。”好像哥哥一直在哪里看着他。他觉得这是在为哥哥打拼，打起仗来特别卖力和用心，他想自己干好了，哥哥就可以安心在家睡女人生孩子了。他稀里糊涂地跟着人家放枪，跟着人家跑，几次有惊无险、死里逃生。有一次，还是放在胸口的银圆救了他的命，他不由得又感谢哥哥，是哥哥让他带着的。

到了华北，说是有一场恶仗要打，可当他正担心这次能不能躲过一劫时，解放军已经冲过来了，铺天盖地喊着:“缴枪不杀!”老兵们早就告诉他，只要能躲过长官的枪筒，能不打就不打。他赶紧扔了枪，举起双手，嘴里大声用闽南话喊:“阿兄，我投降了啦!我投降了啦!”解放军战士不知他在喊什么，骂道:“你给我闭嘴!”

当了俘虏的火旺换一身衣服就成了解放军，这对他来讲没什么区别，他仍然觉得这是在为哥哥打拼。但这次好，掉转了方向，从北往南打，直打到自己的老家东山岛。心里真是庆幸，自己不但没有死，还当了解放军回来，哥哥不知要高兴成什么样子。现在他多少懂得了一些革命的道理，同样是打仗，当国民党兵是人民的敌人，当解放军是为人民。人民就是像自己和哥哥这样的穷苦人，为自己人打仗就是革命。现在“革命”成了他听得最多也最向往的词。他在心里说:“阿兄，我革命了!”

解放东山岛时，火旺总是冲在最前面，他地形熟，回家心切，边打边不时地喊:“阿兄，我回来了!”

这一仗解放军没有遇到太大的抵抗。国民党军无心恋战，他们的战略是保金门，弃东山。1950年5月7日，看到解放军大兵压阵，集结到东山岛对面的云霄、诏安一带时，他们就准备跑了。撤离之前，为了补充兵源，长官命令:“抓100人就是个连长，抓300人就是个营长，抓1000人就是个团长!”10日凌晨，一场围捕壮丁的行动在东山岛内铺开，毫无准备的男人们在睡梦中，被吆喝着赶到一起，说是查户口，不到的人以通匪论处。可对过了人头，他们就像小鸡一样被绑起来，扎成串，押往南门湾码头，那里停靠着几艘准备撤离的军舰。一时间，南门湾黑压压一片，6万多人口的海岛，一夜之间抓走了4700多名男人，最小的十六岁，最大的四十七岁，都到了当爷爷的份上了。仅铜钵村一村就被抓走147人，成了有名的“寡妇村”。

解放军在获悉敌人在抓丁准备撤退的情报后，提前攻岛，兵分五路开始渡海作战。火旺作为先头部队，直插冬古海边时，还可以看到远处正在离去的国民党军舰。他气得直跺脚喊：“看你们跑多快，等我们找到船，打过去！打死你们这帮反动派！”但他不知道，那些军舰上的“反动派”里就有他的哥哥水旺。水旺也不知道，弟弟火旺就在自己身后，跺着脚说要消灭他们。兄弟俩就这样一个前脚走，一个后脚到。“脚踏脚”之间，成了兄弟俩的生死劫，一人留在了一边。

那时候，他们不知道事情会是这样的，那时候，谁也不知道事情会是这样的。许多年以后，水旺辗转着回到故乡东陵村时，弟弟火旺已经躺到龟仔山的乱石堆里。他坐在弟弟的坟前，很想从石头缝里钻进去，或是把弟弟从里面拉出来，好生问问：“阿火，你说，咱还是兄弟吗？”虽然他一千遍一万遍地告诉自己：他们当然是亲兄弟！但是，亲兄弟也会刀枪相见，弟弟为什么要对自己那样？水旺百思不得其解。

那时，水旺与一批东山壮丁已在金门苦等了三年多。他们从东山被送往金门，军舰停靠在背对着厦门的料罗湾。下了船，这些半夜被抓，身心疲惫、又饥又渴的壮丁们先痛痛快快地喝了一大碗水，在船上根本就没吃没喝的。喝水的时候龙辉想到母亲为了给自己买个铝碗，错过了开船的时间，母子没再见一面，不禁哽咽，水喝不下去了。水旺劝他，事到如今，先保住命，再想办法回家。刚才来的路上，有人见看管松懈，一头扎进海里，渔民潜个十几二十米，游回大陆是不成问题的。但他们不知子弹的厉害，国民党兵对着水里扫射，大家看到碧绿的海面冒出了暗红色的水泡，然后是浮出水面像布袋一样漂远的身影。甲板上、塔台上的士兵还在对着身影瞄准射击，一枪一枪都打在大家的心上，再也没人敢跳了。龙辉可怜巴巴地说：“水旺兄，以后我就跟着你了。”听得水旺也想哭。

他们先坐在烈日下听长官训话，还不习惯这样坐的，稍微一动，就有枪托砸过来，下面的壮丁头破血流，长官却在上面说：“各位兄弟，从今天起，你们就是荣耀的国军了！虽然我们从大陆撤退，但委员长说了，退是为了进，我们一定要打回大陆去！到时各位都可以混个一官半职当当，荣华富贵在等着你们！”

有人问：“什么时候回去？”

“这是军事行动，不得擅自打听！”问话的人被赏两个巴掌。长官让他们先老老实实地训练，表现好的就有机会回去，不老实的，那就别怪国军不客气！听得大家胆战心惊。

长官还说：“你们现在已经是国军了，就是共产党的敌人，如果自己跑回去，就会被枪毙。只有跟着国军打回去，把被共产党占领的地盘抢回来，才能保住自己和家人！”

他们将信将疑，反正自己回家是不可能了，只盼跟着国军打回去，只要能回去就行。第二天，他们穿上军装，就成了一个兵，开始半天出操半天修工事的国军生涯。就像当年的火旺，脱了国军的衣服，穿上解放军军服，就成了解放军一样。

他们眼巴巴地盼着打回家，一等就是三年多。好不容易到了 1953 年 7 月 15 日黄昏，他们像一群鸭子一样被赶上了登陆艇。长官说，此战必胜！因为共军的主力都拉到北韩跟美国人打仗了，留在东山岛的只有一个地方团的兵力，1000 余人，援军却在漳州、泉州，甚至福州，以当时的交通和装备，最快的援军到达东山也要一天，但能到达的兵力不多，不构成威胁。其他地方的援军到达要三天以上。当时，福州的乌龙江过江还靠摆渡，而福建交通要道上的泉州洛阳桥和漳州江东桥已被国军的飞机炸断，他们在发起进攻的前一天下午，侦察到漳州的江东桥还没修好。现在，国军以 13000 多人，十倍于东山守军的兵力，以前所未有的海陆空联合作战之势，三天之内拿下东山没有问题。等解放军的援兵三天后疲惫赶到，他们就可以以逸待劳，像前不久取胜的南日岛那样，你来一部我吃一部。而且这次有美国军事顾问参战，把空降兵都用上了，空降兵首先降落在东山岛的咽喉地带——八尺门，这个进入东山的必经门户。控制了八尺门，即使周边有小股共军支持，也过不来了。这一部署，让国军上下群情振奋，坐镇指挥的又是他们的“福将”胡链将军，他们都相信这次真的可以反攻大陆了。

水旺和龙辉都在这次攻打东山的战斗之列，他们这些东山壮丁，并不是人人都可以参战的，长官怕他们有二心，到时反戈或偷跑回家。只有平时品行端正或者与长官关系好的才有机会。长官允诺，占领东山期间，让东山籍的兄弟们回家看望亲人。“望东山籍的兄弟奋力杀敌，壮我军威。”他们地形熟、人头熟也是打仗的重要依靠，要发扬光大。“你们天亮就可以回家抱老婆了！”他们心里很高兴，登上了东山岛，就如鱼儿入了海，不愁回不了家！两人商量好，如果国军打赢了，他们就荣归故里。如果打不赢，就找机会开小差，溜也可以溜回家。水旺已经三年多不知女人味了。

然而，就在这个龟仔山下，他们被挡在了离家仅有一步之遥的地方。

5.狭路相逢

战斗是在凌晨快五点时打响的。水旺从两栖战车跳进东山的海滩时，恨不能一头扎进沙水里不再起来，那熟悉的气息让他突然哽咽，大叫着：“水仙——我回来了！”但被后面涌上来的兄弟们推着往前冲，龙辉紧跟在他身后。他们在战车里根本不知道自己是在什么地方登陆，上岸后才知道登陆点离家还有一段路，这里是湖尾海滩。

战斗从凌晨打到天黑，国军虽然占领了南面的大部分地区，但一直不能攻下岛上的几个制高点，不能与西面和北面的国军会合。奇怪的是，在他们占领的地区，看不到一个百姓，却在他们身前身后不时飞出鱼叉、石块，红红绿绿的标语神不知鬼不觉地贴在他们经过的地方，让他们感到危机四伏，好像不是回家，而是进入敌阵。龙辉恼火地大叫：“人在哪？出来啊，自己人啦！”但没有人理会他。想象中的亲人迎接自己回家的景象没有出现，长官许诺的“天亮就可以回家抱老婆”的好事也迟迟不来。他们像走错了地方，连偷偷开小差回家也犹豫起来，一方面长官盯着，一不小心就会被就地正法。另一方面，共军的子弹和乡亲们的刀叉对他们也毫不留情，身边已经有不少兄弟挂了。他们找不到回家的感觉，胆战心惊的，反而在国军的队伍里感到安全一些。

这时，天已经黑了，听说八尺门那边的空降兵失利，共军增援部队像神兵天降一样源源不断进岛，局势开始对他们不利。上司准备趁天黑组织反扑，目标是西南角的龟仔山，这个号称420高地的障碍打通了，国军西南两面登陆的部队会师，就能对八尺门的共军形成合围，控制局面。

水旺和龙辉终于随部队回到了自己的家门口。但420高地像铜墙铁壁一样，几次进攻都打不过去，眼看着大势已去，国军开始准备撤离。水旺和龙辉不甘心在一步之遥回不了家！他们决定利用熟悉的地形，从龟仔山下的白龙湾游过去，只要潜入水里，躲过长官的视线和枪眼，就能逃回家。

在混乱和黑暗中，他们很快脱离队伍，在礁石丛中潜入海里。为了避免万一，他们仍拿着枪，需要时可以自我保护。不多的工夫，他们就顺利踏上了白龙湾的沙滩。岸上静悄悄的，他们庆幸共军没在这里设防，回家的喜悦让龙辉兴奋地往前跑去。突然，“轰”的一声，从龟仔山上打来的一颗炮弹在龙辉身旁炸开，龙辉像一只大鸟飞起来，又重重地落下去，炸开的沙堆掩埋了他的大部分的身子。

“龙辉！”水旺惊叫一声跑上去，却听到了一个熟悉的声音：“站住！把枪放下！”

黑暗中，他看不清弟弟的脸，但弟弟的声音和模样是印在他脑子里的。水旺没想到弟弟还活着，惊喜地叫道：“阿火，是我，我是兄啊！”边喊边跑过去，甚至忘了刚刚倒下的龙辉。

但火旺好像不认识他一样，仍端着枪吼道：“站住！你再过来我开枪了！”

水旺站住，不相信地问：“阿火，你不认得兄了？”他听到火旺身后的女人在叫：“阿水！阿水！”

“水仙！”水旺叫起来，那是自己的妻子，弟弟捡回来的女人。他后来把这个说不清来历的女人叫作“水仙”。因为她是从水里来的，水性超凡，还救过自己一命。海树婶却说她是水精，水仙一下海，鱼虾都围到她身边。但水旺觉得她给自己带来了好运，是仙女不是妖精，就叫她水仙。怎么会在这里碰到弟弟和妻子？

但水仙被火旺挡在身后，他厉声喊道："不许过去，他是国民党！"

水仙就犹豫着不敢过来，也不敢再叫了。

水旺气得把枪扔掉，大喊："什么国民党！我是你阿兄！你不认得我啦？"

火旺却不买账，仍叫道："你是国民党反动派！"摆出一副跟他誓不两立的样子。

可水旺头脑中没有国民党反动派的概念，他心里只有弟弟和老婆，终于回家了，见到了最亲的人，他就想冲过去抱住他们，再也不分开！什么国民党反动派跟他有什么关系？但火旺的枪阻止了他，火旺命令他投降。

水旺问："投降？为什么？我不能回家吗？"

"你是国民党兵！"火旺说水旺必须先向人民投降，由他交给政府。

水旺跳起来："我是被抓丁的！我是你兄！我们不是亲兄弟吗？"

"……"火旺说不出话。他当然知道这是自己的亲哥哥，但现在双方在打战，他们一人一边，他必须先把水旺交给政府，再来兄弟相认。不这样，他怎么跟组织交代？现在是考验自己的时候！虽然他看到哥哥心就软了，听到水旺喊他："阿火，你不认得兄了？"他几乎要哭出来，恨不能扑到哥哥的怀里撒娇："兄，你怎么才回来呀！"但越是这样，他越感到害怕和愧疚。他在心里说："兄你别怪我呀！"但嘴里仍硬生生地喊："快点！"

水旺知道，交给共产党自己就死定了！他不明白弟弟为什么要这样，自己是被抓丁的，难道他们不清楚吗？自己都被国民党害惨了，共产党却不放过自己，连亲弟弟也不放过！他觉得没法活了，两边都不给自己留生路。想到在金门苦苦等待的日子，为逃回家被打死的兄弟，现在却有家难回，亲弟弟都把他当敌人，他恨不得一头撞到礁石上。但他想看一眼水仙，想跟她在一起。他哀求道："你让我看看水仙。"

"少废话！"火旺不知哪根筋被触到了，十分凶狠的样子。

水旺不顾一切地喊："水仙！"就冲过去，却听到"砰"一声枪响，他怔住，看到水仙抓住火旺的手，把枪推向空中，冲他喊："跑！快跑！"

枪声把他惊醒了，弟弟真的对自己开枪了！经过了一天的战火洗礼，几次死里逃生，水旺已如惊弓之鸟，看到亲弟弟都这样对自己，已经倒在地上不动的龙辉，他知道没有希望了，再不跑就没机会了！水仙的喊声就像命令，他“啊——”地嚎叫一声，掉头冲进水里。他以为火旺的子弹很快会追上自己，却听到水仙又哭又骂的声音：“夭寿！夭寿！你夭寿！”他知道水仙在帮自己。一会儿，后面传来火旺声嘶力竭的喊声“兄——”，但很快被耳边的海浪声淹没了，他奋力向另一个方向游去。

水旺被国军兄弟们拖进登陆艇回到军舰上时，才想到既回不了家也回不到军舰上的龙辉，眼泪忍不住流下来。但想到弟弟，他的眼泪马上又干了。一会儿，解放军追击的炮火落在军舰后面，兄弟们在为驶离共军炮弹的射程而欢呼，水旺知道，家乡已经回不去了，弟弟成了对手。水仙第二次救了自己的命，他想，今生今世，只要有机会，一定要报答她！

弟弟的样子，就像扎在水旺心上的一根刺，他想方设法要回家，就是想把这根刺拔掉。但弟弟不会说话了，他不知道这根刺应该如何来拔。

火旺埋在龟仔山的坟地里，与父母在一起。他最大的心愿是死后埋在烈士陵园，跟他以前的战友们在一起，但他没有这个资格，他的身份不明。

东山解放不久，火旺因为有个在台湾当国民党兵的哥哥，不能继续当解放军了。又因那时土匪和国民党特务活动猖獗，新政府困难重重，他是当地人，组织就派他潜入地下，化装为修桶匠收集情报。他回到了村里，边照顾水仙和侄儿，边做修桶匠收集情报。他记住哥哥交代的，孩子是他们谢家的种，谢家的香火不能断。

东山战役的警报拉响后，东山岛危在旦夕，全岛军民齐参战，男女老少都投入战斗。火旺找到了为党和人民立功的机会。他有战斗经验，又熟悉地形，他在参与420高地阻击战时，想到了下面的白龙湾。生怕敌人从白龙湾迂回，抄解放军的后路，420高地就守不住了。但因为兵力不足，战斗紧张，他没有报告领导，自己一人下到白龙湾。半路遇到给部队送补给的嫂嫂，他跟水仙说了自己的担忧，不知怎么的，他感到最有可能从白龙湾潜回来的是东陵村的人，假如是哥哥，他不知道怎么办，就叫上了水仙。

他们埋伏在隐蔽处，当看到两个戴军帽、拿着枪的人影从水里出来时，火旺的第一个念头是誓死守住白龙湾！结果却是一死一逃。他很高兴自己不用消灭哥哥。直到哥哥跳进水里，他才想到没有叫哥哥一声，没有好好看哥哥一眼，此次一别，不知何时才能相见？自己这样做，哥哥不知有多伤心！想到哥哥对自己的种种好，他后悔得恨不得开自己一枪。但已无济于事，只能对着哥哥远去的身影喊："兄——"然后哭倒在地。

水仙愣愣地看着他，她对刚才发生的一切还心有余悸，火旺真的对水旺开枪了，不知他会不会也对自己开枪。如果他要跟自己算账，就让他把自己也打死好了，她刚才都想跟他拼了！看到水旺逃走了，她又高兴又悲伤，天天盼着他回来，却又是自己叫他跑的，她难过得跪在沙滩上哭，嘴里不停地叫着："阿水，回来！阿水，你回来啊！"

不知什么时候，火旺从背后抱住她，说："兄不会回来了。"

她想挣脱他，但火旺抱得更紧，她使劲挣使劲打，喊道："是你想打死他的！是你这个夭寿的想打死他的！"

火旺任水仙把巴掌打到自己身上，打狠一点，把自己打死了才好。要不是她，刚才那一枪会让自己悔恨终身的。他心里也是希望哥哥逃走的，只是行动做不到。

现在水旺逃走了，他们都松了一口气。两人突然发现还扭在一起，吓得赶紧推开，离远一点。两人都意识到：水旺不会回来了，他们之间的关系因少了水旺，变得很直接。火旺刚才接触过水仙的皮肤，便像虫爬一样痒起来。

龙辉是被火旺和水仙抬回去的，交给海树婶，他的一条腿不见了。海树婶在哭天号地之后，脱掉龙辉身上的国民党军装，换上渔民穿的对襟衫，默默地把他和那只铝碗埋到龟仔山上，都是火旺和水仙帮的忙。村里人对此心照不宣，照说龙辉是要上交给政府的，不能私自处理。所以没有人来参加葬礼，也没有人反对把他埋在村里的墓地。海树婶自认命苦，谁让儿子被抓丁了呢？她没有话说，她在东山战役中也是个支前模范，积极帮助解放军打赢了这一战。龙辉只不过是这次战斗中，打死打伤的 2600 多名国民党兵中的一个。她像干坏事一样偷偷摸摸埋了龙辉，顾不上找他缺的一条腿，也没有到白龙湾为他招魂引路。孤苦伶仃的她遂与火旺和水仙搭伙一起过，是火旺和水仙为她养老送终的。

火旺在战斗中右胸钻进了一块弹片。他起先没感觉，过后感到胸痛才发现受伤了。因条件限制，当地医院没办法为他手术取出。又因为他是个被解放军除名的原国民党兵，又有个在台湾的哥哥，属于“黑五类”，不被列为保护对象，他自己又没有钱到大医院去治疗，只好在病情稳定后，忍着疼痛回家休养，靠水仙和海树婶每天用海狗油抹在伤口上，用艾条熏炙，才慢慢好起来，弹片仍留在体内，也留下了一个心灵的创伤。等可以活动以后，他的身体已大不如从前，落下胸痛、气喘、忧郁的毛病。

6.永远的那边

东山战役后，特别是朝鲜战争结束后，台海局势趋于平衡。火旺的地下工作已无用武之地，他想回归组织继续革命，但当时布置他潜入地下的领导已调离东山，接任者不知内情，他们也不相信解放后还有地下工作者之说。火旺的身份变得模糊不清。随着时间的推移，人员的变动，他证明自己身份的希望越来越渺茫，最后彻底沦落为一个：当过国民党兵、有台湾关系、被清除出革命队伍的无业人员。每次运动一来，他都是被斗争的对象。他仍以修桶为生，但体弱病残，没有女人愿意跟他。他对女人的渴望和理解，停留在目睹哥哥对水仙攻击的那一幕上。那一幕每天都在西屋诱惑着他。有一天，他终于跨过西屋洞开的门框，心里说：“那天你就叫我来了，是你叫我来的。”当他尝到了女人的滋味后，就明白了那时候哥哥为什么会那样。每当他禁不住诱惑折进西屋时，他都恶狠狠地叫道：“你个国民党老婆，干死你！”这样，他从精神到肉体，都得到了极大的快慰。

实际上，水仙和两个侄儿是他最亲的人。两个幼小的侄儿是在他的抚养下成长的，刚学会说话的福来第一次见到火旺就叫他“爸”，以后的兵来也跟着叫，他们没办法跟孩子说明情况，只能将错就错，成了孩子的“爸”和“妈”。所以，他跟水仙生活在一起也是顺理成章的事，海树婶尤其满意，她说："本来就是你捡的。"那时，他们都不愿意提起水旺，渐渐地，真的以为水旺不存在了。

水旺以为弟弟是共产党，现在才知道，弟弟到死都没有得到共产党的承认，他连党员都不是。火旺曾辗转着找到那位派他潜伏的领导，但那位领导已是自顾不暇，被打成走资派在市里的机关大院里扫地板。如果不是这样，火旺也见不到他。那位领导在一张小学生的作业纸上给火旺写了一张证明，说他不知哪天就不在人世了，让火旺有机会时找组织申诉。

这是火旺革命者身份的唯一证明，这对他已是个安慰。他没有去申诉，也不让了解情况后气愤不过的福来声张此事。他最大的心愿是死后埋在烈士陵园里，跟他以前的战友们在一起，但他没有这个资格，只能在龟仔山与父母埋在一起。离他不远处是龙辉，与这个国民党兵为邻，也算殊途同归。他没有提到哥哥，但他在弥留之际，嘴里不断发出来的喊声是："兄——兄——"就像那次在海边他拼尽吃奶力喊的。

这一切，火旺说不出来了，水旺也不一定能理解。

父母的旧坟已被岁月磨得只剩两个风化的小墓碑，坟丘被夷平了。火旺的新坟要高出许多，是松软的黄土，怕黄土被风刮走，上面压了许多石块。这些石头像压在水旺心上，他感到离家太久了，欠家里太多了。来到父母和弟弟的坟墓面前，他想到很久以前，父亲站在崖上的身影，母亲倒扣木盆的漠然，弟弟像小狗一样跟自己打闹……现在，他们都睡在龟仔山上，似乎在等自己。

海上有大船驶过，是前来停靠的台轮，汽笛突然拉响。水旺一个激灵，好像那次军舰撤离时的哀鸣。这时，他听到一声抽泣，转眼看到龙辉一手提着一支卡宾枪，一手拎着一条炸断的大腿向他走来。龙辉哭着叫道："你怎么现在才回来！你怎么丢下我不管？"然后用枪托使劲砸他的脑袋。

水旺听到自己的脑袋被砸得"喀喀"响，但他不觉得疼，这些年，他真的把龙辉给忘了。他感到很愧疚，他边躲闪着龙辉的枪托边问："你这些年可好？"

“好个屁！”龙辉抽着鼻子说，“你怎么只顾自己跑了？”

“你不是？”水旺才想起那时自己是要去救龙辉的，但弟弟出现了，就顾不上龙辉了。

龙辉说他并没有立即被炸死，他听到了他们兄弟的对话，他很想揍火旺一顿，但他动不了。他是看着水旺逃走的，他想跟水旺一起走。但他的一条腿炸飞了，人被沙子埋住了，他就这样埋在沙里流光了身上的血。虽然火旺和水仙把他抬回去了，但他丢了一条腿，他们没有把那条腿也捡回去。因为是国民党兵，海树婶不敢来白龙湾给他招魂引路，虽然给他下葬了，但魂仍丢在白龙湾，而且不是全尸。这么多年来，他一个人在海边游荡、等待，冷得要死、急得要死，连那些淹死的水鬼都笑他。可他是东山人啊，死在自己家门口的呀！台湾不是他的地方，他也回不去的。他只想等水旺回来，给他做个功德，让他安心入土。

水旺说，你不是跟你姆在一起吗？不是拿到铝碗了吗？

龙辉叫起来：“那哪里一样？他们说我是国民党兵！连那些老鬼都欺负我。”龙辉正要说什么，忽然像受惊一样跑了，叫道：“他们又来了！”边跑边回头对水旺喊：“你要回来！你不能丢下我不管！”他只有一条腿，另一条腿在手里倒提着，他抓住足尖的军鞋，鞋子快脱了，他跑的时候要不时用另一只拿枪的手去拖断腿，很吃力的样子。他说舍不得丢了那条腿，要给自己留个全尸，怕下辈子转世变成一条腿的东西。

水旺冲着他的背影喊：“放心！我会回来的！”这样，回来的决心就下定了。

改革开放以后，大陆非常欢迎台湾同胞回乡投资办厂。水旺决定回大陆带领孩子们一起打拼，挽救穷困潦倒的家。他觉得在东山办个海产品加工厂是可以赚到钱的，不知不觉间，他成了第一个回东山投资办厂的台商。

但是，回大陆定居的水旺跟家里人没有话说，他们说的话他不理解，他的感情他们也不理解，他跟家里人很难交流了。大陆的电视他也看不懂。几个从台湾回来定居的老兵都有同感，他们经常聚在一起说自己的话，又像在台湾一样，成了别人眼里的外人。孤单寂寞的时候，他们常常想起在台湾的日子，现在讲台湾的趣事，讲台湾的女人和食物，成了他们最大的快慰，就像当年在台湾讲大陆的生活一样。寄居了三十多年的台湾，又成了他们怀念的地方，如同思念自己的故乡。

水旺有个心愿，想带水仙到台湾去认认她的故乡，搞清楚水仙的来历，也好给谢家祖先和子孙一个交代。水仙出乎意料地同意了。她保持在他身后半米左右的距离紧跟着他走，在他认为有可能是她家乡的地方，一个个去看。澎湖这边的几个岛，然后往台南、高雄、屏东直至垦丁，水仙都咬着唇瞪大眼看着，有时点头，有时摇头，有时用水旺听不懂的语言发出嘀咕声，泪眼汪汪。水旺以为，她至少已认出一两个像她故乡的地方，等最后再进一步确认，去找她的亲人。可是，有一天晚上，水旺在睡梦中听到她的哭声，惊问怎么回事？

水仙清清楚楚地说："回去！"

"回哪里？"

"那边！"水仙指了一个方向。

"东山？"

水仙点点头。

"你不找你的家里人了吗？"

水仙不耐烦地喊："那边！"

"那边？"突然，水旺像打开了一扇心窗，看到"那边"才是他们心中的故乡，那是一个永远在另一边的地方。对他来讲，在澎湖时，那边在大陆；回到东山后，那边在台湾。水仙也一样啊，在看似故乡的地方，她却找不到自己的心灵家园。他们注定了要这样东奔西跑！

回到东山，水旺知道，自己今后将像思念故乡一样思念澎湖，他的生活永远在"那边"。他不知道这辈子为什么会活成这样，也没人告诉他为什么会这样。他只想等自己死了，埋到弟弟旁边，也许弟弟可以告诉他，至少弟弟可以跟他做伴。想到这个，他才感到有点高兴。